Makrönchen, Mord & Mandelduft

Elke Pistor, Jahrgang 1967, studierte Pädagogik und Psychologie. Seit 2009 ist sie als Autorin, Publizistin und Medien-Dozentin tätig. 2014 wurde sie für ihre Arbeit mit dem Töwerland-Stipendium ausgezeichnet und 2015 für den Friedrich-Glauser-Preis in der Kategorie »Kurzkrimi« nominiert. Elke Pistor lebt mit ihrer Familie und drei Katzen in Köln.
www.elkepistor.de

ELKE PISTOR

Makrönchen, Mord & Mandelduft

EIN WEIHNACHTSKRIMI

emons:

Bibliografische Information der Deutschen Nationalbibliothek
Die Deutsche Nationalbibliothek verzeichnet diese Publikation
in der Deutschen Nationalbibliografie; detaillierte bibliografische
Daten sind im Internet über http://dnb.d-nb.de abrufbar.

© Emons Verlag GmbH
Alle Rechte vorbehalten
Umschlagmotiv: shutterstock.com/Doremi
Umschlaggestaltung: Nina Schäfer
Gestaltung Innenteil: César Satz & Grafik GmbH, Köln
Lektorat: Marit Obsen
Druck und Bindung: CPI – Clausen & Bosse, Leck
Printed in Germany 2017
ISBN 978-3-7408-0203-5
Ein Weihnachtskrimi
Originalausgabe

Unser Newsletter informiert Sie
regelmäßig über Neues von emons:
Kostenlos bestellen unter
www.emons-verlag.de

Dieser Roman wurde vermittelt durch die
Autoren- und Verlagsagentur Peter Molden, Köln.

Wunder gibt es immer wieder,
heute oder morgen
können sie geschehen.
Wunder gibt es immer wieder,
wenn sie dir begegnen,
musst du sie auch sehn.

»Wunder gibt es immer wieder«, gesungen von Katja Ebstein,
Text und Musik: Christian Bruhn/Günter Loose (1970)

Kapitel 1

Als Annemie Engel am Morgen aufwachte, wusste sie, dass es ein Tag wie jeder andere werden würde. Sie freute sich, denn es war exakt das, was sie von ihren Tagen erwartete. Planbar, überschaubar und berechenbar sollten sie sein. Annemie Engel mochte keine Veränderungen. In den ersten zweieinhalb Jahrzehnten ihres bisher dreiundsechzigjährigen Lebens hatte es mehr Turbulenzen gegeben, als ihr lieb gewesen war. Aber in den ersten fünfzehn Jahren, so entschuldigte sie diesen Umstand regelmäßig sich selbst gegenüber, hatte sie eher wenig Einfluss darauf gehabt, und deswegen lag, so fand sie, die Verantwortung für die Geschehnisse in dieser Zeit nicht bei ihr. Mit fünfunddreißig hatte sie für sich eine Entscheidung getroffen und sie bis heute nicht bereut. Ganz im Gegenteil. Seit dem Tag, an dem sie zum ersten Mal die Tür hinter sich geschlossen hatte, wissend, niemand, den sie nicht einlud, würde ihr folgen, war sie zufrieden wie eine Maus in der Speisekammer. Denn Annemie Engel verabscheute nicht nur Veränderungen, sondern auch den Umgang mit fremden Menschen. Wobei das eine das andere oft bedingte, weswegen sie beides konsequent mied. Sie war seit Jahren nicht mehr aus dem Haus gegangen.

Annemie öffnete die Augen, drehte den Kopf und lächelte Belmondo zu, der neben ihr auf dem Kopfkissen schnarchte. Sie strich mit der Fingerspitze langsam von seiner Nasenspitze bis zur Stirn und kitzelte ihn an den Ohren. Aus dem Schnarchen wurde ein Schnurren. Der schwarze Perserkater seufzte tief, ohne die Augen zu öffnen. Annemie setzte sich auf, schob die Füße aus dem Bett und suchte mit den Zehen ihre Filzpantoffeln, während sie mit der linken Hand nach dem Morgenmantel griff. Sie hatte ihn am Vorabend sorgfältig bereitgelegt. Heute war der hellblaue Bademantel an der Reihe, denn heute war Freitag. Er war auch montags und mittwochs der Morgenmantel ihrer Wahl. Morgen, am Samstag, würde es der beigefarbene sein, so wie jeden Samstag, Dienstag und Donnerstag, und am Sonntag kam der lindgrüne mit Rosenmuster und Rüschen zu seinen Ehren.

»Frühstück, mein Lieber?«, fragte sie, stand auf und ging zum Fenster. Der Kater gab ein leises Knurren von sich. Annemie Engel schaute hinaus, betrachtete zuerst der Reihe nach die Häuser auf der gegenüberliegenden Seite mit ihren dämmerlichtgrauen Hauseingängen, den eng geparkten Wagen, den Mülltonnen und an Straßenlaternen angeketteten Fahrrädern. Hinter den meisten zugezogenen Gardinen und heruntergelassenen Jalousien schliefen die Leute. Nur vereinzelt fiel Licht auf den Gehweg vor den Häusern. Schatten bewegten sich darin. Wobei der Unterschied zwischen ihr und den anderen darin bestand, dass diese noch nicht schliefen, sie selbst aber bereits wieder aufgestanden war. »Unchristliche Zeit« hatte es irgendwann einmal jemand genannt, aber Annemie störte das frühe Aufstehen nicht. Hatte es noch nie. Als sie jünger war, sowieso nicht, und heute hatte sich ihr Körper längst an den Rhythmus ihres Berufes gewöhnt. Vermutlich konnte sie gar nicht anders, als direkt nach der Tagesschau zu Bett zu gehen und sechs Stunden und fünfzehn Minuten später ausgeruht und erfrischt zu erwachen. Ihre eiserne Disziplin, auf die sie sehr stolz war, tat ein Übriges.

Nach der gegenüberliegenden kam ihre eigene Straßenseite an die Reihe. Dazu beugte sie sich vor, bis ihre Stirn an die kalte Scheibe stieß. Sie drehte den Kopf nach rechts und links, blickte die Straße hinauf und hinunter und entdeckte zu ihrer Beruhigung nichts Ungewöhnliches. Alles war in Ordnung und zu ihrer Zufriedenheit.

Annemie zog den Morgenmantel an, schlang die Vorderteile eng um sich und knotete den Gürtel fest zusammen. Ihr Bild in dem großen Spiegel am Kleiderschrank ignorierte sie. Warum hätte sie auch hinschauen sollen? Sie wusste ja, wie sie aussah. Sie war dreiundsechzig und sicher kein eitler Mensch, aber sie musste zugeben, dass sie wirkte wie eine graue Maus im Tarnanzug. Graue Locken bis zum Kinn, die sie alle halbe Jahre einmal mit der alten Nähschere ihrer Mutter selbst schnitt, und eine Figur, die sich im Laufe der Jahre der Form ihrer Sahnebaisers angeglichen hatte. Im Sommer trug sie ärmellose Hauskittel aus pflegeleichtem Material und Birkenstocksandalen, jetzt im Winter zog sie unter den Kitteln enge Pullover und Strumpfhosen an. Wenn es zu kalt wurde, tat ihre graue Strickjacke über dem Kittel ihr wunderbar wärmendes Werk.

»Komm, mein Lieber«, rief sie über ihre Schulter hinweg dem Kater zu und hörte eine Sekunde später, wie er vom Bett plumpste und ihr auf seinen drei Beinen langsam folgte. Seine Krallen kratzten in unregelmäßigem Rhythmus über den Linoleumboden der Treppe, die zur Backstube hinunterführte. Auch Belmondo hatte seine besten Zeiten bereits hinter sich. Er hatte eines Tages an einem der Oberlichter zur Backstube gestanden und so lange herzzerreißend gemaunzt, bis Annemie sich erbarmt und das räudige Fellbündel ins Haus gelassen hatte. Er war schnurstracks auf die Schale mit Hackfleisch zugesteuert, die sie ihm hingestellt hatte, und hatte erst aufgehört zu fressen, als auch der allerletzte Krümel verputzt war. Dem Hackfleisch war eine Portion Sahne und der Sahne ein Stück Buttercremetorte gefolgt. Letzteres allerdings ungeplant, als Annemie nicht auf ihn geachtet hatte und der Kater auf die Arbeitsfläche gesprungen war. Nach seinem Festmahl hatte er sich zusammengerollt und so tief geschlafen, dass ihn selbst der Lärm der Teigmaschine nicht hatte aufwecken können. Seitdem teilte er Tisch, Bett und Backstube mit ihr.

Ohne das Licht anzuschalten, ging Annemie zur Anrichte, nahm eine Dose Katzenfutter und eine Gabel. Der Kater maunzte heiser und strich um ihre Beine, bis sie seine Futterschale gut gefüllt vor ihn auf den Boden gestellt hatte.

»Guten Hunger«, sagte sie und strich ihm über den Rücken.

Belmondo hob kurz den Kopf, blinzelte ihr langsam zu und widmete sich dann wieder seinem Napf. Die Schale klapperte. Annemie ging zur Kaffeemaschine, schaltete sie ein. Zwei Löffel auf drei Tassen. Direkt in die Thermoskanne. Eine zum Frühstück, eine nach dem Mittagessen und eine um fünfzehn

Uhr. Nicht später, sonst konnte sie nicht einschlafen. Dann fünf Schritte zum Brotkasten, anderthalb Scheiben auf einen kleinen Teller, vier Schritte zum Kühlschrank, ein kleines Stück Butter, zwei Löffel Marmelade. Heute, montags und mittwochs Kirsche, dienstags, donnerstags und samstags Erdbeere. Quitte am Sonntag. Einmal war ihr die Quittenmarmelade ausgegangen, und sie hatte die Aprikosenmarmelade nehmen müssen, die sie für ihre Backwaren verwendete. Der ganze Tag war verdorben gewesen.

Mit Sorge betrachtete sie ihre schwindenden Vorräte. Es wurde dringend Zeit für einen Einkauf. Sie schrieb die Marmelade auf den Block mit dem Einkaufszettel, der auf der Anrichte lag, und überlegte, was sie noch brauchen würde. Das Katzenfutter reichte auch nur noch für ein oder zwei Tage.

»Du wirst immer verfressener, je älter du wirst, mein Lieber. Du musst mehr auf deine Figur achten!« Sie riss den Zettel vom Block und legte ihn so zurecht, dass sie ihn nicht vergessen würde, wenn Harald später kam. Er erledigte sämtliche Einkäufe für sie und verrechnete die Ausgaben mit ihren Einnahmen aus dem Keksverkauf.

Belmondo hatte sein Frühstück beendet. Er reckte sich, leckte zweimal über seine Vorderpfote und sprang dann auf das Regal mit den Vorratsdosen. Hier würde er bis auf kleine Unterbrechungen liegen bleiben und langsam vom Mehlstaub ergrauen, bis Annemie das letzte Blech aus dem Ofen gezogen und die Kekse zum Abkühlen auf der Arbeitsfläche abgestellt hatte. Annemie ging zu ihm und zupfte seine Decke zurecht, die sie ihm dorthin gelegt hatte, damit er es an seinem Lieblingsplatz bequemer hatte. Sie musterten sich einige Sekunden gegenseitig wie zwei Kollegen, die gleich in die Hände spucken und ihren gemeinsamen Arbeitstag beginnen würden.

»Heute sind Vanillekipferl, Zimtsterne und Butterspekulatius an der Reihe«, erklärte Annemie. Der Kater blinzelte und nickte.

Die Angewohnheit, nach dem Frühstück für Mensch und Tier in der Backstube noch im Bademantel die ersten Teigportionen anzusetzen, würde den Kontrolleuren vom Ordnungsamt vermutlich ebenso den Schweiß auf die Stirn treiben wie Belmondos Anwesenheit in der Backstube. Aber erst nachdem sie die veralteten Geräte, die rissigen Bodenfliesen und das spärliche Licht der Neonröhre beanstandet hätten. Annemies Backstube war, wie sie selbst, über die Zeit hinausgekommen, die man als gut hätte bezeichnen können. Annemie wusste genau, was passieren würde, wenn die Kontrolleure das nächste Mal bei ihr anklopften. Da nutzte es auch nichts, dass alles penibel sauber war und bis in die letzte kleine Ecke täglich geschrubbt und geputzt wurde. Vorschriften waren nun mal Vorschriften. Aber Geld war auch Geld. Und Annemie hatte keins. Nicht, um die Fliesen zu reparieren, nicht, um sich neue Maschinen anzuschaffen. Von den Einkünften, die sie durch den Verkauf ihrer Plätzchen, Kuchen und Teilchen an Haralds Marktständen erhielt, konnte sie leben, aber keine großen Sprünge machen. Harald hatte ihr angeboten, sie zu unterstützen, aber sie wollte nur von ihrer eigenen Hände Arbeit leben. Und wenn diese Hände zwar Kekse backen, aber keine Reichtümer erwirtschaften konnten, dann war das eben so. Punkt.

Annemie ging zum Kühlschrank und nahm die Butter heraus. Auf dem Rückweg begann sie zu singen, erst leise, dann immer lauter, und teilte dabei die Butter im Takt der Musik in kleine Stücke. Zweimal räusperte sie sich, dann war der Knoten aus ihrem Hals verschwunden. Die benötigten Gewürze standen alle in Reichweite auf einem Regal. Sie nahm sie und stellte sie auf die Arbeitsfläche. Als sie die Marzipanrohmasse und den Zucker aus der Vorratskammer holte, war sie beim Refrain eines ihrer Lieblingslieder angelangt. »Wunder gibt es immer wieder«, schmetterte sie dem Lärm der Maschine entgegen, während sie nacheinander die Butter, die Marzipanrohmasse und den Zucker hineingab und alles verknetete. Ihre Laune stieg mit jeder Note, die sie sang. Auch wenn sie außer dem Kater keine Zuhörer hatte, gab sie sich Mühe. Immerhin hatte sie als Kind im Kirchenchor die Solos singen dürfen. So schlecht konnte sie also nicht sein.

»Soll ich mit der Bank sprechen, Belmondo, was meinst du?«, rief sie über den Krach hinweg, als das Lied zu Ende war, und schlug die Eier in die Schüssel. Der Kater hob den Kopf. »Wenn ein Wunder geschieht und sie uns einen kleinen Kredit geben, kann ich das Notwendigste hier machen lassen.« Annemie nahm die Dosen mit den Gewürzen und öffnete sie. Sie maß nacheinander Zimt, Kardamom, Muskat, Salz und die gemahlenen Nelken ab, ohne die Aufschriften der Dosen zu lesen oder Angst vor einem falschen Griff zu haben. Sie erkannte jedes Gewürz an seinem Geruch, und das nicht allein deswegen, weil sie die Düfte seit Jahren kannte, sondern weil sie einen ausgeprägt guten Geruchssinn besaß. Sie schüttete die Mischung in den Teig. »Wir sind ja kein Großbetrieb. Das müsste doch machbar sein.«

Sie schaltete die Maschine auf eine höhere Stufe, gab das Mehl dazu, und der Lärm erreichte den Pegel eines landenden Flugzeugs. Sie konnte ihre eigene Stimme nicht mehr hören. Noch ein Punkt auf der Liste der Kontrolleure, diesmal in der Rubrik Arbeitssicherheit.

»Weißt du noch, wie viele Spekulatius Harald bestellt hat?«, fragte sie Belmondo, sobald der Teig fertig und die Maschine ausgeschaltet war. Sie griff nach einem ordentlichen Stapel orangefarbener Zettel. Annemie hatte irgendwann einmal die Farben festgelegt, und Harald hielt sich daran: Orange für die Bestellungen, blaue Zettel für private Mitteilungen und rote für besonders wichtige Sachen, die keinen Aufschub duldeten. Dann fiel ihr ein, dass sie gestern Abend nicht mehr nachgeschaut hatte.

Sie ging die Treppe hinauf und zum Briefkasten, der von innen an die Haustür geschraubt war. Sie öffnete ihn. Er war bis auf einen Brief von der Bank leer.

»War der feine Herr mal wieder zu bequem, einmal kurz um die Ecke zu gehen?«, knurrte sie unwillig, stopfte den Brief in die Tasche ihres Bademantels und öffnete die Tür zum Café, die ebenfalls vom Hausflur abging.

Das Dämmlicht der Straßenlaternen fiel matt durch einen kleinen Schlitz über den Styroporplatten, mit denen die Scheiben abgehängt waren. Annemie vermied es, einen Blick auf die staubbedeckten leeren Regale und die umgedrehten Stühle auf den Tischen zu werfen, die ihre Beine wie tote Insekten in die Luft streckten. Das Café hatte vor achtundzwanzig Jahren zum letzten Mal Gäste empfangen, ehe Annemie am Abend die Tür verschlossen hatte. Seither lag es in einer Art Dornröschenschlaf, wobei Annemie dieses Bild nicht ganz richtig fand, weil das ja beinhaltete, dass das Café irgendwann vielleicht wieder geöffnet werden würde. Genau das würde zu ihren Lebzeiten aber nicht mehr geschehen.

Sie ging den kleinen Pfad bis zur Eingangstür entlang, den ihre Füße über die Jahre immer dann in den Staub getreten hatten, wenn Harald seine Zettel durch diesen Briefschlitz schob, statt sie in den Briefkasten zu werfen. Annemie hatte den Verdacht, dass er es absichtlich machte, nur um sie zu ärgern. Ihre gute Laune vom Singen war schlagartig verpufft. Sie bückte sich ächzend, um den Zettel aufzuheben.

»Liebe Annemie, ich brauche für morgen bitte sechshundert Stück Spekulatius, etwa genauso viele Kipferl. Zimtsterne habe ich noch, aber die Vorräte müssen aufgefüllt werden. Kannst du sie bitte schon für mich in Tüten verpacken? Viele Grüße, Harald«, stand in gedrechselter Schrift auf dem Papier.

»Das könnte ihm so passen. Ich bin Konditorin, keine Fachpackerin.« Annemie stopfte den Zettel in die Tasche ihres Morgenrocks, drehte sich um und ging wieder in die Backstube, wo der Teig genug geruht hatte. Mit beiden Händen griff sie die Schüssel, hob sie aus der Maschine und stürzte den Teigklumpen auf die Arbeitsfläche. Mit geübten Griffen formte sie daraus eine flache Kugel, die sie in Folie einschlug und in die Kühlung stellte.

Sie lehnte sich mit dem Rücken an die Arbeitsfläche und nahm einen Schluck aus ihrer Kaffeetasse. Der Kaffee war kalt, aber das störte sie nicht. »Was meint der denn, was ich bin? Was meint er, was er ist? Glaubt der, er könnte hier alles bestimmen? So weit kommt es noch. Das soll er sich besser nicht erlauben, der Herr, nach dem, was er sich geleistet hat.« Mit Schwung stellte sie die Tasse auf die Arbeitsfläche. »Oder was sagst du, Belmondo? Kann er das? Sich das leisten?«

Der Kater hob den Kopf und blinzelte.

»Findest du also. Aha. Das ist ja gut zu wissen. Ihr Kerle haltet natürlich zusammen.« Ärgerlich raffte sie ihren Morgenmantel noch enger zusammen und ging in Richtung Treppe. »Glaub aber mal nicht, dass er auch nur einen Finger krumm machen würde, was dich angeht. Dein Thunfischfilet könntest du dir bei ihm ins Fell schmieren.« Sie rauschte die Treppe hinauf.

Belmondo erhob und streckte sich. Dann ließ er sich auf den Boden plumpsen. Eine kleine Mehlstaubwolke schwebte über ihm, als er ihr folgte.

Exakt fünfundvierzig Minuten später – Annemie benötigte immer genau dreißig Minuten für ihre Morgentoilette (weniger Aufwand wäre unhygienisch, mehr wäre eitel) und fünfzehn für ihren Rundgang durch das Haus – stand sie wieder in der Backstube. Alles war, wie es sein sollte. Ihre beiden Zimmer aufgeräumt, das Badezimmer blitzte.

Seit ihrer Geburt lebte sie in diesem Haus, auf mehr als dreihundert über drei Etagen verteilten Quadratmetern, von denen sie aber mittlerweile nur noch knapp vierzig nutzte. Ihr Schlafzimmer, das Badezimmer und ein zum kleinen Wohnzimmer umfunktioniertes Kinderzimmer im ersten Stock über dem Café reichten ihr vollkommen aus. Sowohl vom Platz als auch von der Arbeit her. Belmondos langes Fell fiel nach nicht nachvollziehbaren Regeln aus und bildete kleine Fellbüschel, die wie Steppenläufer in der Wüste durch die Zimmer und die Flure rollten. Sie einzufangen und dazu noch den Staub aus jeder erdenklichen Ecke zu saugen, das Badezimmer zu putzen und die Fußböden sauber zu halten genügte Annemie an Putzarbeit in ihrem Privathaushalt. Dazu kam ja noch die Backstube.

Die übrigen Zimmer des Hauses mit den farbenfrohen Möbeln ihrer Eltern aus den siebziger Jahren, den vollgestopften Bücherregalen ihrer Mutter und den geerbten Ölschinken aus dem ehemaligen Schlafzimmer ihrer Großeltern darin hatte sie schon so lange nicht mehr betreten, dass es ihr schwerfiel, sich vor Augen zu führen, wie sie überhaupt aussahen. Sie erinnerte sich an Tapeten mit psychedelischen Mustern und eine orangefarbene Sitzgarnitur mit weißem Kunststoffrahmen, in die man hinein-, aber niemals hinauskam. Nippes und Spitzendecken, Fotos. Sie hatte die Vergangenheit weggeschlossen und die Schlüssel in einer Blechdose unter dem Treppenaufgang verstaut. Hier konnten sie bleiben, bis sie Rost ansetzten. Wenn sie das nicht schon getan hatten, denn Belmondo hatte das ein oder andere Mal wenig Zielgenauigkeit bei der Benutzung seiner dort ebenfalls stationierten Toilette bewiesen.

Annemie griff nach einem leeren Zettel und einem Kugelschreiber. »Verpack die Spekulatius selbst«, schrieb sie und legte den Zettel zur Einkaufsliste. Sie zögerte, schüttelte den Kopf und nahm sich die Nachricht noch einmal vor. Mit Schwung setzte sie ein dickes Ausrufezeichen hinter das letzte Wort und nickte zufrieden. Das musste er nun verstehen. Immerhin kommunizierten sie seit Ewigkeiten so miteinander. Nach dem »Ereignis«, wie Annemie es bezeichnete, hatte sie zuerst nie wieder mit Harald sprechen wollen. Auf Dauer hatte sich das aber als wenig praktikabel erwiesen, und so war sie dazu übergegangen, ihm Notizzettel mit kurzen Nachrichten zu schreiben. Harald hatte sich drauf eingelassen, wohl weil ihm letztlich nichts anderes übrig geblieben war. Sie war zehn Jahr älter als er, die große Schwester. Sie bestimmte die Regeln. Erst recht nach dem, was vorgefallen war.

Sie sah auf die Uhr. Um sechs würde Harald kommen und die fertigen Plätzchen für den Weihnachtsmarkt abholen. Sie musste sich beeilen, wenn alles rechtzeitig fertig sein sollte. Sechshundert Vanillekipferl, genauso viele Butterspekulatius und ein paar hundert Zimtsterne machten sich nicht von allein.

Um fünf Minuten vor sechs hatte Annemie singenderweise einen Zug nach Nirgendwo fahren, Conny Kramer sterben und Spaniens Gitarren erklingen lassen. In der Backstube duftete es nach frischem Weihnachtsgebäck verschiedener Couleur, und

Annemie sog die buttrige Süße genüsslich durch die Nase ein. Sie hatte immer geglaubt, dass sie irgendwann dagegen abstumpfen würde. Dass ihre Nase schlechter und sie die gewohnten Gerüche nicht mehr wahrnehmen würde. Oder dass sie es nicht mehr ertragen könnte und zum Ausgleich an Senfgläsern, Bratkartoffeln oder eingelegten Heringen schnuppern müsste. Aber das war zu ihrer großen Freude nie passiert. Ganz im Gegenteil. Noch immer lief ihr bei den süßen Gerüchen das Wasser im Mund zusammen. Was gab es Besseres als eine Kombination aus zartschmelzender Schokolade und knusprigem Keks auf der Zunge? Was konnte himmlischer sein als der Geschmack einer samtigen Macaron-Ganache à la Piña Colada aus Ananas, weißer Kuvertüre, Rum und Kokosraspeln – auch wenn sie mit Rücksicht auf ihre Hüften seit Langem schon von allem immer nur ein Stückchen probierte? Die ganz modernen Sachen hingegen waren nicht so ihres. Torten, die unter dicken Fondant-Schichten verschwanden und deren Äußeres wichtiger war als ihr Innenleben, konnte Annemie nichts abgewinnen, auch wenn Harald schon den ein oder anderen Zettel mit entsprechenden Kundenwünschen hinterlassen hatte. Sie hob die letzten inzwischen erkalteten Kipferl mit zwei Löffeln vorsichtig in den Transportbehälter, verschloss ihn und schaute auf die Uhr. Harald war noch nicht da. Drei Minuten über der Zeit. Nun, er war nicht immer so pünktlich wie sie.

Nach zehn Minuten wurde sie unruhig, schob die Transportboxen hin und her, öffnete einen Deckel und rückte einen Zimtstern zurecht, bevor sie die Kiste wieder verschloss. Weitere fünfzehn Minuten und fünf auf Hochglanz polierte Backbleche später hielt sie es nicht mehr aus und beschloss, ihrem Bruder zum ersten Mal seit mehr als zwei Jahrzehnten entgegenzugehen.

Sie stieg die Treppe hinauf, nahm ihren Mantel von der Garderobe, zog warme Stiefel an und öffnete die Haustür. Ein eisiger Wind schlug ihr entgegen, sehr kalt für den 1. Dezember. Sie streckte den Kopf zur Tür hinaus, schaute nach links und dann nach rechts die Straße hinunter. Jetzt waren deutlich mehr

Autos und auch Fußgänger unterwegs. Einige Passanten grüßten sie im Vorbeigehen, und Annemie sah sich zu einem knappen Nicken genötigt. Vom Lieferwagen ihres Bruders keine Spur.

»Seltsam, seltsam, seltsam«, murmelte Annemie und trat wieder ins Haus. Sie merkte, wie Ärger in ihr hochstieg. Durch Haralds Unzuverlässigkeit geriet ihr ganzer Tagesplan durcheinander. Weitere Plätzchen und vor allem die Printen standen heute noch an. Schnaubend zog sie die Haustür hinter sich ins Schloss, hängte den Mantel zurück an den Haken und schlüpfte aus ihren Winterstiefeln. Nicht auszudenken, was diese Verspätung für Folgen haben könnte. Wenn Harald zu spät zum Marktstand kam, mussten die Kunden warten, reagierten vielleicht unzufrieden und gingen woanders ihre Plätzchen kaufen. Und sie, Annemie, müsste es ausbaden. Weniger Umsatz bedeutete weniger Geld. Weniger Geld bedeutete weniger Thunfischfilet für Belmondo und keine neuen Fliesen für die Backstube auf sehr lange Sicht.

»Es ist wirklich nicht zu fassen«, rief sie in die Backstube hinunter, weil sie Belmondo dort vermutete. »Was sollen wir nur machen, wenn —«

Die Türklingel unterbrach ihre Schimpftirade. Annemie drehte sich schwungvoll um, riss die Tür auf und hatte auf einmal vergessen, dass sie nie mehr ein Wort mit ihrem Bruder wechseln wollte.

»Was fällt dir ein, mich so lange warten zu lassen«, zeterte sie los, unterbrach sich aber, als sie bemerkte, dass es nicht Harald war, der da vor ihrer Tür stand.

»Frau Engel?«, fragte der Mann in der dicken Winterjacke und hielt ihr einen Ausweis hin. »Winfried Freudenruh ist mein Name, ich bin von der Polizei. Haben Sie einen Augenblick Zeit für mich?«

Kapitel 2

»Sie sind doch Frau Engel?«

»Ja.«

»Kennen Sie einen Herrn Harald Engel?«

»Ja.«

»Er ist Ihr Bruder?

»Sie sind von der Polizei. Was hat er wieder angestellt?«

»Frau Engel, vielleicht könnten wir kurz hineingehen.«

»Ich will damit nichts zu tun haben, was immer es auch ist. Er hat mir im Leben schon genug Scherereien gemacht. Ich hätte nicht gedacht, dass er es auch im Alter nicht lassen kann.« Annemie schob die Haustür zu.

»Warten Sie, Frau Engel«, sagte Winfried Freudenruh so laut, dass sie es auch durch die geschlossene Tür hören konnte. »Wären Sie bitte so nett und hören mir kurz zu? Ich muss wirklich mit Ihnen sprechen.«

Annemie zögerte. Dann zog sie die Tür einen Spalt auf und schaute den Polizisten schweigend an.

»Es wäre gut, wenn wir in Ruhe reden könnten.« Freudenruh erwiderte ihren Blick, lächelte zurückhaltend und mit zerknautschtem Gesicht, sodass Annemie unwillkürlich an einen dieser chinesischen Hunde denken musste, die sie neulich in einer Zeitschrift gesehen hatte. Er hatte in etwa ihr Alter, dafür aber noch erstaunlich volles weißgraues Haar, durch das er sich jetzt mit der Hand fuhr.

»Kommen Sie rein.« Sie öffnete die Tür, drehte sich auf dem Absatz um und ging durch den Hausflur in Richtung Treppe. Freudenruh folgte ihr. »Machen Sie die Haustür hinter sich zu«, wies Annemie ihn über ihre Schulter hinweg an. Sie stieg in die Backstube hinunter und machte sich an den bereits sehr sauberen Backblechen zu schaffen. »Ich muss die Waren fertig machen und habe nicht viel Zeit. Also wäre es mir lieb, wenn Sie sich kurzfassen.« Sie hoffte, er würde schnell wieder verschwinden.

Kurz überlegte sie, ob es so schlau gewesen war, den Polizisten in ihre Backstube zu lassen, kam aber zu dem Schluss, dass die Polizei wohl kein Interesse an ihren kaputten Fliesen haben würde. Außerdem war hier der einzige Raum des Hauses, der ihrer Ansicht nach groß genug war, um genügend Abstand zwischen ihm und sich halten zu können.

»Frau Engel, Ihr Bruder hatte eine Notiz in seiner Brieftasche, auf der für Notfälle Ihr Name und diese Adresse vermerkt waren.« Er machte eine kurze Pause. »Es gab einen Vorfall auf dem Weihnachtsmarkt vor etwa zwei Stunden. Eine Gasexplosion.« Er verstummte und beobachtete sie. Annemie spürte, wie ihr trotz der Wärme in der Backstube kalt wurde.

»Ist er tot?«, fragte sie und wusste nicht, wo das Zittern in ihrer Stimme mit einem Mal herkam.

»Nein. Ihr Bruder wurde verletzt. Allerdings sehr schwer verletzt. Er liegt auf der Intensivstation. Die Ärzte wollen sicher mit Ihnen sprechen.«

»Aha.« Annemie nickte und schwieg.

»Möchten Sie, dass ich Sie hinfahre?«, bot Freudenruh an.

»Nein danke.« Annemie schüttelte den Kopf, blieb aber ansonsten reglos hinter der Arbeitsplatte stehen.

»Soll ich jemanden für Sie anrufen, damit derjenige herkommen und Sie unterstützen kann?«

»Ich brauche niemanden, danke.« Sie richtete sich kerzengerade auf, legte die Hände auf die Arbeitsfläche und schaute Freudenruh abwartend an.

»Da ist noch etwas, Frau Engel.« Sein Tonfall änderte sich. Von vorsichtigem Tasten hin zu mehr Aufmerksamkeit in der Stimme.

»Ja?«

»Ihr Bruder war nicht allein, als die Explosion stattfand. Es gab einen Toten. Horst Heßler. Kannten Sie ihn?«

»Nein. Ich gehe nicht aus dem Haus und kenne keine Leute.«

»Können Sie sich vorstellen, warum die beiden so früh am Morgen auf dem Weihnachtsmarkt waren?«

»Um zu arbeiten? Mein Bruder hat sicher alles vorbereitet.«

»Es ist hilfreich, wenn Sie uns alles sagen, was Sie wissen, Frau Engel. Wir prüfen intensiv, ob Fremdverschulden in Frage kommt.«

»Es tut mir leid, ich kann Ihnen nicht helfen. Ich weiß nicht, mit wem mein Bruder seine Zeit verbringt.« Sie griff nach dem Mehlbesen. »Wenn ich Ihnen helfen könnte, würde ich das sicher tun. Aber ich kann es nicht. Deswegen würde ich mich jetzt gerne wieder an meine Arbeit machen, Herr …« Annemie suchte nach dem Namen.

»Freudenruh. Hauptkommissar Winfried Freudenruh.«

»Ja.« Annemie trat hinter der Arbeitsplatte hervor. Es fiel ihr sehr schwer, sich dem Kommissar zu nähern und an ihm vorbei zur Tür zu gehen, aber ihr Wunsch, allein und in Ruhe nachdenken zu können, war deutlich größer als die Abneigung gegen die Nähe dieses Fremden und die Nachrichten, die er mitgebracht hatte.

»Ich begleite Sie nach oben«, sagte sie und wies mit einer knappen Geste die Treppe hinauf Richtung Ausgang. Freudenruh zog eine Visitenkarte aus der Innentasche seiner Jacke und reichte sie ihr.

»Wenn Ihnen noch etwas einfällt, bitte ich Sie, sich bei mir zu melden, Frau Engel«, sagte er, bevor er nach oben stieg. Annemie folgte ihm schweigend. Als sie an der Tür standen, suchte er ihren Blick. »Ich werde in den nächsten Tagen noch einmal bei Ihnen vorbeischauen. Es gibt einige Fragen, die ich Ihnen stellen muss.« Es klang wie eine Drohung.

Er reichte ihr die Hand, Annemie ignorierte sie. Sie schloss die Haustür hinter ihm und drehte den Schlüssel zweimal herum. Dann ging sie wieder in die Backstube, nahm ihre Tasse und trug sie zur Spüle. Langsam drehte sie den Wasserhahn auf, ließ das Wasser laufen, bis es heiß wurde. Belmondo sprang von seinem Ausguck und strich um ihre Beine. Er maunzte, stellte sich auf die Hinterpfoten und rieb seinen Kopf an ihr. Annemie reagierte nicht. Sie griff nach der Spülbürste, schüttete etwas Geschirrspülmittel darauf und säuberte die Tasse sehr gründlich und ausdauernd. Der Kommissar hatte gesagt, die Polizei prüfe intensiv, ob Fremdverschulden vorlag. Das bedeutete, dass sie die Gasexplosion nicht für einen Unfall hielten. Dafür gab es sicher einen Grund. Es gab immer für alles einen Grund. Wie auch einen Schuldigen. Und in Haralds Fall hatten Grund und Schuld schon sehr oft miteinander in Zusammenhang gestanden. Aber das hier? Ein Toter? Das war nicht Haralds Art. Ein längst verdrängtes Gefühl zupfte leise an ihren Gedanken und wollte, dass sie sich Sorgen um ihren Bruder machte.

»Nein, das machen wir nicht mehr, Schatz, oder?«, fragte sie Belmondo, bückte sich und hob den Kater hoch. »So was wollen wir nicht mehr. Das ist uns noch nie gut bekommen. Wir kümmern uns einfach nicht darum. Harald muss die Suppe, die er sich eingebrockt hat, auch auslöffeln. Wir backen die Kekse. Er verkauft sie. Wir haben eine auf einem professionellen Umgang beruhende Geschäftsbeziehung. Mehr nicht.« Sie küsste Belmondo auf die Stirn und presste ihn an sich. Der Kater schnurrte.

Wieder klingelte es an der Haustür. Annemie schrak zusammen, Belmondo befreite sich und sprang zu Boden. Es klingelte erneut.

»Nicht schon wieder«, murmelte Annemie und wappnete sich, um sich an diesem Tag bereits zum dritten Mal der Außenwelt zu stellen. »Haben Sie etwas vergessen?«, fragte sie, als sie die Tür öffnete. Überrascht trat sie einen Schritt zurück.

Dort stand nicht Hauptkommissar Winfried Freudenruh, sondern ein Mann Anfang, Mitte dreißig in dunkler Lederjacke, die definitiv schon bessere Zeiten gesehen hatte, schwarzem T-Shirt und einer Jeans mit Löchern. Außerdem trug er Turnschuhe, bei denen Annemie nicht sicher war, ob die graue Farbe so gedacht oder angesammelter Dreck war. Der Dreitagebart und die dunklen Locken komplettierten das Bild eines Mannes, den Annemie noch nie gesehen hatte.

»Da bin ich«, sagte er, schob die Tür auf und stellte zwei große Koffer im Flur vor Annemies Füßen ab. »Wo kann das hin?« Er schenkte ihr ein strahlendes Lächeln. Annemie wich einen Schritt zurück.

»Wer sind Sie?«, fragte sie verblüfft.

»Na, Farin.« Der Mann sagte das so, als gäbe es nichts Selbstverständlicheres auf der Welt.

»Herr Na-fa-rin.« Annemie betonte jede Silbe und stellte einen Fuß quer hinter die Tür, um zu verhindern, dass er sie weiter aufschieben konnte. Man hörte ja so viel über das, was älteren Leuten alles passieren konnte. Der junge Mann schüttelte den Kopf. »Was möchten Sie hier?«

»Nein. Nicht Nafarin. Nur Farin. Farin Said.« Er machte wieder Anstalten, den Flur zu betreten.

»Nafarin oder Nurfarin. Das ist mir völlig egal.« Diesmal stellte sie sich mitten in den Hauseingang und musterte ihn von oben bis unten. »Sie sind doch Ausländer«, stellte Annemie fest.

»Nein. Das war ich mal. Das ist aber schon fünfzehn Jahre her. Seitdem lebe ich in Deutschland.«

»Sagen Sie mir, was Sie hier wollen, oder gehen Sie.« Annemie hatte keine Lust, sich weiter von ihm aufhalten zu lassen, wie auch immer jetzt sein Name war. »Und kommen Sie mir nicht mit einem Enkeltrick. Ich bin mir nämlich sehr sicher, keinen Enkel zu haben.«

Farin Said runzelte die Stirn, dann lachte er. »Nein, nein, keine Angst. Kein Enkel. Und auch kein Glas-Wasser- oder Mal-eben-telefonieren-Trick. Ich meine es ernst. Darf ich rein?«

»Und ich meine es ebenfalls ernst. Nein.«

Farins fröhliche Miene verschwand. »Dann wissen Sie nicht Bescheid?«

»Worüber?«

»Über Harald.« Er sprach jetzt leiser. »Er ist im Krankenhaus.«

»Doch, das weiß ich. Ein Polizist war gerade hier und hat es mir gesagt. Aber was hat das mit Ihnen zu tun?«

»Ich muss jetzt bei Ihnen wohnen.«

»Sie müssen was?«

»Bei Ihnen wohnen.« Er zeigte auf die Koffer und schlang dann wärmend seine Arme um sich. »Darf ich bitte reinkommen? Es ist kalt.«

»Nein, Sie dürfen nicht rein, und Sie dürfen auch nicht bei

mir wohnen«, sagte Annemie energisch. »Da könnte ja jeder kommen.« Sie schnaubte ärgerlich und schloss die Tür.

Die Klingel ertönte. Annemie ignorierte sie, wandte sich um und ging zur Treppe. Es klingelte ein weiteres Mal, diesmal penetrant lange. Ärgerlich machte sie auf dem Absatz kehrt, riss die Tür auf und baute sich vor dem Mann auf.

»Wenn Sie nicht sofort verschwinden, rufe ich die Polizei«, schimpfte sie.

»Sie sind aber doch Haralds Schwester? Oder bin ich hier falsch?« Farin Said ließ die Schultern hängen, sein Sonnyboy-Lächeln war verschwunden.

»Ich bin Haralds Schwester, aber Sie sind hier trotzdem falsch. Das ist keine Jugendherberge.«

»Aber ich weiß nicht, wo ich sonst hinkann. Ich arbeite für Harald auf dem Markt. Gestern hat sich meine Freundin von mir getrennt, ich sollte meine Sachen packen und verschwunden sein, wenn sie heute von der Arbeit kommt, und Harald meinte, ich könnte übergangsweise im Stand übernachten.«

»Dann machen Sie das doch.«

»Der Marktstand hat die Explosion nicht heil überstanden.

»Das ist nicht mein Problem, sondern Ihres. Außerdem kenne ich Sie nicht einmal. Wieso sollte ich Ihnen glauben, dass Sie die Wahrheit sagen? Oder Sie sogar bei mir wohnen lassen? Warum gehen Sie nicht zu Ihrer Freundin und entschuldigen sich?«

Farin Said presste die Lippen aufeinander. »Harald hat mir mal erzählt, dass Sie eine Blume mit vielen Dornen sind, aber nicht, dass Ihr Herz hart wie ein Fels in der Wüste ist.«

»Reden Sie nicht so einen Unsinn«, wehrte Annemie schnaubend ab. »Von Dornen und Felsen hat er bestimmt nichts gesagt.«

»Aber er hat mir gesagt, dass Sie im Kern ein guter Mensch sind. Und deswegen bin ich jetzt hier, weil ich einen guten Menschen brauche und hoffe, dass Sie mir helfen werden. Der Neue meiner Ex wäre sicher nicht begeistert, wenn ich einfach so vor der Tür stehen würde.

»Na, dann sind wir ja schon zwei.«

Farin Said lächelte unsicher und neigte den Kopf zur Seite. »Ich könnte Ihnen doch helfen.«

»Ich brauche keine Hilfe. Von niemandem.«

»Wer soll denn jetzt Ihre Kekse verkaufen? Harald liegt doch im Krankenhaus.«

»Das mache ich selbst.«

»Aber Sie haben keinen Marktstand mehr. Jemand muss ihn reparieren.«

Annemie biss sich auf die Lippen. Dieser Farin hatte recht. Sie konnte zwar die Weihnachtsplätzchen in der Nacht backen und sie, wenn es wirklich nötig war, tagsüber verkaufen. Wobei die Vorstellung, zwölf Stunden lang den Menschenmengen ausgesetzt zu sein, schlimmer war als geronnene Buttercreme. Aber einen Weihnachtsmarktstand zu reparieren, und das auch noch so schnell wie möglich, überstieg definitiv ihre Fähigkeiten.

»Darf ich denn wenigstens kurz reinkommen, mich ein bisschen aufwärmen und meine Koffer bei Ihnen abstellen, bevor ich mich auf die Suche nach einem Bett mache?«, wollte Farin Said wissen. Er klang resigniert. »Bitte«, schob er nach, als Annemie keine Anstalten machte, sich von der Stelle zu rühren, weil sie innerlich immer noch schwankte, was sie darauf antworten sollte. »Oh.« Farin Said sah an Annemie vorbei in den Hausflur hinein. »Sie haben eine Katze.«

Annemie spürte, wie Belmondo um ihre Beine strich, und blickte irritiert nach unten. Er traute sich nie bis zur Haustür hervor, wenn Besuch da war – was ja ebenfalls so gut wie nie vorkam. Sehr wahrscheinlich hatte ihn die ungewöhnliche Häufung aus seinem gewohnten Rhythmus gebracht.

»Wussten Sie, dass Perserkatzen gar nicht aus Persien, sondern aus England kommen?« Farin Said bückte sich und streichelte Belmondos Kopf. Der schnurrte laut.

»Er mag sonst keine Fremden«, stellte Annemie fest, seine Bemerkung ignorierend. Sie zögerte einen weiteren Moment und trat dann von der Tür zurück. Annemie zeigte auf eine freie Stelle neben der Treppe. »Sie können die Koffer erst mal dort abstellen. Wir müssen überlegen, was zu tun ist.«

»Heißt das, Sie lassen mich bei Ihnen wohnen?«

»Nein, das heißt, wir müssen überlegen, was zu tun ist.« Annemie schob die Hände in die Taschen ihres Kittels.

»›Akl al einab habba‹, pflegte mein Großonkel zweiten Grades väterlicherseits zu sagen. ›Trauben werden eine nach der anderen gegessen.‹«

»Vielleicht könnten Sie ja bei Ihrem Großonkel zweiten Grades väterlicherseits wohnen? Haben Sie schon mal darüber nachgedacht?« Annemie schaute zu ihm hoch. Er war mehr als zwei Kopf größer als sie selbst und hatte eine sportliche Figur. Durchtrainiert nannte man das wohl heute.

Farin Said nickte. »Sicher. Er würde mich bestimmt bei sich wohnen lassen. Leider wäre das in Ägypten, und er ist außerdem schon tot.« Er hob bedauernd die Schultern. »Hätten Sie vielleicht ein Glas Wasser für mich?«

Annemie atmete tief ein und wieder aus, schloss und öffnete die Augen, ballte die rechte Hand zur Faust und ließ wieder locker. Das wiederholte sie dreimal, weil sie in der »Bäckerblume« gelesen hatte, dass das eine gute Entspannungsübung sei und man unschöne Dinge auf diese Weise einfach wegatmen könne. Wie sie damals schon vermutet hatte, funktionierte es nicht. Farin Said stand immer noch in ihrem Hausflur und lächelte sie erwartungsvoll an.

»Ein Glas Wasser. Dann überlegen wir.«

In der Backstube ging sie zum Geschirrschrank, holte ein Glas heraus und füllte es am Wasserhahn mit Leitungswasser. Sie reichte es Farin Said. Der nahm es mit einer leichten Verbeugung entgegen, trank einen Schluck und sah sich um. Er schloss die Augen und schnupperte genießerisch.

»Kardamom, Anis und Mandellikör. Lassen Sie mich raten. Butterspekulatius, Vanillekipferl und Zimtsterne.«

»Wenn Sie für Harald arbeiten, kennen Sie sicher seine Bestellung. Das ist also keine Kunst.« Annemie verschränkte abwehrend die Arme vor der Brust. Wenn dieser Farin meinte, er könne sie beeindrucken und um den Finger wickeln, hatte er sich aber gewaltig getäuscht. Sie selbst hatte einen ausgezeichneten Geruchssinn, konnte auch exotische Gewürze noch in kleinster Dosierung erschnuppern und bestimmen.

»»Eine schlaue Frau kann auch mit dem Fuß eines Esels spinnen‹, hat meine Großmutter mütterlicherseits immer gesagt.« Farin trank aus und brachte das leere Glas zur Spüle. Übergangslos fragte er: »Was haben Sie jetzt wegen Harald vor?«

»Was geht Sie das an?«

»Er ist mein Chef. Und mein Freund. Ich würde gerne zu ihm, aber sie lassen mich nicht, weil ich kein Angehöriger bin. Aber ich mach mir große Sorgen um ihn.«

Annemie musterte Farin von oben bis unten. Hatte sie da etwas verpasst? Ihr Bruder hatte nie geheiratet. Sie konnte sich zwar an eine oder zwei Freundinnen von früher erinnern, aber sonst war da nie jemand gewesen. Sie hatte es immer den besonderen Umständen zugeschrieben, und der Gedanke, der ihr jetzt kam, war neu für sie. Und irritierend. Sie wusste nicht, wie sie reagieren sollte. Heutzutage hatte man so was ja immer öfter. Männer mit Männern und Frauen mit Frauen. Und seit Neuestem durften sich auch alle untereinander verheiraten, wie sie lustig waren, was Annemie nur folgerichtig und gut fand. Aber hatte er nicht eben gesagt, seine Freundin habe ihn rausgeschmissen?

»Ich habe nicht vor, etwas zu unternehmen«, klärte sie Farin Said auf und beschloss, den Grad der Freundschaft zwischen Harald und Farin Said nicht näher zu eruieren.

»Nichts?« Verblüfft starrte Farin sie an. »Aber er ist doch Ihr Bruder.« Als Annemie nicht reagierte, ergänzte er: »Er ist Familie.«

»Ja. Zu meinem größten Bedauern.«

»Aber Sie müssen doch mit den Ärzten sprechen.«

»Müssen muss ich gar nichts.«

»Sie wollen nicht.«

»Ganz genau.«

»Warum?«

»Was geht Sie das an?«

»Nichts.« Farin Said zog die kleine Trittleiter unter der Arbeitsfläche hervor, mit der Annemie die weniger oft benutzten Backutensilien aus den oberen Hängeschränken holte, klappte sie auf und setzte sich. »Sie haben recht. Es geht mich nichts an. Ich frage Sie aber trotzdem. Weil Harald es verdient hat, dass sich jemand nach ihm erkundigt. Dass sich jemand um ihn kümmert.«

»Ich habe mich oft genug um ihn gekümmert. Und es ist mir nie gedankt worden. Ganz im Gegenteil.«

»Er hat Sie enttäuscht?«

»Ja.« Annemie legte die Hände auf die Arbeitsfläche. Sie fühlte sich glatt und kühl an. So wie ihr Inneres bei dem Gedanken an die Enttäuschung, die Harald ihr bereitet hatte. Sie hatte gelernt, es an sich abgleiten zu lassen.

»Was ist, wenn er stirbt?«, fragte Farin Said mit belegter Stimme. »Seine Verletzungen sind schwer.« Er sah sie an. Nachdenklich, wie Annemie fand. Nachdenklich und mit einer Trauer im Blick, die über seine Sorge um Harald weit hinausging. Sie kannte ihn seit nicht einmal zehn Minuten, hatte aber das Gefühl, er würde sich geduldig anhören, was sie zu erzählen hatte. Wenn sie es denn erzählen wollte. Was mit Sicherheit nicht der Fall war. Eher würde sie eine ganze Wagenladung Spritzgebäck von Hand aus der Tülle drücken.

»Was ist dann?«, fragte sie und war selbst erschrocken über die Härte in ihrer Stimme.

»Dann haben Sie die Chance vergeben, sich mit Ihrem Bruder zu versöhnen.«

»Auf Versöhnung bin ich nicht aus«, murmelte Annemie und horchte ihren eigenen Worten nach.

Farin Said blinzelte. Dann stand er abrupt auf. Er klappte die Leiter geräuschvoll zusammen und schob sie wieder unter die Arbeitsfläche. »Tja. Wenn das so ist. Ich hatte Sie wohl falsch eingeschätzt. Aber man kann sich ja mal irren. Ich gehe dann jetzt am besten und suche mir eine Bleibe. Irgendein Kumpel wird schon ein Sofa für mich frei haben.« Er ging zum Ausgang der Backstube. »Einen neuen Job finde ich sicher auch bald.

Die Koffer komme ich holen, sobald ich was habe. Ich hoffe, es macht Ihnen nichts aus, wenn die noch ein paar Stunden in Ihrem Hausflur herumstehen.« Er stieg die Treppe hinauf. Annemie starrte ihm hinterher.

»Warten Sie!«, sagte sie leise, aber laut genug, dass er sie hören konnte.

Farin Said blieb stehen.

»Warum gehen Sie jetzt?«

Wortlos sah Farin sie über die Schulter hinweg an. Dann schüttelte er leicht den Kopf, wandte sich von ihr ab und ging weiter die Treppe hinauf.

Annemie hielt inne und lauschte auf seine Schritte. Die Treppe hatte siebzehn Stufen aus Stein. Die Jahre hatten in jede einzelne Macken geschlagen. Jede Stufe hatte ihren eigenen Klang. Annemie kannte jeden Ton genau und wusste, wann er oben sein würde.

»Warten Sie«, sagte sie und rief dann noch einmal, weil sie befürchtete, er könnte sie nicht hören: »Warten Sie!«

Sie hatte Streit mit Harald. Sie wäre diszipliniert genug, die doppelte Belastung von Backen und Verkauf auf dem Weihnachtsmarkt zu verkraften. Sie würde das schaffen. Allein. Aber etwas in dem Blick des jungen Mannes hatte sie schockiert. Gefiel sie sich wirklich so kaltschnäuzig und herzlos, wie er sie gerade gesehen hatte? Die Schritte blieben aus. Annemie ging zur Treppe und sah zu Farin Said hinauf.

»Können Sie auch einkaufen?«

Farin nickte.

»Und mit dem Bus fahren?«

»Auch das.«

»Dann bringen Sie mich zu Harald.«

Kapitel 3

Das Glimberger Krankenhaus sah aus wie ein bunter Bauklotz, den ein Kind auf der Wiese verloren hatte. Oder besser wie ein Haufen bunter Bauklötze, die von einem hyperaktiven Kind ausgeschüttet und dann kräftig durcheinandergewirbelt worden waren. Wenn man die weit voneinander entfernten Gebäudeteile überhaupt als ein Krankenhaus bezeichnen wollte. Das Parkhaus, neben dem die Haltestelle lag, an der Annemie und Farin aus dem Bus stiegen, war blau. Das Bettenhaus, auf das sie über einen grau gepflasterten Weg zugingen, strahlte in der Farbe Rot. Daneben erhob sich ein pinkfarbener Kuppelbau, der Annemie an einen Muffin erinnerte und den ein Schild als Psychiatrie auswies. Sie fragte sich ernsthaft, ob diese Farbe die Patienten nicht noch verrückter machte, als sie ohnehin schon waren, bis ihr einfiel, dass diese ja aus dem Gebäude hinaus- und damit auf die Bauten in Grün, Gelb und etwas, das wohlmeinend aussah wie geschmolzenes Schokoladeneis, schauten. In Wirklichkeit glich es aber eher der Hinterlassenschaft eines Hundes mit Verdauungsproblemen. So gesehen war es vielleicht sogar eine Art geschickte Farbtherapie, die ihnen den kreischend pinken Anblick ersparte.

Sie hatte sich für den Besuch im Krankenhaus extra umgezogen. Zu ihrem einzigen schwarzen Rock trug sie nun einen hellblauen Strickpulli, den sie früher immer sehr gerne gemocht hatte, weil die beiden beigen Längsstreifen links und rechts an der Seite so gut zu ihren blonden Haaren gepasst hatten. Der Pulli saß heute zwar etwas enger als vor fünfzehn Jahren, und ihre Haare waren grau und nicht mehr blond, aber das machte nichts. Außerdem hätte sie sowieso keinen anderen brauchbaren Pullover gehabt, weil sie im Haus nur die Kittel trug.

Annemie umklammerte die Henkel ihrer Handtasche und setzte behutsam einen Fuß vor den anderen, um zu testen, ob der Boden hier ebenfalls gefroren und spiegelglatt war, so wie auf dem Weg zur Bushaltestelle in der Nähe ihres Hauses. Sie war dort trotz der guten festen Schuhe ausgerutscht und wäre beinahe gestürzt, wenn der Herr Nurfarin sie nicht aufgefangen und wieder auf die Beine gestellt hätte. Seitdem zwickte ihre linke Seite, und sie fürchtete, sich etwas gezerrt zu haben. Trotzdem hatte sie den von dem jungen Mann höflich zur Stütze angebotenen Arm entschieden abgelehnt. Nur weil sie sich einverstanden erklärt hatte, mit ihm ins Krankenhaus zu fahren, durfte er sich keine plumpen Vertraulichkeiten erlauben. Man kannte das ja mit dem kleinen Finger und der ganzen Hand. Zwanzig Minuten lang, während der kompletten Fahrt von Niedelsingen nach Glimberg, hatte sie sehr sorgfältig darauf geachtet, ihn nicht zu berühren. Was sich auf den ihrer Meinung nach skandalös engen Sitzen des Busses nicht immer einfach gestaltet hatte.

»Mein Name ist Annemarie Engel, ich möchte zu meinem Bruder«, erklärte sie der Frau am Informationsschalter. »Möchten Sie meinen Ausweis sehen?« Sie kramte in ihrer Handtasche, nahm eine kleine Mappe heraus und legte ein dunkelgrünes Heftchen auf den Schalter.

»Das ist nicht nötig«, erwiderte die junge Frau, beugte sich dann aber interessiert vor. »So einen habe ich ja noch nie gesehen. Darf ich?« Sie griff zu, bevor Annemie antworten konnte, und schlug den Ausweis auf. Eine deutlich jüngere Annemie lächelte sie von einem verblassten Passfoto an. Die beiden Stempel der Stadt Niedelsingen unten links und oben rechts am Bildrand verdeckten große Teile ihres Gesichts.

»Der stammt ja auch von vor Ihrer Zeit. Ich habe ihn bereits seit mehr als dreißig Jahren. Ich gehe pfleglich mit meinen Sachen um, dann halten sie lange.«

»Aber der ist doch längst abgelaufen.«

»Das macht mir nichts aus. Ich verreise niemals.« Annemie packte den Ausweis wieder in ihre Handtasche und ließ mit einem lauten Klacken die Verschlüsse zuschnappen. »Wo ist mein Bruder nun? Ich würde die Sache gerne zügig hinter mich bringen und wieder nach Hause fahren.«

Die junge Frau suchte Haralds Namen im Patientenverzeichnis.

»Ihr Bruder liegt auf der Intensivstation im zweiten Stock. Ich gebe oben Bescheid. Bitte klingeln Sie an der Eingangstür der Station. Eine Schwester holt Sie dann ab und kümmert sich um Sie.«

»Bitte nehmen Sie noch einen Moment Platz, Frau Engel. Die Ärztin kommt gleich zu Ihnen. Möchten Sie oder Ihr Sohn einen Kaffee oder ein Wasser?«

»Er ist nicht mein Sohn. Und: Nein danke.«

»Wir haben auch Tee. Es steht alles dort auf dem Tischchen. Bedienen Sie sich, wenn Sie möchten.«

»Ich möchte auch keinen Tee«, presste Annemie zwischen zusammengebissenen Zähnen hervor. Es war ein Fehler gewesen, hierherzukommen. Sie hatte es von Anfang an gewusst. Alles auf dieser Station erinnerte sie an einen Tag, an dem sie vor Jahren in einem solchen Vorraum gesessen und darauf gewartet hatte, dass man sie zu Harald ließ. Gut, damals war ihr kein Wasser und erst recht kein Kaffee oder Tee angeboten worden, aber ähnlich wie heute hatte sie mit einem mulmigen Gefühl im Magen dagesessen und der Dinge geharrt, die da kommen sollten. Sie ging zum Fenster und schaute hinaus. Sie hörte, wie Herr Nurfarin sich an der neumodischen Kaffeemaschine zu schaffen machte. Es zischte und brodelte, dann stieg ihr ein appetitlicher Duft in die Nase.

»Hier, bitte.« Er hielt ihr die Tasse hin.

»Ich wollte keinen Kaffee.«

»Ist es nicht, das ist ein Cappuccino.« Er hob die Tasse und nickte ihr auffordernd zu. Als Annemie nicht reagierte, zuckte er mit den Schultern und nahm selbst einen vorsichtigen Schluck.

»Frau Engel?« Eine Frauenstimme. »Ich bin Dr. Assenmacher. Maike Assenmacher.«

»Assenmacher wie die Buchhandlung in Niedelsingen?«, wollte Annemie wissen.

»Ja. Sie gehört meinem Vater«, bestätigte sie.

Werner Assenmacher hatte das gleiche flammende Rot auf dem Kopf gehabt wie seine Tochter. Ob er es heute noch sein Eigen nannte, wusste Annemie nicht, aber die Erinnerung daran reichte aus, um die innerörtlichen Verwandtschaftsverhältnisse der jungen Ärztin zu klären. In allen anderen Belangen ähnelte die Tochter dem Vater allerdings überhaupt nicht. Werner Assenmacher war immer sehr ordentlich und adrett gekleidet gewesen. Mit Hemd, Krawatte, Pullunder, anständigen Hosen, die Haare kurz, gescheitelt und gekämmt, die Schuhe geputzt. Annemie lächelte bei der Erinnerung. Über Maike Assenmachers Zivilkleidung konnte Annemie zwar nur Spekulationen anstellen, aber die Rastalocken und die bunten Tätowierungen, die unter dem Rand ihres weißen Kittels hervorlugten, ließen vermuten, dass Vater und Tochter sich zumindest in Sachen äußeres Erscheinungsbild nicht immer einig waren.

Maike Assenmacher wies auf die Sitzgruppe. »Setzen wir uns, Frau Engel. Bevor wir zu Ihrem Bruder gehen, möchte ich Ihnen gerne einige Dinge erklären.« Sie schaute Farin an. »Sie gehören auch zur Familie?«, wollte sie wissen.

»Nein. Ich bin ein Freund von Harald. Farin Said. Ich mache mir Sorgen um ihn.«

»Dann tut es mir leid, Herr Said. Ich darf Ihnen nichts sagen, und Sie dürfen auch nicht zu dem Patienten. Das können wir nur direkten Angehörigen gestatten.«

Farin nickte, stand auf und verließ den Raum. Annemie hörte die Tür ins Schloss fallen.

»Ihr Bruder hat Sie in den Unterlagen, die er bei sich trug, als Ansprechpartnerin für Notfälle genannt. Ich darf Ihnen also alle Fragen beantworten, die Sie haben, Frau Engel.«

»Ich habe keine Fragen.«

Maike Assenmacher stutzte. »Gut. Dann erkläre ich Ihnen am besten alles von Anfang an.«

»Was hat er gesagt?«

»Wer?«

»Mein Bruder. Harald.«

»Frau Engel, Ihr Bruder ist zurzeit nicht in der Lage, zu sprechen. Wir mussten ihn sehr schnell operieren.« Sie machte eine Pause, und Annemie hatte das Gefühl, sie wollte ihr wieder die Gelegenheit geben, Fragen zu stellen. Annemie schwieg. »Die Explosion muss sehr heftig wesen sein. Zum Glück trug Ihr Bruder Winterkleidung und wurde nur wenig verbrannt. Aber die Brandwunden sind auch nicht das, was uns Sorgen macht. Ihr Bruder wurde wohl von der Wucht der Explosion gegen einen Betonpfeiler geschleudert. Dabei ist seine Milz gerissen, und wir mussten notoperieren, um die innere Blutung zu stoppen. Er hat auch ein paar Knochenbrüche davongetragen, die wir aber erst einmal mit Fixateuren äußerlich versorgt haben, sodass die OP ein paar Tage warten kann.«

»Wie lange wird es dauern?«

»Das kann ich Ihnen nicht sagen, Frau Engel. Die Prognose hängt nicht nur von der Art seiner Verletzungen ab, sondern auch davon, ob Komplikationen auftreten oder nicht.«

»Kann ich ihn sehen?« Annemie legte ihre Hände ineinander und presste die Arme fest an den Körper. Von den ganzen Erklärungen der jungen Ärztin verstand sie nur die Hälfte. Was zum einen an Maike Assenmachers schneller Sprechweise und zum anderen an Annemies Unwillen, sich im Detail mit der Sache zu beschäftigen, lag. Sie fror trotz des geheizten Raumes.

»Natürlich. Kommen Sie bitte mit«, sagte Maike Assenmacher und verließ vor Annemie das Zimmer. Im Flur wandte sie sich nach links und zeigte auf einige Spinde in der Ecke. »Hier können Sie Ihren Mantel und die Tasche einschließen. Sie bekommen von mir Überzieher für die Schuhe, einen Kittel und einen Mundschutz.

Fünf Minuten später folgte Annemie Maike Assenmacher durch den Gang in Richtung der Intensivzimmer. Die Kunststoffüberzieher an ihren Füßen raschelten bei jedem Schritt, und auch die Haube über ihren Locken knisterte an ihren Ohren. Trotzdem hörte sie das Piepsen und Klingeln aus den Zimmern, an denen sie vorbeiging. Die Glaswände ermöglichten einen ungehinderten Blick auf die Patienten, die, umgeben von Apparaten und Maschinen, unter einem Gewirr von Kabeln und Schläuchen verschwanden. Wie Fische in einem zu dicht bewachsenen Aquarium.

»Hier, bitte.« Maike Assenmacher betrat eines der Aquarien, ging zu einem mobilen Bildschirm, betrachtete die Anzeige und nickte zufrieden.

Annemie war an der Türschwelle stehen geblieben. Auch wenn sie in den letzten Jahren nicht mit Harald gesprochen und es möglichst vermieden hatte, ihm direkt zu begegnen, war sie nicht umhingekommen zu bemerken, dass auch er älter geworden war. Das Haar grauer, die Haut faltiger. Doch wenn er stand, war ihr Bruder immer noch beinahe zwei Köpfe größer als sie. Trat er durch die Tür in die Backstube, duckte er sich immer automatisch ein wenig, um nicht anzustoßen. Wenn er die Bleche hinaustrug, füllte sein kräftiger Rücken die Türöffnung beinahe aus. Jetzt war von dem großen, breiten Mann nichts mehr zu sehen. Sein bleiches Gesicht verschwand in den weißen Laken, die mit grauen Strähnen durchzogenen Haare klebten wirr an seiner Stirn. Seine Hand ruhte auf der Seite des Bettes, Kanülen und Messapparate hingen daran. Es war die Form seiner Hand, die ihr klarmachte, dass das wirklich ihr Bruder war, der dort lag. Sie erinnerte sich an die fröhlichen Spötteleien, mit denen die Kunden ihres Vaters Harald als Kind oft aufgezogen hatten. Mit solch schmalen Fingern könne man doch nur Pianist werden. Dass später in Bezug auf die Finger mehr das Attribut »lang« eine Rolle in Haralds Leben gespielt hatte, fand Annemie nicht lustig.

»Wissen Sie, was Ihr Bruder für den Fall der Fälle verfügt hat?«, sprach Maike Assenmacher sie an und riss sie damit aus ihren Gedanken.

»Fall der Fälle?«

»Hat Ihr Bruder eine Patientenverfügung, in der er bestimmt hat, welche medizinischen Maßnahmen ergriffen werden sollen und welche nicht?«

»Das weiß ich nicht.« Annemie schüttelte den Kopf. »Wir haben nicht viel miteinander geredet in den letzten Jahren.«

»Könnte Herr Said es vielleicht wissen?«

»Das weiß ich auch nicht. Wenn nicht, was ist dann?«

»Solange Ihr Bruder nicht in der Lage ist, für sich selbst zu sprechen, müssten dann Sie die Entscheidungen treffen.«

Annemie starrte auf den Körper in dem Bett vor ihr, den Menschen, der ihr so fremd geworden war. Dann drehte sie sich auf dem Absatz um, verließ das Zimmer, ging den Flur hinunter bis zu den Spinden. Sie zog sich um, hängte die Schutzkleidung ordentlich auf einen Bügel und nahm ihren Mantel und die Handtasche unter den Arm.

»Frau Engel«, hörte sie Maike Assenmacher rufen. »Wir brauchen eine Telefonnummer, unter der wir Sie erreichen können.«

Annemie tat so, als hätte sie nichts gehört, und ging weiter in Richtung Ausgang. Ohne sich noch einmal umzublicken, verließ sie die Intensivstation.

»Frau Engel?« Kommissar Freudenruh stellte seine Kaffeetasse ab und erhob sich von dem Stuhl im Warteraum, auf dem er gesessen hatte.

Annemie musterte ihn verwundert. Was wollte der denn hier?

Er schaute über Annemie hinweg und deutete eine knappe Verbeugung an. »Frau Dr. Assenmacher«, sagte er und machte Anstalten, an Annemie vorbeizugehen, blieb dann aber doch neben ihr stehen. »Ich muss dringend mit Ihnen über Ihren Patienten Harald Engel sprechen, Frau Doktor. Wann, glauben Sie, ist er vernehmungsfähig?«

»Das ist im Moment unmöglich abzusehen. Es kann in ein, zwei Tagen so weit sein oder auch erst in einer oder zwei Wochen. In vierundzwanzig Stunden kann ich Ihnen vielleicht mehr dazu sagen.«

»Warum wollen Sie ihn vernehmen?«, fragte Annemie an Freudenruh gewandt.

»Frau Engel, es tut mir leid, Ihnen das sagen zu müssen. Aber Ihr Bruder steht im Verdacht, Horst Heßler umgebracht zu haben.«

Kapitel 4

»Möchten Sie nicht vielleicht doch einen Kaffee, Frau Engel?«
Maike Assenmacher griff nach Annemies Arm, führte sie zu
einem der Besucherstühle und drängte sie, sich hinzusetzen.
»Ich gehe Ihren Begleiter holen.«

Annemie saß auf dem Stuhl und umklammerte die Griffe
ihrer Handtasche. Sie starrte vor sich auf den Tisch. Ein Haufen Zeitungen lag ordentlich aufgefächert darauf. Gesichter
lächelten sie an, die ihr vage bekannt vorkamen. Vermutlich
die Sprosse irgendwelcher Adelsfamilien, die geheiratet oder
Kinder bekommen hatten. Oder Promis, die ihre Ehepartner
betrogen und infolgedessen von ihnen verlassen worden waren.
Oder umgekehrt. Probleme einer Welt, die nicht Annemies war.
Wie gut, dass sie damit nichts zu tun hatte.

»Frau Engel?« Winfried Freudenruh beugte sich zu ihr herunter. »Geht es Ihnen gut?«

Annemie hob den Kopf und sah dem Kommissar direkt in die
Augen. Die unbekannten Prinzen und Prinzessinnen schafften
es auch nicht, die Wirklichkeit zu verdrängen.

»Er ist eine Strafe für mich«, sagte sie und verstummte wieder.

»Ihr Bruder ist bei der Polizei ja kein Unbekannter, Frau
Engel.« Er setzte sich neben Annemie.

»Was sagen Sie? Harald soll ein Mörder sein?« Farin Said
betrat hinter Maike Assenmacher den Raum. »Wer hat das denn
behauptet? Harald ist kein Verbrecher.«

»Wer sind Sie, wenn ich fragen darf?«, wollte Freudenruh
wissen.

»Farin Said. Haralds Angestellter. Und Sie?«

»Er ist von der Polizei«, antwortete Annemie an Freudenruhs
Stelle. »Und es stimmt. Harald ist ein Verbrecher. Hat er Ihnen
das nicht erzählt?«

»Was soll er mir erzählt haben?«

»In jungen Jahren hat er mit zwei Kumpanen eine Bank überfallen.« Diesmal antwortete Freudenruh. »Er ist deswegen ins Gefängnis gegangen und hat seine Strafe abgesessen.«

Annemie umklammerte immer noch die Griffe der Tasche. Ihre Fingerknöchel wurden weiß. »Er ist zehn Jahre jünger als ich. Ich habe mich um ihn gekümmert, nachdem unsere Eltern beide tot waren. Habe für meinen kleinen Bruder gesorgt, die Verantwortung für ihn übernommen. Er kam für mich an erster Stelle. Ich habe auf vieles verzichtet. Für ihn. Ich hätte aus Niedelsingen weggehen können. Mehr aus meinem Leben machen können. Heiraten. Eventuell Kinder bekommen. Eine Familie. Aber es ist alles anders gekommen.« Sie seufzte tief. Dann richtete sie sich auf. Sie wollte die tief sitzende Enttäuschung, die Ursache für die Distanz zwischen sich und ihrem Bruder, nicht noch weiter hochkochen lassen. »Und so hat er es mir gedankt. Ein Banküberfall. Jetzt vielleicht sogar ein Mord.«

»Ich möchte Ihnen gerne ein paar Fragen zu Ihrem Bruder stellen, Frau Engel«, sagte Winfried Freudenruh und erhob sich. Er nahm zwei Visitenkarten aus der Innentasche seines Jacketts und reichte eine davon Farin Said. Die zweite hielt er Annemie hin. »Falls Sie die andere nicht mehr finden.« Annemie nahm die Karte und stopfte sie achtlos in ihre Tasche.

»Ich habe Ihnen schon bei unserer ersten Begegnung gesagt, dass ich Ihnen nichts erzählen kann. Ich kenne meinen Bruder kaum noch.«

»Alles kann hilfreich sein, Frau Engel.«

»Sie ist seine Schwester, Herr Freudenruh«, mischte sich Maike Assenmacher ein. Sie lächelte freundlich, aber ihr Tonfall ließ keinen Zweifel daran, auf wessen Seite sie stand. »Sie hat das Recht, die Aussage zu verweigern.« An Annemie gerichtet ergänzte sie: »Machen Sie keine Aussage, ohne zuerst mit einem Anwalt gesprochen zu haben. Alles, was Sie sagen, steht sonst unwiderruflich im Raum. Wenn Sie etwas haben, das Ihren Bruder entlastet, reicht es, wenn Sie die Aussage später im Verfahren machen.«

»Ich dachte, Sie wären die Ärztin hier, nicht die Anwältin.« Freudenruh klang verärgert.

Maike Assenmacher zuckte mit den Schultern. »Als Jugendliche habe ich mich sehr aktiv im Umweltschutz engagiert. Da lernt man so einiges.«

Winfried Freudenruh hob eine Augenbraue und musterte sie von oben bis unten. Dann wandte er sich wieder Annemie zu. »Sie sind herzlich eingeladen, mich zu informieren, wenn Ihnen etwas einfällt, das in der Sache hilfreich sein könnte, Frau Engel.« Er räusperte sich. »Sie, Herr Said, kommen bitte bei nächster Gelegenheit zu mir. Oder sind Sie mit Herrn Engel auch irgendwie verwandt oder verschwägert?«

Farin Said verneinte.

»Na dann. Im Zweifelsfall weiß ich ja, wo ich Sie finde.« Freudenruh ging zur Tür, drehte sich aber noch einmal um, ehe er den Raum verließ. »Und Sie, Frau Doktor«, sagte er und betonte dabei das Wort »Doktor« überdeutlich, »informieren mich bitte unverzüglich, sobald sich an Harald Engels Zustand etwas ändert.«

»›Wenn du vernimmst, dass ein Berg versetzt wurde, so glaube es. Wenn du aber vernimmst, dass ein Mensch seinen Charakter geändert hat, so glaube es nicht‹, hat die Schwester meines Großonkels väterlicherseits oft gesagt. Und sie hatte recht.« Farin ging zur Kaffeemaschine und drückte ohne hinzusehen auf einen der Knöpfe. »Ich kann mir nicht vorstellen, dass Harald zu so etwas fähig sein soll.« Er nahm den dampfenden Becher und setzte sich neben Annemie.

»Den Ausspruch der Schwester Ihres Großonkels väterlicherseits glaube ich Ihnen gern. Harald hat seinen Charakter ja anscheinend nicht geändert. Er hat vor vielen Jahren eine Bank überfallen. Sie hatten eine Waffe dabei und gedroht, damit zu schießen. Auch wenn es nur eine Spielzeugpistole war. Sie sah wohl sehr echt aus. Dafür haben Harald und sein Kumpan Krey mehr als vier Jahre im Gefängnis gesessen.« Annemie fühlte sich sehr müde. Sie wollte nur noch nach Hause. Zurück zu Belmondo, zurück in ihre Backstube. Wollte über all das nicht mehr nachdenken müssen. Sie hätte ihr Haus erst gar nicht verlassen sollen. Es war ein Fehler gewesen.

»Ihr Bruder ist der beste Chef, den ich jemals hatte, und Sie können mir glauben, das waren nicht wenige in den letzten Jahren. Er ist freundlich, er ist zuverlässig, und er hat ein großes Herz. Warum hat er das damals getan?«, fragte Farin Said. »Er muss doch einen Grund dafür gehabt haben.«

»Muss es immer einen Grund geben, wenn junge Männer den Verlockungen des Geldes erliegen, außer den Verlockungen selbst?« Annemie stand auf. Sie spürte jeden einzelnen Knochen im Leib und die Last ihrer gesamten dreiundsechzig Lebensjahre. »Ich gehe jetzt nach Hause.« Sie wandte sich zur Tür.

»Was war mit dem Dritten?«, wollte Maike Assenmacher wissen. »Der Kommissar sprach von zwei Kumpanen. Also waren es drei Männer, die damals die Bank überfallen haben. Zwei gingen ins Gefängnis. Und der andere? Was ist mit dem?«

»Georg Feger hieß er. Ich hatte ihn vorher nur ein- oder zweimal gesehen. Ein unangenehmer Kerl, der sich selbst viel zu wichtig nahm. Er konnte entkommen und ist untergetaucht. Die Polizei hat ihn nie erwischt.«

»Hat er sich nie mehr bei Ihrem Bruder gemeldet?« Farin runzelte die Stirn.

»Das weiß ich nicht. Vielleicht hat er das. Vielleicht auch nicht. Während der Gerichtsverhandlung haben sie gesagt, ein Teil der Beute würde fehlen, über zweihunderttausend Mark. Vor der Verhaftung hatten die beiden aber wohl noch nicht viel ausgeben können.« Annemie schüttelte den Kopf. Sie wollte jetzt ihre Ruhe haben. Nicht mehr über Banküberfälle, Explosionen und Mörder nachdenken. »Sie können Ihre Koffer abholen, wenn Sie eine Unterkunft gefunden haben, Herr ...« Sie zögerte kurz. »Herr Farin.«

Sie verließ den Warteraum, ohne sich wirklich zu verabschieden. Der Flur des Krankenhauses war leer. Langsam ging sie in Richtung Ausgang. Sie würde den Weg nach Hause auch allein finden.

»Warten Sie, Frau Engel«, rief Maike Assenmacher ihr hinterher, aber Annemie tat wieder so, als bemerkte sie die Ärztin nicht, und ging weiter. »Warten Sie bitte.« Sie hörte schnelle

Schritte, spürte eine Hand an ihrer Schulter und blieb stehen. »Ich kann mir vorstellen, wie viel das alles auf einmal für Sie ist, Frau Engel. Aber was ist denn nun mit Ihrem Bruder? Sie sind die einzige Angehörige. Wen können wir sonst fragen, wenn Entscheidungen zu treffen sind?«

Annemie betrachtete die junge Frau. Abgesehen von ihrer Frisur und den Tattoos war sie nett und freundlich und hatte ihr sogar mit dem Kommissar geholfen. Trotzdem ging ihre Beharrlichkeit Annemie auf die Nerven.

»Wenn Sie diesen Patientenbrief von meinem Bruder hätten, dann bräuchten Sie mich nicht mehr, richtig?«

»Wenn Ihr Bruder eine Patientenverfügung hat, dann richten wir uns nach dem, was darinsteht.«

»Und ich habe mit der Sache nichts mehr zu tun?«

»Nein, dann wüssten wir, was zu tun oder zu unterlassen ist.«

»Dann werde ich jetzt diese Verfügung suchen gehen.« Sie nickte Farin Said zu, der Maike Assenmacher gefolgt war. »Wissen Sie, wo er wohnt?«

»Wieso war die Haustür nicht abgeschlossen?«, fragte Annemie Engel, als sie vor der Wohnungstür ihres Bruders standen, und schüttelte entrüstet den Kopf. Es waren die ersten Worte, die sie von sich gab, seit sie das Krankenhaus verlassen hatten. Sie hatte auf dem Weg zur Haltestelle geschwiegen, während der Fahrt mit dem Bus und auch auf dem kurzen Fußweg bis zu dem Haus, in dem ihr Bruder wohnte. Farin Saids Versuche, ihr die ein oder andere Äußerung zu entlocken, waren allesamt ins Leere gelaufen, verpufft wie die kleinen Wölkchen, die sie in die eiskalte Luft atmeten. »Es kann Gott weiß was passieren, wenn man nicht darauf achtet.«

»Was soll hier schon geklaut werden?« Farin zeigte die Treppe hinunter, an deren Fuß sich einige verkratzte Fahrräder und ein Kinderwagen, der seine besten Jahre schon lange hinter sich hatte, auf engem Raum zusammendrängten. Annemie bemerkte den rissigen Putz an den Wänden und die milchigen Flecken auf den Fenstern zum Hof. Harald lebte wahrhaft nicht in Saus und Braus. Vermutlich sah es in der Wohnung genauso aus. Sie stiegen in den zweiten Stock hinauf. Annemie wappnete sich gegen das, was sie erwartete. Unordnung, Chaos, Dreck. Eine Steigerung des Zimmers, in dem Harald gehaust hatte, als er noch bei ihr gewohnt hatte. Vor der Sache mit dem Überfall und dem Gefängnis. Sie hatte keine Chance gehabt, Ordnung in sein Zimmer zu bekommen. Und in sein Leben ja auch nicht, wie sich gezeigt hatte.

»Warum schließen Sie nicht auf?« Farin Said trat einen Schritt zur Seite und gab Annemie mit großer Geste den Vortritt.

»Ich?«

Farin Said sah über seine Schulter, beugte sich demonstrativ nach hinten, um die Treppe hinunterblicken zu können, und sagte: »Wer sonst? Hier ist niemand anders.«

»Sie.«

»Wieso ich?«

»Sie haben den Schlüssel.« Annemie presste ihre Lippen aufeinander.

»Nein.«

»Aber Sie kennen ihn doch gut.«

»Das stimmt.«

»Also bitte.« Annemie zeigte auf das Türschloss.

»Ich habe gesagt, ich weiß, wo er wohnt. Ich habe nicht gesagt, dass ich einen Schlüssel habe. Das hätte ich auch gar nicht sagen können, weil ich nun mal keinen Schlüssel zu Haralds Wohnung habe. Das wäre eine Lüge gewesen, und ich lüge nicht.«

»Wieso haben Sie das denn nicht gesagt, bevor wir losgefahren sind? Jetzt stehen wir hier und kommen nicht in die Wohnung.«

Farin seufzte und verschränkte die Arme vor der Brust. »Das Auge ist sehend, doch die Hand ist kurz«, murmelte er und kramte in seiner Hosentasche nach seinem Handy. Er tippte auf dem Display herum, wartete einen Moment und sagte dann: »Frau Dr. Assenmacher bitte.« Und dann: »Wir warten.« Er reichte Annemie das Telefon. Sie nahm es mit spitzen Fingern entgegen.

»Was soll ich damit?«

»Fragen, wo der Schlüssel ist. Sie müsste es wissen, wenn das Krankenhaus seine Sachen aufbewahrt.«

»Nein. Bei Haralds Sachen war kein Schlüssel, sagt sie«, erklärte Annemie ihm wenige Minuten und ein kurzes Gespräch später. »Und was jetzt?«

»Wir könnten seine Nachbarn fragen«, schlug Farin Said vor. »Vielleicht hat er irgendwo einen Ersatzschlüssel hinterlegt.« Er lief die Stufen hinab, und Annemie hörte, wie er an einer Tür in der Etage unter ihnen klingelte. Sie lauschte, doch es tat sich nichts. Auch bei den anderen Wohnungen hatte er keinen Erfolg. Leicht außer Atem kam er wieder bei Annemie an. »Bleibt noch diese hier.« Er ging zur gegenüberliegenden Wohnungstür, klingelte und trat einen Schritt zurück. Mit der Schuhspitze rückte er die Fußmatte zurecht, die etwas verrutscht war. »Guten Tag, mein Name ist Farin Said. Ich bin ein Freund Ihres Nachbarn Herrn Engel. Herr Engel hatte einen Unfall. Wir müssten dringend in die Wohnung. Haben Sie einen Schlüssel?«, überschüttete er den Mann in Jogginghosen und Unterhemd, der in der Tür erschien, mit einem Redeschwall, sobald dieser die Tür nur einen Spaltbreit geöffnet hatte.

»Verpiss dich, Kanake«, knurrte der Mann und knallte die Tür wieder zu. Ein Schwall nikotingeschwängerter Luft wehte ihnen entgegen. Annemie verzog das Gesicht. Sie fasste Farin Said am Arm, zog ihn zurück und klingelte erneut. Sie baute sich vor der Tür auf und umklammerte ihre Handtasche wie eine Waffe. »Ich hab gesagt, du sollst Land gewinnen«, dröhnte es dumpf aus der Wohnung.

»Hören Sie, junger Mann«, schimpfte sie los und klopfte energisch gegen die Tür. »Das ist ein sehr schlechtes Benehmen. Wir haben Sie höflich etwas gefragt und erwarten eine höfliche Antwort.«

»Hau ab, Oma«, klang es genervt durch die Tür. »Ich habe keinen Schlüssel für die Wohnung. Ich habe mit dem Typen nichts zu tun. Ich kenn den ja noch nicht mal richtig. Der ist den ganzen Tag unterwegs. Und jetzt macht endlich die Biege. Ich will meine Ruhe.« Etwas in der Wohnung fiel mit lautem Gepolter zu Boden. Annemie schrak zurück.

»Was für ein ungehobelter Kerl.« Sie schnappte empört nach Luft. »Wie hat er Sie genannt? Kanake? Wie unhöflich.«

»Eigentlich heißt das Mensch, aber das weiß der Feinrippträger mit Sicherheit nicht.« Farin zuckte mit den Schultern. »Wie dem auch sei. Unser Problem haben wir trotzdem noch nicht gelöst. Weder das Krankenhaus noch dieser charmante Herr hier konnten uns weiterhelfen. Ohne Schlüssel gibt es aber keine Möglichkeit, in die Wohnung zu kommen, und damit auch keine Patientenverfügung.« Er hob die Fußmatte an, um nach einem Ersatzschlüssel zu suchen, und tastete mit den Fingerspitzen über die obere Kante der Türzarge, ebenfalls erfolglos. »War einen Versuch wert«, meinte er gleichmütig und wandte sich zum Gehen. Annemie blieb stehen.

»Warten Sie, Herr Farin. Früher als Kind hat Harald sich immer die unmöglichsten Verstecke für seine Sachen ausgesucht. Vielleicht macht er das ja immer noch so.« Sie schaute sich um. Der Hausflur war leer, abgesehen von den Fußmatten vor den Wohnungstüren und einer vertrockneten Pflanze auf dem Fenster vor dem Treppenabsatz. »Gucken Sie mal in der Blume nach«, wies sie Farin Said an.

Nach einer halben Minute skeptischen Buddelns verkündete der das Ergebnis: »Nichts außer krümeliger Erde.«

»Es wäre auch zu einfach gewesen.« Wieder schaute sie sich um, auf der Suche nach einer Versteckmöglichkeit, die den Vorstellungen ihres Bruders entsprochen hätte. »Was ist damit?« Sie zeigte auf einen langen Riss im Putz, der sich vom unteren Treppenabsatz bis fast an Haralds Wohnungstür zog.

»Wie soll man da etwas drin verstecken?«, fragte Farin Said in einem Tonfall, der Annemie vermuten ließ, dass er sie jetzt für verrückt hielt. Sie trat näher an die Wand heran und blinzelte.

»So geht das nicht«, murmelte sie, holte ihre Lesebrille aus der Handtasche und setzte sie auf.

Mit weit vorgestreckter Nase stieg sie langsam die Treppe

hinunter, jeden Zentimeter des Risses ganz genau untersuchend. Auf der letzten Stufe vor dem Absatz angekommen, stutzte sie, blinzelte erneut und beugte sich noch näher an die Wand heran. Mit dem Nagel des Zeigefingers kratzte sie an einer Stelle, bekam etwas zu packen und zog vorsichtig daran. Putz rieselte zu Boden. Ein weißer Bindfaden kam zum Vorschein, wurde länger und länger, bis schließlich ein Schlüssel sichtbar wurde, der am anderen Ende festgeknotet hinter dem losen Putz verborgen worden war.

»Wer sagt's denn.« Triumphierend hielt sie den Schlüssel hoch, ehe sie wieder zu Farin Said nach oben stieg, den Schlüssel ins Schloss steckte und umdrehte.

Kapitel 5

Annemie wusste nicht, was genau sie vorzufinden erwartet hatte, aber das, was sie jetzt sah, definitiv nicht. Unordnung, Dreck und vielleicht sogar eine Art Junggesellen-Messie-Wohnung hätten sie nach allem, was sie von ihrem Bruder wusste, nicht überrascht. Die vollkommene Ordnung und Sauberkeit dagegen, die in komplettem Kontrast zu dem heruntergekommenen Hausflur und der schlechten Wohngegend stand, verblüffte sie. Ein blauer Läufer markierte die Mitte des Flurs, von dem vier Türen abgingen. Ein Geräusch kam aus dem ersten Raum links, dem Wohnzimmer. Ein Gurren, dann ein Poltern, gefolgt von einem Kratzen, das sich eine Sekunde später erklärte, als ein riesiger rot-weißer Kater mit hocherhobenem Schwanz um die Ecke kam. Im Maul trug er ein Stoffnashorn wie ein Hund einen Knochen. Sein Gurren wurde lauter, er lief zu Farin Said und legte das Nashorn vor dessen Füße.

»Der Kater kennt Sie«, stellte Annemie fest.

»Nicht dass ich wüsste.« Farin bückte sich und strich dem Kater über den Kopf. Er hob das Stofftier auf und warf es bis ans andere Ende des Flurs. Mit einem begeisterten Maunzer stürzte der Kater hinterher, biss hinein und brachte es wieder zurück. Dann setzte er sich und schaute erwartungsvoll zu Farin hoch. Der warf erneut, der Kater apportierte und schien äußerst begeistert zu sein, so unverhofft einen Spielkameraden gefunden zu haben.

»Wollen Sie das jetzt die ganze Zeit machen, oder werden Sie mir helfen?« Ohne seine Antwort abzuwarten, erkundete sie weiter Haralds Wohnung. Über dem Schuhschrank neben der Garderobe hing ein gerahmtes Foto von Haralds Verkaufswagen mit geöffneter Klappe. Hinter der ersten Tür auf der rechten Seite lag die Küche, direkt daneben das Badezimmer. Beide blitzten vor Sauberkeit. Nur vor dem Katzenklo lagen ein paar Krümel Streu. Gegenüber vom Badezimmer befand sich das Schlafzimmer. Die Bettdecke auf dem breiten Bett war zum Lüften aufgeschlagen, ein Hemd und ein Pullover hingen auf Bügeln an einem Haken vor dem gekippten und mit Katzenschutz versehenen Fenster. Annemie ging zum Fenster und schloss es, während sie sich umsah. Sie fühlte sich unbehaglich, so als wühlte sie in den Sachen eines Fremden. Als mischte sie sich in Angelegenheiten, die sie nichts angingen. Aber dieser Fremde war ihr Bruder. Ein Mensch, dem sie vertraut hatte, auf den sie ihre Hoffnungen gesetzt und der sie schließlich so enttäuscht hatte. Wobei Enttäuschung vielleicht nicht das richtige Wort für das war, was sie empfunden hatte. Es war vielmehr eine Art Kränkung gewesen. Er hatte sie und alles, wofür sie stand, zurückgewiesen. Für nicht wert erachtet. Aufs Spiel gesetzt für den schnöden Mammon. Und jetzt lag der fremd gewordene Bruder im Krankenhaus, und sie stand hier in seiner Wohnung, auf der Suche nach seiner Patientenverfügung, weil sie nicht wusste, was er für sich wollen würde.

»Sind Sie das?«

Annemie zuckte beim Klang von Farin Saids Stimme zusammen.

»Hier, auf dem Foto.« Er zeigte auf ein Bild von einem jungen Mädchen mit einem Kleinkind auf dem Arm, das gut sichtbar auf einer Kommode platziert war. Wie die Fotografie im Flur war auch dieses Bild ordentlich gerahmt.

»Ja. Und das auch.« Annemie nahm einen der anderen Rahmen in die Hand. Sie erinnerte sich an den Junitag, als das Bild aufgenommen worden war. Ihre Mutter hatte sie dazu verdonnert, an diesem Nachmittag auf ihren kleinen Bruder aufzupassen, weil die Eltern sehr viel Arbeit gehabt hatten. Sie hatte sich weigern wollen, weil sie mit ihren Freundinnen am Badesee verabredet gewesen war, aber die Mutter ließ nicht mit sich reden. Schließlich hatte sie Harald mit zum See und zu ihren Freundinnen genommen. Die hatten zuerst genervt und später gelangweilt reagiert, um noch später Annemie samt Harald einfach stehen zu lassen und mit einigen älteren Schulkameraden weiterzuziehen. An diesem Tag hatte sie Harald das Schwimmen beigebracht. Der Stolz darüber war ihnen beiden auf dem Foto deutlich anzusehen.

Nachdenklich stellte sie das Bild wieder zu den anderen in die Reihe. In ihrem Gesicht, dem Gesicht des jungen Mädchens, das sie einmal gewesen war, stand noch etwas mehr als Stolz über das Erreichte. Ein wenig Trauer über den Verzicht, Erschöpfung nach den anstrengenden Stunden im Wasser und Trotz gegenüber der auferlegten Pflicht. Aber auch und mehr als alles andere, denn sie erinnerte sich beim Betrachten ihres jüngeren Ichs deutlich an das Gefühl, Zufriedenheit und vor allem Liebe zu dem kleinen Kerl an ihrer Hand.

»Frau Engel, ich glaube, hier könnten wir die Verfügung finden«, rief Farin, der bereits ins Wohnzimmer gegangen war. Annemie folgte ihm. »Ich möchte nicht ohne Sie anfangen, aber ich denke, wenn er so etwas hat, dann bewahrt er es sicher hier auf.«

Farin Said stand vor einer geöffneten Schrankwand, deren obere Fächer mit Aktenordnern vollgestellt waren. Er griff drei Ordner auf einmal und stellte sie auf dem Esstisch ab. Annemie setzte sich.

»Gibt es einen Ordner mit der Aufschrift ›Persönliches‹ oder etwas in der Art?« Sie betrachtete die akkurat beschrifteten Ordnerrücken. »Versicherungen«, »Garantien« und vor allem eine größere Anzahl von Aktenordnern mit der Aufschrift »Buchhaltung« und mehr als zehn Jahre zurückreichenden Jahreszahlen. Der Kater kam und strich ihr um die Beine. Automatisch streckte sie die Hand aus, um ihn zu kraulen. Sie stutzte erst, als ihr der Unterschied zwischen Belmondos weichem Fell und den eher drahtigen Haaren dieses Vertreters seiner Art klar wurde.

»Nein. Aber auf einem von denen, die ich Ihnen schon gegeben habe, stand ›Rechtliches‹.«

Annemie schlug den Ordner auf. Vergilbte Kopien von Amtsanschreiben, Papiere mit dem Absender der Staatsanwaltschaft, eine Anwaltsrechnung. Unterlagen zu Haralds Prozess. Sogar einen Zeitungsartikel hatte er abgeheftet. Schnell schloss sie den

Ordner wieder und schob ihn weg, ohne eine Zeile gelesen zu haben.

»Nein. Leider nicht.« Sie griff nach dem nächsten. Aber auch hier wurde sie nicht fündig, ebenso wenig wie in dem letzten der drei Ordner, die Farin ihr bereitgelegt hatte. Sie blätterte sich stichprobenartig durch die Buchhaltung der Jahre 2008, 2011 und 2013, fand aber außer Belegen, Quittungen und Kontoauszügen nichts, was auch nur annähernd den Eindruck machte, eine Patientenverfügung zu sein.

Annemie nahm ihre Lesebrille ab und wischte mit einer Ecke ihrer Jacke über die Gläser, bevor sie den Ordner mit der aktuellen Buchhaltung zuschlug. Es gab keine Patientenverfügung. Zumindest nicht hier. Aber einen Hinweis auf einen Notar, bei dem sie hinterlegt sein könnte, gab es auch nicht. Wobei sie die Wahrscheinlichkeit, dass Harald zu einem Anwalt oder Notar gegangen wäre, um so etwas aufzusetzen, nicht nur als sehr gering, sondern als noch abwegiger einschätzte, als dass ein Teig ohne Treibmittel anständig aufgehen würde. Annemie sackte in sich zusammen. Die Last, die sich mit dieser Erkenntnis auf ihre Schultern legte, wog schwerer, als sie zu tragen in der Lage war. Sie stand auf und schob den Stuhl zur Seite. Mit beiden Händen packte sie den Ordner, in dem sie zuletzt geblättert hatte, und trug ihn zum Schrank.

Was, wenn sich Haralds Zustand verschlechterte? Wenn sie Entscheidungen über Leben und Tod würde treffen müssen?

Annemies Magen klumpte sich zusammen. Sie zitterte und hätte beinahe den Ordner fallen lassen. Ein einzelnes Blatt segelte aus der Akte auf den Boden. Farin bückte sich, hob es auf und reichte es Annemie. Sie nahm es und wollte es schon wieder zurückstecken, als ihr Blick auf ihren Namen und das Datum über der Zahlenkolonne fiel. Vorgestern. Annemie stutzte und sah genauer hin. Harald führte Buch über den Verkauf ihrer Waren. Natürlich tat er das. Es waren auch nicht die sorgfältig aufgelisteten Zahlen zum Verkauf der einzelnen Plätzchensorten und Kuchenstücke, sondern die Summe, die sie irritierte. Sie wusste genau, dass er ihr an diesem Tag zweihundert Euro hingelegt hatte, den Umsatz aus dem Verkauf ihrer Waren. Sie erinnerte sich so deutlich, weil sie an diesem Morgen darüber nachgedacht hatte, wie sie Belmondos jährliche tierärztliche Inspektion würde bezahlen können, denn der Mundgeruch des Katers ließ nicht nur Fliegen tot von der Decke fallen, sondern auf mindestens einen faulen Zahn schließen. Das Geld konnte sie gut brauchen.

Auf dem Zettel vor ihr standen unter dem Strich jedoch nur knapp einhundert Euro. Was war mit der Differenz? Vielleicht noch eine Restzahlung der Einnahmen vom Tag zuvor? Annemie legte den Ordner wieder auf den Esstisch und suchte die entsprechende Seite. Aber statt einer Erklärung entdeckte sie nur noch mehr verwirrende Zahlen. Auch hier hatte Harald ihr fast das Doppelte von dem gegeben, was sie wirklich verdient hatte. Sie blätterte weiter im Ordner zurück. Überall das gleiche Ergebnis. Egal, ob die Geschäfte gut oder schlecht gegangen waren, immer lag der Betrag, den sie von ihrem Bruder bekommen hatte, deutlich höher.

»Sagen Sie, Herr Farin, wie lange arbeiten Sie schon für meinen Bruder?«

»Etwas mehr als ein halbes Jahr.«

»Im Verkauf?«

»Natürlich. Ich verkaufe, ich räume Ware ein, ich putze, ich mache eigentlich alles, was zu tun ist.«

»Dann haben Sie einen Überblick über die Mengen, die verkauft werden?«

»Klar.«

»Sind denn am Abend manchmal noch Waren übrig?«

»Ja. Hauptsächlich Brote und etliches von Ihren Backwaren.«

»Und was geschieht damit?«

»Die Brote bringen wir wieder zu dem Bäcker, für den wir sie verkaufen.«

»Und meine Sachen?«

»Die verschenkt Harald meist an die Tafeln.«

Annemie nickte langsam. Sie war davon ausgegangen, dass ihre Backwaren immer bis auf den letzten Krümel verkauft worden waren. Dann hätten auch die Summen gestimmt. Aber so? Konnte es wirklich sein, dass Harald ihr mehr Geld gab, als sie in Wirklichkeit verdiente? Seit wann ging das so?

Sie klappte den Ordner zu, ging zum Schrank und zog den Ordner aus dem Jahr 2012 heraus. Sie erinnerte sich noch daran, dass in diesem Jahr die Geschäfte nicht besonders gut gelaufen waren, weil einer der Märkte, die Harald regelmäßig anfuhr, geschlossen worden war und er auf einem anderen Markt einen weiteren Konkurrenten bekommen hatte. So zumindest hatte es in dem Brief gestanden, den er ihr hingelegt hatte, um die rückläufigen Umsätze zu erklären.

Annemie setzte sich und schlug den Ordner auf. Ihr Finger fuhr über die Zahlenreihen. Es war wirklich schlecht gelaufen in dem Jahr. Aber *so* schlecht hatte sie es nicht in Erinnerung. Auch wenn sie es zuerst in ihren eigenen Büchern kontrollieren musste, um wirklich sicher zu sein, erkannte sie es sofort. Harald hatte ihr auch in den schwierigen Monaten mehr Geld gegeben, als ihr zustand.

Annemie betrachtete ihre Hände, die jetzt reglos auf den Papieren lagen. Die Haut war faltig, ihre Finger und der Handrücken mit Altersflecken gesprenkelt. Sie war immer stolz darauf gewesen, von niemandem abhängig zu sein. Allein für sich und Belmondo zu sorgen. Niemanden zu brauchen. Und schon gar nicht ihren Bruder, den Kriminellen. Den Bankräuber und Gefängnisinsassen. Sie war nicht mehr die Jüngste, aber sie konnte sich selbst ernähren. Mit ihrer Hände Arbeit. Doch es stimmte allem Anschein nach nicht. Wenn die Zahlen hier richtig waren, und sie hatte keinen Grund, daran zu zweifeln, hatte Harald sie jahrelang unterstützt, ohne dass ihr auch nur der geringste Verdacht gekommen war. Mit dem, was ihr laut diesen Unterlagen zugestanden hätte, wäre sie längst pleite, die Backstube geschlossen und das Haus verkauft. Harald ermöglichte es ihr, so zu leben, wie sie es gerne wollte. Harald spendete Waren an Obdachlosenprojekte. Harald half seinem Mitarbeiter aus der Patsche.

Sie hob den Kopf, sah sich im Zimmer um. Ihr Bruder war

wohl doch nicht der Chaot, für den sie ihn immer gehalten hatte. Sie begegnete dem Blick ihres jüngeren Ichs auf den vielen Familienfotos, die ihr Bruder in seiner Wohnung nicht nur aufbewahrte, sondern in Ehren hielt. Die Familie war ihm wichtig. Sie, Annemie, war ihm wichtig. Sie hatte das alles nicht gesehen, weil sie es nicht hatte sehen wollen. Weil sie eine verbohrte alte Frau war, die sich in ihren Vorurteilen und ihrer Selbstgerechtigkeit eingerichtet hatte. Weil sie nicht mehr die große Schwester war, die der Mutter versprochen hatte, sich um den kleinen Bruder zu kümmern, ihm zur Seite zu stehen und ihm immer zu vertrauen. Annemie stand auf. Sie war keine rührselige Person. Ganz sicher nicht. Und sie hatte ihre Prinzipien. Immer. Ganz langsam räumte sie die Akten weg und schloss die Schränke. Sie konnte unmöglich diejenigen, die auf Harald angewiesen waren, sich selbst überlassen. So fasste sie einen Entschluss. Sie wandte sich an Farin Said, der sie die ganze Zeit über still beobachtet hatte, und fragte: »Haben Sie hier irgendwo einen Katzentransporter gesehen?«

»Wieso?«

»Weil ich mich natürlich um die Katze kümmern werde, solange Harald im Krankenhaus liegt. Und da ich nicht beabsichtige, jeden Tag zweimal mit dem Bus herzukommen, wird dieser Herr hier«, sie zeigte auf den Kater, der sich quer über den Tisch gelegt hatte, »während dieser Zeit bei mir wohnen müssen.«

Farin Said starrte sie an. »Die Katze lassen Sie bei sich wohnen? Einfach so?«

»Natürlich. Warum denn nicht? Wo soll er denn sonst hin?«

»Wir könnten ihn ins Tierheim bringen.«

»Nein, das kommt gar nicht in Frage.«

»Und was ist mit Ihrem eigenen Kater? Dem schwarzen? Meinen Sie, dass ihm sein neuer Mitbewohner gefallen wird?«

»Da wird er durchmüssen. Wenn es eng wird, rückt man zusammen.«

»Wenn es eng wird, rückt man zusammen. Soso. Die Katze kann bei Ihnen wohnen.«

Annemie erwiderte seinen Blick, bis ihr dessen Bedeutung aufging. Sie zögerte einen Moment, hin- und hergerissen zwischen dem Ärger, den sie darüber empfand, und einem Gefühl, von dem sie nicht wusste, wo es auf einmal hergekommen war. Sie wusste noch nicht einmal, wie sie es nennen sollte. Reue? Nein, das war zu viel. Schlechtes Gewissen traf es eher. Ein Gefühl, dem sie in den seltenen Momenten, in denen es sie plagte, nicht immer nachgegeben hatte. Und doch schien ihr jetzt der richtige Zeitpunkt zu sein, um eine Ausnahme zu machen. Zumal sie Farin Said wirklich nicht gut erklären konnte, warum sie der Katze Obdach gab und ihm nicht.

»Sie können fürs Erste bei mir auf dem Sofa schlafen.«

»Wenn dieses Viech da mir etwas Platz macht.«

»Sie werden sich eben mit ihm einigen müssen«, erklärte Annemie lapidar.

»Ah – ›Folge den Spuren des Glücklichen, und du wirst glücklich werden‹, pflegte meine Großcousine vierten Grades zu sagen.«

»Sagen Sie Ihrer Großcousine vierten Grades, sie möge sich nicht zu früh freuen. Das wird kein Zuckerschlecken.« Sie zog ihren Mantel an und knöpfte ihn energisch zu. »Und noch etwas.« Sie sah ihn scharf an. »Sie werden mir nicht nur in der Backstube und beim Verkauf unter die Arme greifen, für mich einkaufen und mich beim Putzen unterstützen. Sie werden mir auch helfen, ein Versprechen einzulösen.«

Kapitel 6

Der Marktplatz war an diesem zweiten Dezembermorgen mit Schnee bedeckt. Dicke Flocken schwebten im Schein der Straßenlaternen zu Boden und hatten über Nacht alle Hütten mit malerischen Häubchen versehen. Annemie blieb am Rand des Platzes stehen, zog ihren Mantelkragen hoch und dachte darüber nach, was noch fehlte, um das Klischee vollständig zu machen. Musik. Richtig. Es fehlte Weihnachtsmusik. Allerdings, so stellte sie fest, waren ein paar Menschen in der Mitte des Marktes damit beschäftigt, Weihnachtsmusik zu versuchen. Es gelang ihnen nicht richtig. Es klang wie eine Kreuzung aus altem Grammofon und Blechbüchse. Ihre Knetmaschine hatte mehr Rhythmusgefühl. Da es aber erst halb acht, der Markt noch nicht geöffnet und deswegen weitestgehend menschenleer war, störte es niemanden. Außer Annemie. Weihnachtsmusik stand in ihrer persönlichen Beliebtheitsskala direkt hinter den die Liste anführenden Schlagern. Allerdings kam ihr das »Tochter Zion« seltsamerweise besser bei luftigen Windbeuteln als bei Makrönchen über die Lippen. Weihnachtslieder sang sie mit Vorliebe im Sommer.

Annemie folgte Farin Said, der ihr den Weg zwischen den Buden hindurch wies. Er hatte tief und fest auf ihrem Sofa geschlafen, ihr in der Frühe, nachdem sie ihn geweckt hatte, beim Backen geholfen und sich zu ihrem großen Erstaunen wirklich geschickt angestellt. Sie hatten das Gebäck gemeinsam in Haralds Kastenwagen geladen, den Farin gestern Abend noch geholt hatte. Annemie war erleichtert, dass sie sich nicht auch noch um das Brot kümmern musste, das Harald normalerweise auf den Märkten verkaufte. Auf dem Weihnachtsmarkt bot er nur die Plätzchen und einige ihrer anderen Zuckerbackwaren an. Beim Näherkommen erkannte sie, welcher der Stände Haralds war. Die hintere Wand der Hütte schimmerte schwarz verkohlt, die Scheibe der Auslagentheke war anhand der Splitter nur noch zu erahnen, und die Tannengirlanden, welche die vordere Dachkante geschmückt hatten, hingen in traurigen Fetzen bis auf den Boden. An der rechten Seite fehlte ein Stück Wand. Annemie biss sich auf die Unterlippe. Wie sollten sie hier ihre Waren verkaufen? Farin hatte gemeint, mit ein bisschen Farbe und dunkler Folie könnte man es provisorisch wieder in Ordnung bringen, doch es sah schlimmer aus, als sie erwartet hatte.

»Schneeflöckchen, Weißröckchen«, stimmten die Sänger nun an, und es gelang ihnen, die ersten Töne zu treffen. Als sich jedoch eine Trompete dazugesellte, verpassten sie den Einsatz, und alles zerfiel. Annemie erschauderte und sah sich nach den Musikern um. Es waren zwei Frauen und zwei Männer. Eine der Frauen versank förmlich in ihrem Wintermantel, der trotz des dicken Stoffes ihre dürre Gestalt nicht verbarg. Unter einem Wollschal quollen braunrote krause Locken hervor, darüber lugte eine spitze Nase. Die andere trug ebenfalls einen langen Mantel und wirkte mit ihrer Pudelmütze wie ein Weihnachtswichtel. Sie hielt eine Triangel in der Hand. Der von Kopf bis Fuß in Jeans gekleidete bärtige Trompeter schien gegen die Kälte immun zu sein. Zu seinen Füßen stand ein Korb mit einer Thermoskanne und vier Bechern. Der vierte Mann, um die fünfzig mit Scheitelfrisur, entdeckte Annemie und Farin. Er sagte etwas zu seinen Mitstreitern und kam mit ausgestreckter Hand auf Annemie zu.

»Frau Engel?« Er reichte ihr die Hand, ohne ihre Antwort abzuwarten. »Eine schreckliche Sache, was da gestern passiert ist. Furchtbar.« Er machte eine Pause und schüttelte betreten den Kopf. »Wie geht es Ihrem Bruder?«

»Er ist im Krankenhaus«, gab Annemie knapp zur Antwort und verstummte dann wieder.

»Oh, entschuldigen Sie bitte. Ich habe mich gar nicht vorgestellt. Friedrich-Thomas Pölken von der Metzgerei Pölken & Sohn. Ich bin der Enkel.« Er lachte über seinen eigenen Witz und zeigte auf einen der Stände ganz in der Nähe, vor dem einige Stehtische standen. »Ich kümmere mich hier auf dem Markt um die Brathähnchen.« Er lachte wieder. Etwas zu laut, wie Annemie fand. »Und um die Musik.«

Er winkte die anderen drei herbei.

»Wir sind die X-Mas-Niedel-Singers. Die vermutlich einzige Weihnachtsmarktbudenbesitzer-Combo der Welt. Wir proben jeden Morgen, bevor der Markt öffnet, und treten kurz vor Toresschluss auf. Teilen uns die Gesangsabteilung praktisch mit ihm da oben.« Pölken zeigte auf ein lebensgroßes Rentier aus Holz, das, flankiert von zwei Lautsprechern, hoch oben auf dem Eingangstor des Marktes stand. Das Gesicht des Rentiers war in Comicmanier gestaltet. Sein Mund stand weit offen, die Zunge hing heraus. »Das ist Friedebert – unser Weihnachtsmarktplatzhirsch.« Pölken lachte schon wieder über sich selbst. »Friedebert singt auch Weihnachtslieder. Er tagsüber, wir abends. Die Besucher sind immer ganz begeistert. Von Friedebert und von uns. Wir sind ja auch mit absolutem Spaß und viel Herzblut dabei, und das macht sicherlich den Unterschied zu irgendeiner beliebigen Hobbytruppe aus.«

Er unterbrach seinen Redeschwall, um ihnen seine drei Mitstreiter zu präsentieren. »Darf ich vorstellen: Arno Wächter, Wein und Pilze, Stand Nummer acht, Dora Senne, Esoterik, Duftöle und Gedichtbände, Stand fünfzehn, und Christine Gießer vom Töpferstand mit der Nummer siebzehn.« Er zeigte auf Annemie. »Annemie Engel. Sie ist Haralds Schwester und wird das Geschäft weiterbetreiben.«

»Was machen Sie nun mit dem Stand?«, erkundigte sich Dora Senne mit hoher Stimme. Sie nahm einen der dampfenden Becher entgegen, den Arno Wächter ihr reichte, schnupperte daran, wischte sich eine rot gelockte Strähne aus dem Gesicht und trank einen großen Schluck.

»Möchten Sie auch, Frau Engel?« Er hielt ihr ebenfalls einen Becher hin. »Meine neueste Kreation. Alkoholfreier Glühwein. Sehr lecker.«

Annemie hob abwehrend die Hände. »Danke, nein.«

»Wir dürfen heute wieder aufmachen. Die Polizei ist mit der Spurensicherung fertig und hat ihr Okay gegeben«, beantwortete Farin Dora Sennes Frage.

Annemie sah sich unbehaglich um. Nicht nur die Vorstellung, dass gestern ein Mensch an dieser Stelle gestorben war, bereitete ihr große Schwierigkeiten. Die Vorstellung, wie sich in ein paar Stunden Besuchermassen durch die engen Gänge schieben würden, löste regelrechte Panik bei ihr aus. Ihr waren ja schon diese vier zu viel.

»Ja. Es muss wohl weitergehen.« Friedrich-Thomas Pölken wippte auf seinen Zehen vor und zurück und betrachtete den Plätzchenstand. »Schrecklich, was da mit Horst geschehen ist. Das hat niemand verdient. Auch er nicht. Wirklich, wirklich, wirklich schrecklich.« Er spitzte die Lippen. »Und das mit Harald natürlich auch«, schob er rasch hinterher, als sich eine bedeutungsschwangere Pause einstellte. Er zog eine Augenbraue hoch und sah die beiden Frauen an.

»Stimmt es, dass die Polizei Harald unter Mordverdacht stellt?« Dora Senne konnte ihre Neugierde nicht verbergen. Sie räusperte sich und hustete. »Die beiden hatten ja Streit, da liegt es wohl nahe, ihn zuerst unter die Lupe zu nehmen«, bemerkte sie mit heiserer Stimme.

»Weswegen?« Annemie straffte den Rücken.

»Weswegen was?« Dora Senne zog ihre Nase kraus. Wieder räusperte sie sich und hustete. Sie fasste sich an den Hals. Schweißperlen traten auf ihre Stirn.

»Weswegen haben sie sich gestritten?«

»Sie wissen das nicht?« Die vier schauten irritiert zuerst einander und dann Annemie an. Dora Senne öffnete ihren Mantel und lockerte ihren Schal. Diesmal wurde der Husten wirklich heftig. Christine Gießer warf ihr einen besorgten Blick zu.

»Was soll ich wissen?« Annemie kämpfte den Drang nieder, sich auf der Stelle umzudrehen und nach Hause zu gehen. Sie hatte den festen Vorsatz gefasst, sich allem zu stellen, was ihr auf dem Markt begegnen möge. Und nun waren es eben Dora Senne, Friedrich-Thomas Pölken und die anderen beiden. Irgendwo musste sie anfangen. Auch wenn die vier es ihr nicht leicht machten. Wer so schlecht sang und trotzdem so von sich überzeugt war, litt entweder unter totaler Selbstüberschätzung oder stand komplett über oder neben den Dingen. Beides erschien ihr nicht sehr vertrauenerweckend.

»Die Marktumgestaltung?«, entgegnete Christine Gießer stichwortartig mit fragendem Unterton. »Glockenklingen in Niedelsingen? Das neue Marktkonzept?« Sie verschränkte die Arme vor der Brust. »Also, Ihr Bruder war ja komplett dagegen.«

»Wogegen?«

Dora Senne schaute Annemie streng an. »Sie scheinen ja gar nichts zu wissen.« Ihr Gesicht war gerötet. Annemie musste an Erdbeertortengelee denken.

Nein, ich weiß nichts darüber, weil ich Jahrzehnte in meiner Backstube im Keller meines Hauses gehockt und mich von bedingt lustigen Variationen der menschlichen Rasse wie dir ferngehalten habe, dachte Annemie, sagte aber nichts, sondern senkte nur den Kopf.

»Hat Ihr Bruder Ihnen denn gar nichts –«

»Nein, hat er nicht.«

Schweigen und bedeutungsschwere Blicke in der Gruppe. Arno Wächter spielte klimpernd mit seinem Autoschlüssel.

»Fragen Sie am besten Gerburg. Die kann Ihnen da sicher was zu sagen.« Er nahm ein Handy aus der Jackentasche, tippte es kurz an und meinte: »Ich muss dann mal. Die Abwasserkanister entsorgen sich nicht von allein.« An die anderen X-Mas-Niedel-Singers gerichtet, ergänzte er: »Wir sehen uns heute Abend mit gut geölten Stimmen.«

Friedrich-Thomas Pölken und Christine Gießer nickten und wollten sich ihm anschließen. Dora Senne hustete wieder. Es klang wie ein alter Auspuff.

»Was war in dem Glühwein?«, rief sie Arno Wächter hinterher. Der blieb stehen und wandte sich ihr zu.

»Nichts Besonderes. Ein paar Säfte und die üblichen Gewürze.«

»Kirschsaft?«

»Ja. Der auch.«

»Ich bin allergisch gegen Kirschen.« Dora Senne streckte die Hand nach Christine Gießer aus. »Bring mich zum Arzt«, sagte sie mühsam. »Ich bekomme keine Luft mehr.« Ihre Nase erschien Annemie noch spitzer als vorhin.

Arno Wächter wurde blass. Er fasste Dora Senne unter und führte sie zum Ausgang des Marktes. Friedrich-Thomas Pölken und Christine Gießer blieben stehen. Auch sie wirkten betroffen.

»Das wird schon wieder.« Friedrich-Thomas Pölken legte Christine Gießer die Hand auf die Schulter. »Eine kleine Spritze, und gleich ist sie wieder auf dem Damm.« Er nickte Annemie und Farin zu, und die beiden Niedel-Singers machten sich auf den Weg. Im Weggehen drehten sie sich noch ein-, zweimal nach Annemie um und sprachen miteinander.

»Die scheinen sich ja keine großen Sorgen um ihre Sangeskameradin zu machen«, stellte Annemie fest.

»Vielleicht ist es wirklich nicht so schlimm«, entgegnete Farin. »Und wie sagte schon die Schwester der Mutter meiner Großtante: ›Sorge dich nicht um deinen Standnachbarn, wenn dein Standnachbar sich nicht um sich selbst sorgt.‹«

Annemie runzelte die Stirn. »Das ist ein orientalisches Sprichwort?«

Farin grinste. »Nein. Habe ich mir ausgedacht. Ist aber doch gut, oder nicht?«

Annemie musste gegen ihren Willen lächeln.

»Kannten Sie diese Herrschaften?«

»Nicht wirklich.« Farin schüttelte den Kopf.

»Und was ist mit dem Streit?«

»Das stimmt.« Er drehte sich um und stapfte durch den Schnee zurück zu ihrem Stand. »Wir müssen uns ranhalten, wenn wir heute öffnen wollen«, sagte er und griff nach der Tasche mit Materialien, die sie mitgebracht hatten. Heute Morgen hatte er all das, von dem er glaubte, es könnte ihm nützlich sein, in diese Tasche gepackt. Er holte eine Abdeckfolie, ein paar Nägel und einen Hammer daraus hervor und machte sich ans Werk. Annemie trat neben ihn.

»Und weiter?«

»Ich weiß nicht viel darüber. Harald war vorgestern nur unglaublich wütend auf Horst Heßler. Er hat sich aufgeregt, Heßler würde alles kaputt machen. Und sich einbilden, alle müssten nach seiner Pfeife tanzen, nur weil er das alte Marktkonzept komplett umkrempeln wollte.« Er legte den Hammer zur Seite. »Worum es dabei genau ging, weiß ich aber nicht. Harald und ich hatten genug andere Sachen zu besprechen. Vielleicht kann diese Gerburg Ihnen wirklich etwas dazu sagen. Sie sollten mit ihr sprechen.«

Sein Handy klingelte.

»Hallo?«, fragte er und lauschte. Annemie sah, wie sein Gesicht immer besorgter wurde, dann nickte er. »Ich sage es ihr.« Er legte auf. »Das war die Ärztin, Frau Assenmacher. Harald ist aufgewacht. Aber es geht ihm nicht gut. Sie sollten hinfahren.«

»Wenn wir hier fertig sind.«

»Das ist zu spät. Fahren Sie jetzt, Frau Annemie. Ich schaffe das hier schon. Vormittags ist auf dem Markt nie so viel los.«

Annemie fühlte sich erleichtert, als sie das Krankenhaus erreicht hatte. Das lag zum einen an der Tatsache selbst, hatte sie es doch geschafft, den Widrigkeiten des örtlichen Nahverkehrs zu trotzen und die richtigen Busse zu besteigen. Etwas, das für jemanden, dessen längster Weg jahrelang der zum eigenen Briefkasten gewesen war, eine besondere Leistung darstellte. Zum anderen würde sie den unangenehmen Teil nun bald hinter sich haben. Den Teil, in dem sie ihrem Bruder Harald begegnen und mit ihm sprechen musste. Sie dachte nur noch an das Danach, nicht an das Jetzt. Diese Strategie der geistigen Selbstberuhigung hatte schon oft bei ihr gewirkt. Sich vorzustellen, das Schlimmste sei schon so gut wie vorbei, funktionierte bei unvermeidbaren Zahn- und Tierarztbesuchen ebenso wie bei der Abgabe der Steuererklärung. Eingebettet in ein ungefährliches Vorher und Nachher schrumpfte der mit Unannehmlichkeiten besetzte Part auf ein Minimum, wenn man es sich nur lange genug einredete. Jetzt war sie zwar noch beim Vorher, aber das Nachher lag in greifbarer Nähe. Annemie rückte ihren Mantelkragen zurecht und betrat mit energischen Schritten das Krankenhaus. Erst vor der Tür zur Intensivstation blieb sie stehen. Sie hatte das Gefühl, der Kloß in ihrem Hals hätte die Größe eines Krapfens erreicht. Sie wollte klingeln, ließ die Hand aber wieder sinken.

»Wie gut, dass Sie da sind, Frau Engel. Ihr Bruder freut sich sicher sehr«, begrüßte Maike Assenmacher sie und drückte an ihrer Stelle auf die Klingel. Annemie hatte die Ärztin nicht kommen hören und schrak zusammen. »Er ist seit einer Stunde bei Bewusstsein, und es geht ihm inzwischen sogar etwas besser, auch wenn die Gesamtsituation nach wie vor kritisch ist.«

Eine Schwester öffnete die Tür, und die Ärztin betrat die Intensivstation. Sie bedeutete Annemie, ihr zu folgen. »Eigentlich hätte ich den Herrn von der Polizei ebenfalls sofort anrufen müssen, damit er mit Ihrem Bruder sprechen kann. Ich wollte Ihnen aber zuerst die Gelegenheit geben.« Sie wartete, bis Annemie sich Kittel, Mundschutz und Überschuhe angezogen hatte, und ging dann mit ihr zusammen weiter. Vor Haralds Zimmer blieb sie stehen. »Bereit?«

Annemie nickte stumm.

Maike Assenmacher betrat das Zimmer, ging erst zu dem einen, dann zu einem anderen Apparat, prüfte die Anzeigen und nickte zufrieden. Auch diesmal war Annemie an der Schwelle stehen geblieben.

»Annemie?« Haralds Stimme klang heiser und schwach.

»Ja.«

»Du bist gekommen.«

»Ja.« Annemie rührte sich nicht.

»Meinst du, du schaffst die letzten drei Meter bis zu meinem Bett auch noch?« Er hustete.

Statt einer Antwort betrat sie langsam den Raum, ging zum Bett und hielt schweigend am Fußende inne. Seit mehr als zwanzig Jahren hatte sie nicht mit ihrem Bruder gesprochen, weil sie sich ein Bild von ihm gemacht hatte, das bei ihrem Besuch in Haralds Wohnung in weniger als einer halben Stunde zusammengebrochen war. Harald war nicht der Mensch, für den sie ihn so lange gehalten hatte. Und sie war für ihn nicht die für wertlos erachtete Schwester, deren Meinung nicht zählte, als die sie sich seit dem Banküberfall sah. Hatte sie bis zum gestrigen

Tag aus, wie sie dachte, gerechtem Zorn geschwiegen, so blieb sie jetzt stumm, weil sie sich schämte. Sie hatte Angst vor dem anstehenden Gespräch.

»Wie geht es dir?«, fragte Harald und versuchte, sich im Bett etwas aufzurichten. Vor Schmerz verzog er das Gesicht.

»Gut.«

»Ist Farin bei dir aufgetaucht?«

»Ja.«

»Hast du ihm geholfen?«

»Ja.«

»Hilft er dir?«

»Ja.«

»Warst du in meiner Wohnung?«

»Ja. Dein Kater ist jetzt bei mir.«

»Er heißt Engelbert von Adel. Benimmt er sich?«

»Nein. Ich habe ihn erst einmal allein in ein Zimmer gepackt, damit er nicht mit Belmondo kollidiert, wenn ich nicht da bin.«

»Was ist mit Horst?«, wollte er wissen.

Annemie starrte ihn an. Sie kannte solche abrupten Themenwechsel nicht von ihm. Hatte noch niemand mit ihm darüber gesprochen?

»Er ist tot.«

Sie beobachtete ihren Bruder. Wartete auf seine Reaktion. Harald schloss die Augen.

»Die Explosion hat ihn getötet.« Annemie legte ihre Hände auf das Fußende des Bettes. Das Metall unter ihren Fingern fühlte sich wie Eis an. »Ein Kommissar war bei mir, Winfried Freudenruh. Er war auch schon hier und hat deine Ärztin gefragt, wann du vernehmungsfähig bist. Sie hat ihn auf später vertröstet.«

»Was wollte er?«

»Mit dir sprechen.«

»Ich kann mich nicht erinnern, was passiert ist.« Er wandte den Blick ab.

»Freudenruh verdächtigt dich, Horst Heßler umgebracht zu haben.«

Harald schwieg und schaute weiter aus dem Fenster.

»Hast du gehört?«

»Ja.«

Annemie wartete, aber Harald blieb stumm.

»Hast du ihn getötet, Harald?«

»Nein.«

»Wie kommt Freudenruh dann darauf, dich zu verdächtigen? Es wird doch einen Grund haben.«

»Vermutlich.«

»Und welchen?«

»Frag ihn. Er kann es dir sicher sagen.« Er musterte sie nachdenklich, sog geräuschvoll die Luft durch die Nase ein und hielt sie kurz an. Annemie hatte den Eindruck, er wollte weitersprechen, aber dann presste er die Lippen fest aufeinander.

»Eine der Weihnachtssängerinnen auf dem Markt meinte, ihr hättet euch gestritten.«

»Oh, eine von den Niedel-Singers?« Er grinste leicht. »Ja, die Damen und Herren Hobbymusiker haben zu allem eine Meinung, wenn auch keine Ahnung.«

»Farin meinte, es sei um das neue Marktkonzept gegangen.«

»Ja, darum auch.«

»Und worum noch?«

Harald schüttelte kaum merklich den Kopf.

»Du musst mir sagen, was passiert ist«, sagte sie. Er lachte bitter.

»Schwester. Du kommst zu mir, nachdem wir jahrelang nicht miteinander geredet haben. Weil du es so entschieden hattest, wohlgemerkt. Nicht ich.« Er hustete wieder. Das Piepsen der Maschinen, die seinen Puls und den Blutdruck überwachten, wurde lauter. »Und jetzt beschließt du, dass ich mit dir reden muss.« Das Sprechen fiel ihm schwer. »Ich bin aber nicht mehr der Kleine, den du herumkommandieren kannst. Das ist lange her. Das ist vorbei.«

»Frau Engel?« Maike Assenmacher betrat den Raum und sah prüfend auf Harald und die Messgeräte. »Ihr Bruder braucht Ruhe. Lange Gespräche sind noch zu anstrengend. Und Kommissar Freudenruh ist auf dem Weg.«

Annemie sah Harald an. Nichts hatte sich geändert. Alles war wie immer. Sie fühlte sich zurückversetzt in der Zeit. Erinnerte sich an schlechte Schulnoten, die in seinen Augen nicht er, sondern die Lehrer zu verantworten hatten. Erinnerte sich an seinen Meister in der Ausbildung, der sich wutschnaubend bei ihr gemeldet hatte, weil Harald meinte, schon selbst entscheiden zu können, wie die Dinge am besten zu machen wären. Erinnerte sich an die Zeit, als er den Banküberfall begangen und eisern geschwiegen hatte. Kein Wort zu ihr, warum und weshalb er das getan hatte. Annemie wandte sich ab und folgte der Ärztin. Nicht sie musste sich schämen.

»Annemie, warte.« Sie blieb stehen. »Ich habe ihn nicht getötet. Ich habe viele ungute Dinge in meinem Leben getan. Aber ich habe Horst nicht getötet.«

»Warum sollte ich dir das glauben?«

»Weil ich dir bei nichts, was passiert ist, je die Unwahrheit gesagt habe.«

Kapitel 7

Diesmal fiel es Annemie leichter, den richtigen Bus zu nehmen, und eine halbe Stunde später stand sie wieder am Eingangstor zum Niedelsinger Weihnachtsmarkt. Über ihr röhrte Friedebert die »Stille Nacht« hinaus. Es hörte sich an, als trüge er einen Futtereimer aus Blech vor dem Maul. Es war bereits kurz nach Mittag, und eine Menge Besucher hatten den Weg auf den Markt gefunden. In der Hauptsache zu den Fressbuden mit ihren Bratwürsten, Kartoffelpuffern und Champignonpfannen, aber auch Arno Wächter in seinem Wein-und-Pilze-Stand litt nicht unter Arbeitsmangel. Mit einer Suppenkelle schöpfte er dampfenden Glühwein aus einer Art Hexenkessel in Kaffeebecher, füllte großzügige Portionen seines Pilzgerichtes in tiefe Schalen und reichte beides an die Kundschaft weiter. Er fand kaum Zeit, zu kassieren. Eine Menschentraube drängte sich um die Stehtische vor seinem Ausschank. Männer wie Frauen in bunten Daunenjacken, die es schwierig machten, die einen von den anderen zu unterscheiden. Viele trugen rote Zipfelmützen mit blinkenden weißen Pelzrändern und prosteten sich fröhlich zu. Annemie fragte sich, wie die Leute es schafften, am helllichten Tag ein, zwei oder sogar drei Becher Glühwein zu trinken, ohne ernsthafte Ausfallerscheinungen zu haben. Einer der Besucher lieferte umgehend den Beweis, dass das so einfach nicht war, indem er schwankend und in Schlangenlinien auf den Ausgang zusteuerte. Arno Wächter hob die Hand zum Gruß und nickte Annemie zu, als er sie hinter den Feiernden entdeckte.

»Wollen Sie eine Kostprobe?«, fragte er und wischte sich den Schweiß von der Stirn, was seine ohnehin störrischen Haare in eine Form brachte, die jedem Friseur Alpträume bereitet hätte und Annemie an die Stachelbeeren denken ließ, die sie im Frühjahr für ihre Baisers verwendete. Seine Brauen wirkten noch buschiger, als sie ihr heute Morgen vorgekommen waren, der Bart feuchter, und seine Augen schimmerten rötlich. Mit Schwung riss er ein langes Papiertuch von einer Rolle und wischte eine leere Pilzpfanne damit sauber, bevor er sie ausspülte und das Wasser in einem Behälter auffing. Er lächelte sie an, was aber nur zu noch mehr Falten in seinem ohnehin schon zerknautschen Gesicht führte, das vermutlich auch mit dem freundlichsten Gesichtsausdruck schlecht gelaunt aussah. Mit vierzig hat jeder das Gesicht, das er verdient, dachte Annemie, und so, wie Arno Wächter aussah, hatte er dieses Alter schon länger überschritten. Blieb die Frage, womit er es sich verdient hatte. Annemie schüttelte den Kopf, deutete ein freundliches Lächeln an und ging weiter in Richtung ihres eigenen Marktstandes, an dem deutlich weniger Betrieb war als an der Glühweintränke. Trotzdem musste Farin schon gute Geschäfte gemacht haben, denn ein Teil der Vorratskisten, in denen der Nachschub aufbewahrt wurde, stapelte sich bereits leer hinter der Hütte, als Annemie eintraf.

»Wie geht es meinem Freund Harald?«, fragte Farin über seine Schulter hinweg, noch während er eine Kundin zu Ende bediente und ihr mit einem Strahlen die Tüte mit den Plätzchen reichte. »Schoko-Marzipan-Taler. So süß wie Ihr Lächeln und so zart wie Ihre Rosenwangen, gnädige Frau. Mögen sie Ihnen wohlschmecken.«

Annemie hätte schwören können, dass die Kundin errötete.

Farin nickte ihr noch einmal zu und griff dann nach der Thermoskanne. Er goss sich einen Becher ein, schnupperte genießerisch am aufsteigenden Dampf und trank einen Schluck. Er stellte die Kanne zurück und umfasste die Tasse mit beiden Händen. »»Kaffee muss so heiß sein wie die Küsse eines Mädchens am ersten Tag, so süß wie die Nächte in ihren Armen und so schwarz wie die Flüche ihrer Mutter, wenn sie es erfährt‹, sagte der Schwager meines Großvaters mütterlicherseits immer«, deklamierte er in einer Lautstärke, die darauf abzielte, dass die Kundin ihn noch hörte. Annemie war verblüfft, als diese sich herumdrehte und verlegen lächelte. Auf so ein Machogehabe standen die Frauen also heutzutage.

»Er ist wach«, antwortete sie. »Aber es geht ihm nicht gut.« Dass sie mit ihm gestritten hatte, ging Farin nichts an.

Während der Busfahrt hierher hatte sie die ganze Zeit über das nachgedacht, was geschehen war. Die Begegnung mit Harald hatte sie zuerst wütend gemacht und dann, je länger sie sich alles durch den Kopf gehen ließ, verwirrt. Sie war mit der festen Absicht ins Krankenhaus gefahren, ihrem kleinen Bruder eine große Schwester zu sein. Wenn man bei zwei Menschen in den Fünfzigern und Sechzigern noch in diesen Kategorien denken durfte. Und Harald? Er hatte sich ihr verweigert. Ihr nicht erzählen wollen, was gestern Morgen hier an diesem Stand passiert war. Annemie langte in die Auslage und schob einige Tüten gerade, die auch vorher schon in einer exakten Reihe gestanden hatten. Sie kannte ihren Bruder lange genug, um zu wissen, dass er etwas vor ihr verbarg. Ein Geheimnis, das er auf keinen Fall mit ihr teilen wollte. Denn auch wenn Harald, wie er selbst gesagt hatte, schon viel angestellt hatte in seinem Leben, in einem hatte er recht gehabt. Er hatte ihr noch niemals die Unwahrheit gesagt, sie noch nie belogen. Er schwieg lieber über die Dinge, von denen er wusste, dass Annemie sie nicht gerne hörte oder besser nichts darüber wissen sollte. Und genau das tat er gerade wieder. Darauf hätte sie eines von Belmondos drei restlichen Beinen verwettet.

Gerburg Manderscheidt-Ziesemann war ein Energiebündel. Ein großes, kompaktes Energiebündel. Mit einer für ihre Statur erstaunlichen Wendigkeit wirbelte sie durch ihren Stand, ordnete hier Handschuhe, drapierte dort Stolen, hängte lange Schals von der einen in die andere Ecke, dekorierte Pudelmützen auf Styroporköpfen, sortierte Wollstränge nach Farben, häufte Garnknäuel zu ungeahnten Höhen. Sie sprach mit ihren Kunden über die Vorzüge von Merinowolle, reichte Strickproben weiter, damit die Kunden das zu erwartende Ergebnis nicht nur begutachten, sondern auch befühlen konnten, erklärte schwierige Muster und beriet bei der Auswahl von Schnitt und Farbe. Zwischendurch oder, wie es aus Annemies Warte von gegenüber schien, zur selben Zeit, häkelte Gerburg Manderscheidt-Ziesemann ohne hinzusehen bunte Topflappen in beeindruckender Geschwindigkeit. Allerdings wurde der regenbogenfarbene Stapel auch genauso schnell verkauft, wie er anwuchs. Gerburgs Stimme übertönte mühelos Friedeberts musikalische Absonderungen, und ihr Lachen war weithin hörbar.

Bereits nach kurzer Zeit wusste Annemie, wie man Luftmaschen, Doppelstäbchen und Mausezähnchen häkelte. Wissen, dem sie in ihrem bisherigen Leben erfolgreich ausgewichen war und auf das sie auch jetzt gut und auch gerne hätte verzichten können. Aber Gerburgs Handarbeitsbelehrungen waren wie ein rosa Elefant: weder zu ignorieren noch zu vergessen. Annemie wartete auf die passende Gelegenheit, ihren Vorsatz, mit Gerburg Manderscheidt-Ziesemann zu sprechen, in die Tat umzusetzen. Doch der Nachmittag zog sich immer weiter hin, ohne dass sich eine Möglichkeit ergeben hätte. Annemie füllte die Plätzchen in Tüten und versah sie mit Etiketten und Schleifen, während Farin den direkten Kontakt mit den Kunden und die Verkaufsgespräche übernahm. Ihre Füße taten weh, und ihr Nacken war steif von der Zugluft im Stand, aber die Geschäfte liefen gut. Vor allem, nachdem Farin einen Teller mit Kostproben der verschiedenen Sorten angerichtet hatte und sie den Kunden anbot.

Friedebert hatte bereits zum geschätzt zehnten Mal die Kinderlein zur Krippe herbeigerufen und die Klingglöckchen klingeln lassen, als es endlich den Anschein hatte, als würde der Besucherstrom nun etwas abebben. Annemie legte den Kopf in den Nacken und versuchte, die Steifheit loszuwerden. Farin sah sie besorgt an.

»Alles in Ordnung?«

»Ja. Nur die Zugluft hier drin ist nicht so schön.«

»Ach. Entschuldigung. Ich hatte es vergessen. Harald hatte mich auch schon darum gebeten.« Er zeigte auf die Seitenwand. »Da ist ein Stück aus einem Astloch herausgefallen, und jetzt pfeift die Luft hindurch. Ich dichte es gleich irgendwie ab, kein Problem.«

»Danke.« Annemie massierte sich die schmerzende Nacken-
muskulatur. Vielleicht wäre eine kleine Pause jetzt gar nicht so
unpassend. Sie fasste sich ein Herz, verließ ihren Stand und ging
zu Gerburg Manderscheidt-Ziesemann hinüber. »Haben Sie mal
überlegt, statt der Topflappen Topfhandschuhe zu häkeln? Damit
bekommt man die Backbleche viel besser zu fassen und ver-
brennt sich auch nicht den Handrücken«, sagte Annemie anstelle
einer Begrüßung und hielt Gerburg Manderscheidt-Ziesemann
den Teller mit den Kostproben hin.

»Du bist die Bäckerin der kleinen Köstlichkeiten dort drüben,
richtig? Schade, dass wir uns unter so schlimmen Voraussetzungen kennenlernen. Dein Bruder schwärmt immer sehr von
deinen Künsten, was aber gar nicht notwendig ist, denn diese
leckeren Versuchungen hier sprechen ja für sich.« Sie ließ ihre
gespitzten Finger über dem Teller kreisen und griff dann nach
einem der Kipferl.

»Konditorin. Ich bin Konditorin. Keine Bäckerin.«

»Ich bin Gerburg.« Sie reichte Annemie über ihre Theke
hinweg die Hand. Annemie zögerte kurz, dann schlug sie ein.

»Annemie.« Sie räusperte sich und fügte rasch ein »Engel«,
hinzu. Plumpe Vertraulichkeiten waren ihr zuwider, und das
prompte Duzen von Menschen, die sich bis zum Augenblick
ihrer ersten Begegnung gar nicht gekannt hatten, war ihr besonders unangenehm. »Darf ich Sie was fragen? Es geht um den
Markt.«

»Aber natürlich kannst du mich was fragen.« Gerburg
Manderscheidt-Ziesemann lächelte freundlich und ignorierte
Annemies Versuch des Anredewechsels komplett. »Dazu bin
ich ja da als Vorsitzende des Fördervereins ›Weihnachts- und
Sockenmarkt Niedelsingen von 1898 e.V.‹ und, wie du hier
siehst, Besitzerin des Woll-, Strick- und Topflappenstandes in
Personalunion.« Sie wickelte eine Lage des orangefarbenen
Schals, den sie um den Hals trug, ab und fächelte sich mit der
flachen Hand Luft zu.

Jetzt erst fiel Annemie auf, wie erstaunlich leicht Gerburg
Manderscheidt-Ziesemann bekleidet war. Sie trug über ihrem

eher luftigen grasgrünen Kleid eine offene, bunt gemusterte Strickjacke, die ihr graues Haar zum Leuchten brachte. Automatisch zog Annemie den Reißverschluss ihrer Winterjacke etwas höher.

Gerburg Manderscheidt-Ziesemann nickte und lachte. »Für irgendwas müssen die Wechseljahre ja gut sein. Du glaubst nicht, was ich schon an Heizungskosten gespart habe. Sie zeigte auf einen kleinen Elektrostrahler in der Ecke ihres Standes. »Der hier kommt erst bei Minustemperaturen zum Einsatz.«

»Aha.« Mehr konnte Annemie dazu nicht sagen. Gerburg Manderscheidt-Ziesemanns direkte Art, sie in die Vorgänge ihrer persönlichen Physiologie einzuweihen, die, wenn es nach Annemie ginge, ein ewiges Geheimnis zu bleiben hatten, irritierte sie nicht nur. Nein, sie überforderte sie. Und zwar gewaltig. Sie musste ja auch gar nicht mit ihr sprechen. Jedenfalls nicht sofort. Morgen würde sich sicher auch eine Gelegenheit ergeben, und dann könnte sie direkt und ohne Umschweife, vor allem aber ohne vertrauliche »Von Frau zu Frau«-Gespräche zum Thema kommen. Annemie wandte sich ab und ging zwei Schritte auf ihren Stand zu.

»Du wolltest mich doch etwas wegen des Marktes fragen, Annemie«, rief Gerburg ihr nach. »Ich bin ganz Ohr.«

Annemie blieb stehen, drehte sich wieder zu Gerburg Manderscheidt-Ziesemann um und ließ die Schultern hängen. Dann eben doch jetzt.

»Mein Bruder soll mit Horst Heßler Streit gehabt haben, weil es Änderungen für den Markt geben soll?«

»Streit? Ich weiß nicht, ob das das richtige Wort dafür ist. Ich würde es eher als Krieg bezeichnen. Aber nicht nur Harald hatte Krach mit ihm. Im Grunde liegt mehr als die halbe Mannschaft hier mit Heßler im Clinch.« Nach einer kurzen Pause berichtigte sie sich: »Entschuldigung. Lag mit ihm im Clinch, muss ich wohl sagen. Aber«, fuhr sie fort, »das ist auch kein Wunder. Heßler und seine Frau wollten hier wirklich alles auf den Kopf stellen. Sie will das vermutlich noch immer. Nichts soll bleiben, wie es ist. Dabei ist es doch gut so. Schau dich um. Wir haben genug Besucher, jeder ist mit seinen Umsätzen zufrieden, und die Leute wissen seit Jahren, was sie erwartet, wenn sie den Niedelsinger Weihnachtsmarkt besuchen. Sie freuen sich auf die schönen Sachen, die ihnen hier angeboten werden, auf das Essen und die Getränke. Sogar auf die X-Mas-Niedel-Singers freuen sie sich.« Sie verstummte für einen kurzen Moment, holte tief Luft und beugte sich vor. Mit verschwörerischer Geste bat sie Annemie, näher zu kommen, sah sich um und senkte die Stimme. »Es gibt übrigens YouTube-Videos von den vieren. Das wissen die aber nicht. Sie halten sich ja für gute Musiker. Dabei sind sie Trash-Kult im Netz. Das weiß ich von meinem Neffen. Die Kids machen sich einen Spaß daraus.« Sie hob die Schultern und verzog bedauernd ihr Gesicht. »Es traut sich natürlich niemand, ihnen das zu sagen.«

Gerburg Manderscheidt-Ziesemann richtete sich wieder auf und verschränkte die Arme vor ihrer beachtlichen Oberweite. »Wie dem auch sei. Alles ist gut, und die Heßlers wollen genau das ändern. Vor allem Corinna Heßler möchte sämtliche Vorgänge an sich reißen und ihre Eventagentur als Veranstalter des Marktes positionieren.«

»Und was ist mit dem Verein?«, wollte Annemie wissen. »Sie haben mir doch eben gesagt, dass der Verein den Markt auf die Beine stellt.«

»Bisher ja. Sämtliche Standinhaber sind Mitglieder in unserem Verein. Wir haben eine gemeinsame Kasse, in die jeder einen kleinen Beitrag einzahlt. Mit dem Geld finanzieren wir dann Werbeplakate, die fälligen Gebühren und andere gemeinsame Angelegenheiten. Verdienen tut der Verein dabei natürlich nichts. Dürfen wir ja auch gar nicht, weil wir sonst unsere Gemeinnützigkeit verlieren würden.« Gerburg Manderscheidt-Ziesemann wandte sich einer Kundin zu, die einen Schal bezahlen wollte, nannte den Preis und erzählte weiter, während sie das Wechselgeld herausgab. »Für große Investitionen ist unter diesen Voraussetzungen natürlich nicht immer sofort Geld vorhanden. Deswegen sind einige Sachen hier nicht auf absolut professionellem Niveau. Die Strom- und Wasserversorgung zum Beispiel.

Für den Strom haben wir im letzten Jahr einige Baustromverteiler angeschafft. Wasserleitungen gibt es noch nicht. Steht aber für die nächsten Jahre auf dem Plan. So lange arbeiten wir mit Frischwasserkanistern und sammeln anschließend das Schmutzwasser darin. Aber auch wenn man noch einiges investieren muss, steckt natürlich trotzdem eine Menge Geld in dem Geschäft. Das wissen die Heßlers. Die riechen Geld auf fünfhundert Meter gegen den Wind.« Sie schnaubte ärgerlich.

Friedeberts Lautsprecher knackten in die kurze Stille hinein. »Lasst uns frohoh uhund munter sein und uns sehher vohon Herzen freun«, knarzte er fröhlich vom Band, und seine rote Nase leuchtete.

»Irgendwann hol ich ihn mit einer Schrotflinte da runter«, scherzte Gerburg Manderscheidt-Ziesemann und verdrehte genervt die Augen. »Aber selbst vor ihm«, sie zeigte mit ausgestrecktem Finger auf das hölzerne Rentier, »haben die Heßlers keinen Respekt. Seit mehr als dreißig Jahren ist er unser Maskottchen. Gut, wir müssten ihm dringend ein neues Innenleben verpassen und seine Technik generalüberholen, damit er wieder schön singen kann, aber ihn abschaffen? Auf gar keinen Fall. Kommt nicht in die Tüte.«

»Was genau wollen die Heßlers denn ändern?«

»Alles. Sie wollen alles ändern.«

»Und das bedeutet?«

»Sie haben ein ›Motto‹, wie sie es nennen, entwickelt. Ein Motto!« Sie klang entrüstet. »Wir sind doch kein Karnevalsverein!«

Annemie verstand nicht so recht, was damit gemeint war. Aber ehe sie nachfragen konnte, redete Gerburg Manderscheidt-Ziesemann bereits weiter. Diese Frau verbrauchte vermutlich so viele Wörter in einer Stunde wie Annemie unter normalen Umständen innerhalb eines Monats.

»›Glockenklingen in Niedelsingen‹«, proklamierte Gerburg Manderscheidt-Ziesemann dramatisch. »Sie nennen es Themenmarkt. Alle sollen sich nach dem Motto richten. Die Stände entsprechend dekorieren, die Warenpalette danach ausrichten,

Events zum Thema veranstalten. Friedebert wollen sie durch ein großes Glockenspiel ersetzen, das zu jeder halben und vollen Stunde berühmte Weihnachtsmelodien bimmelt.« Sie räumte einen Stapel Handschuhe in die vordere Reihe der Auslage. »Und die Stände, das ist auch noch so ein Thema. Die sollen einheitlich sein. Alle gleich.«

»Aber es hat doch jeder seinen eigenen Stand.« Annemie gefiel dieses bunte Durcheinander von verschiedenen Formen, Farben und Größen der Verkaufsstände sehr gut.

»Die sollen weg und dafür die neuen, einheitlichen hin, die die Eventagentur Heßler zur Verfügung stellt. Gegen Mietzahlung, versteht sich.« Wütend stopfte sie noch einige Schals in eine freie Lücke neben den Handschuhen.

»Sie sagten eben, ein Teil der Standbetreiber wäre dafür, ein Teil dagegen«, wiederholte Annemie, um Gerburg Manderscheidt-Ziesemann auf ihre ursprüngliche Frage zurückzubringen. »Was für eine Rolle spielt Harald bei dem Ganzen?«

»Die meisten sind gegen das neue Konzept und vor allem dagegen, ihre Autonomie aufzugeben. Ein paar wenige, wie zum Beispiel unsere lustigen Musikanten, versprechen sich von der Umgestaltung frischen Wind, einen größeren Bekanntheitsgrad und durch einen Anstieg der Besucherzahlen auch bessere Geschäfte.«

»Was ja im Grunde nichts Schlechtes ist.«

»Natürlich nicht. Es ist gut, wenn man mal etwas Neues wagt. Trotzdem sollte man die Traditionen wertschätzen. Das ist übrigens etwas, worin Harald und ich uns einig sind. Wir wollen auch das ein oder andere ändern. Der große Unterschied ist nur, dass wir es für den Verein tun, während die Heßlers in ihre eigene Tasche wirtschaften. Wir wären komplett von ihnen abhängig, und sie allein hätten das Sagen darüber, wer eine Standkonzession bekommt und wer nicht.« Sie unterbrach sich erneut und wandte sich einer Kundin zu, die an den Stand getreten war.

»Und Harald?«, hakte Annemie nach.

»Er ist unser Sprecher. Er hat sich mit den Heßlers, sagen wir mal … auseinandergesetzt.« Sie lächelte Annemie bedauernd an. »Wir sollten später weiter darüber reden, jetzt muss ich mich mal wieder ein bisschen kümmern.« Sie wies auf die Kundin. »Nur eins noch: Es gab heftigen Streit zwischen den beiden. Das war zu erwarten. Aber ich habe mich auch gewundert.«

»Weswegen?«

»Weil ich den Eindruck hatte, dass es zwischen Heßler und Ihrem Bruder noch um etwas anderes ging.«

Kapitel 8

Als Annemie am Morgen aufwachte, dachte sie für einen Augenblick, dass dies ein Tag wie jeder andere werden würde. Sie freute sich, war es doch exakt das, was sie von ihren Tagen erwartete. Dann fiel ihr alles wieder ein, weil sie das Gefühl hatte, jeden Knochen im Leib zu spüren. Es gab in ihrem Leben derzeit eine Menge Veränderungen, und eine davon hörte sie bereits geräuschvoll im Haus hantieren. Türen klapperten, Schritte polterten auf der Treppe, die Holzdielen im Flur knarzten. Was um alles in der Welt trieb dieser junge Mann da draußen?

Sie öffnete die Augen und drehte den Kopf zur Seite, aber Belmondo lag nicht wie erwartet an seinem Platz auf dem Kopfkissen neben ihr. Sie setzte sich auf, schob die Füße aus dem Bett und suchte mit den Zehen ihre Filzpantoffeln, während sie mit der Linken nach dem Morgenmantel griff, aber beides nicht fand. Sie hatte sie am Vorabend nicht wie sonst sorgfältig bereitgelegt, sondern sich bei ihrer Heimkehr nur mit Mühe bis zu ihrem Bett geschleppt, die Decke zurückgeschlagen und sich hineingelegt. Zu mehr hatte ihr nach dem anstrengenden Tag auf dem Markt die Kraft gefehlt. Sie überlegte kurz, welcher Wochentag heute war, stand auf, ging zu dem Haken, an dem der grüne Bademantel mit dem Rosenmuster hing, und nahm ihn herunter. Prinzip war Prinzip, und auch wenn alles um sie herum im Chaos zusammenbrach, ihre kleinen Freuden und Gewohnheiten würde sie sich nicht nehmen lassen. Und diesem jungen Mann würde sie gleich erst einmal gründlich die Leviten lesen.

Sie trat ans Fenster und schaute hinaus, betrachtete zuerst der Reihe nach die Häuser auf der gegenüberliegenden Seite mit ihren dämmerlichtgrauen Hauseingängen, den eng geparkten Wagen, den Mülltonnen und an Straßenlaternen angeketteten Fahrrädern. Nirgendwo brannte Licht, bewegten sich Schatten. Sonntags stand niemand außer ihr zu solch nachtschlafender Zeit auf.

Im Haus krachte etwas zu Boden. Annemie fuhr herum, zog den Morgenmantel an, schlang die Vorderteile eng um sich und knotete den Gürtel fest zusammen. Wie gut, dass dieser Mantel einen besonders hohen Kragen samt Knopf besaß. Schließlich hatte sie genauso wenig die Absicht, sich irgendeine Blöße zu geben, wie sie wegen ihres neuen Mitbewohners andere Sitten aufkommen lassen wollte. Jedenfalls nicht, wenn sie es verhindern konnte. Auf den zweiten Kontrollblick, den über ihre eigene Straßenseite, verzichtete sie trotzdem, denn dort war sicherlich auch alles in Ordnung, ohne dass sie nachschaute. Ganz im Gegensatz zu ihrem eigenen Haus. Annemie beeilte sich, durch den Flur bis an die Treppe zur Backstube zu laufen. Von unten schimmerte Licht herauf, und Kaffeeduft kroch in ihre Nase.

»Der wird doch wohl nicht …«, murmelte sie, raffte ihren Morgenrock und stapfte die Treppe hinunter. »Herr Farin«, setzte sie zur Schimpftirade an, aber ihr neuer Mitbewohner ließ sie erst gar nicht zu Wort kommen.

»Annemie Engel, Sie sind erwacht.« Er kam auf sie zu, fasste ihren Arm und führte sie zu dem kleinen Beistelltisch, den sie sonst als Ablagefläche nutzte. Farin Said hatte ihn mit Frühstücksbrettchen, Messern und zwei dicken Kaffeebechern gedeckt, die sie schon seit Jahren nicht mehr in der Hand gehabt hatte. Außerdem lagen einige Scheiben Käse, die er sicher nicht in ihrem Kühlschrank gefunden hatte, auf einem Teller. Daneben stand ein Glas Nuss-Nougat-Creme. »Kaffee?«, wollte er wissen und hielt eine Thermoskanne hoch, die er ebenfalls aus einem der hintersten Schränke gekramt haben musste. Ohne ihre Antwort abzuwarten, goss er den Becher halb voll und hielt ihn ihr hin. »Zucker? Milch?«

Annemie ging an ihm vorbei zur Anrichte, nahm eine Dose Katzenfutter und eine Gabel. Sie hörte ein Plumpsen, und Belmondo strich erwartungsfroh maunzend um ihre Beine.

»Ich habe mir erlaubt, ihm schon etwas zu geben. Ich hoffe, das war in Ordnung. Er hat so ein Theater gemacht. Der andere im Übrigen auch.« Farin nickte in Richtung des Kellerraums, in dem Engelbert zurzeit wohnte. Sie hatten ihn mit Kissen und Decken, Spielzeug und einem Klo ausgestattet. Es ging ihm gut, er war mit allem versorgt, aber ewig konnten sie den Kater nicht allein in dem Raum lassen. Spätestens heute Abend mussten die beiden Fellmänner Bekanntschaft miteinander machen.

Annemie antwortete nicht, sondern stellte die Dose zurück an ihren Platz und legte die Gabel wieder in die Schublade. Missbilligend schaute sie ihren Kater an. »Verräter«, zischte sie leise und sagte dann lauter an Farin Said gewandt: »Ich frühstücke immer erst, nachdem ich den Teig angesetzt habe.« Sie warf einen Blick auf den gedeckten Tisch. »Und sonntags esse ich Quittenmarmelade.« Sie nahm den Kaffee, den er ihr immer noch hinhielt, und trank vorsichtig einen Schluck, dann noch einen. Sie hätte eher Salz statt Zucker in den Makrönchenteig geschüttet, als es zuzugeben, aber der Kaffee schmeckte gut. Besser als ihr eigener. »Wir brauchen eine ganze Menge mehr Kipferl. Und Adventskranz-Plätzchen. Außerdem hatte ich Orangen-Zimt-Kügelchen geplant. Die sind einfach, schmecken aber besonders gut. Das mögen die Leute an den Sonntagen.«

»Die Makronen sind auch fast ausverkauft, was ich sehr gut verstehen kann. Sie sind wirklich wunderbar. Nicht zu hart und nicht zu weich. Ich mag sie sehr gerne, um nicht zu sagen, ich liebe sie.«

Annemie musste gegen ihren Willen lächeln und spürte, wie ihr fester Vorsatz, Farin Said mit aller Entschiedenheit und notwendigen Strenge klarzumachen, dass dieses Haus ihr Haus war und er sich an ihre Regeln zu halten hatte, dahinschmolz wie Butter im Wasserbad. Sie hatte sich gewundert, welch reißenden Absatz die Beutelchen mit den Makronen fanden, aber vermutlich verhielt es sich mit dem Gebäck wie mit vielen anderen Dingen – die Menschen mochten das, was sie kannten und in guter Erinnerung hatten. Und wenn selbst einer, der mit Weihnachten eigentlich nichts zu tun haben konnte, ihre Makrönchen mochte, konnte es unter Umständen auch einfach daran liegen, dass sie eben gut waren. Und das wiederum war sicher ihrer ganz besonderen Zubereitungsart geschuldet.

Deutlich freundlicher gestimmt ging sie zum Vorrat, nahm eine Lage Eier, Kokosflocken und den Puderzucker heraus. Sie stellte einen großen Topf auf den Herd und trennte die Eier eines nach dem anderen. Die Eigelbe sammelte sie in einer Schüssel, die Eiweiße landeten im Topf. Dazu schüttete sie die Kokosflocken und siebte den Puderzucker darüber. Dann schaltete sie den Herd auf niedriger Stufe ein, griff nach einem Kochlöffel und verrührte alles miteinander. Während sie darauf wartete, dass sich die Masse erwärmte, rührte sie stetig weiter und achtete auf die Temperatur. Zu warm durfte es nicht werden, sonst würde das Eiweiß stocken und ausflocken, und der Teig wäre verdorben.

Annemie summte leise, bewegte den Kochlöffel im Rhythmus und vergaß Farins Anwesenheit bis zu der Stelle, an der sie sich mit Taschen voller Geld einmal um die ganze Welt schmetterte und er mit lautem »Lalala« einfiel, allerdings nur das Wort »Welt« mitsang. Erschrocken verstummte sie, schaute sich nach ihm um und spürte, wie sie rot wurde. Wie peinlich.

»Warum hören Sie auf? Sie singen toll. Ich kenne zwar weder das Lied noch den Text, aber es gefällt mir.«

»Das Lied ist fast fünfzig Jahre alt. Da waren Sie noch nicht einmal geboren, Herr Farin.« Mit den Fingerspitzen testete sie die Temperatur und drehte den Herd etwas runter.

»Aber es ist schön. Singen Sie es bitte noch einmal«, bat er.

»Holen Sie lieber die Backbleche, stellen Sie sie auf den Tisch und bereiten Sie alles vor. Wir haben keine Zeit für Unsinn«, befahl sie herrisch, und Farin folgte ihren Anweisungen, jedoch nicht ohne ihr einen verwunderten Seitenblick zuzuwerfen. Sobald der Teig fertig war, hob sie den Topf vom Herd und stellte ihn auf die Arbeitsfläche. Sie reichte Farin die Packung mit den Oblaten, für sich selbst nahm sie zwei kleine Löffel aus der Schublade.

»Ich will es lernen«, sagte Farin Said und trällerte die ersten Takte des Liedes, wieder mit dem Lalala-Welt-Text, während er die Oblaten auf dem Blech verteilte. Er traf den Ton, aber Annemie ertrug die Verstümmelung des Textes nicht und fiel nach kurzem Zögern mit ein, wobei sie ihm die Worte vorsang und er versuchte, sie gleichzeitig mitzusingen. Beim dritten Backblech schaffte er den Refrain, und nach dem fünften wusste er, wovon Karel Gott als kleiner Bub schon alles geträumt hatte. Der Schluss des Liedes gelang ihnen sogar zweistimmig, und Annemie bemerkte verwundert die Freude, die sie darüber empfand. »Wir sind gut«, entschied Farin und schob das letzte Blech in den Ofen. »Gut im Singen und gut in der Zeit. Es ist erst halb fünf. Jetzt können wir doch frühstücken, oder?« Er zog den weißen Kittel aus, den er die ganze Zeit über getragen hatte, und legte ihn über die Stuhllehne. Annemie entdeckte eine geflickte Stelle am Saum des Kittels. Sofort verflog ihre gelöste Stimmung.

»Wo haben Sie den her?«, fragte sie mit eisiger Stimme.

»Wo habe ich was her?«

»Den Kittel.« Annemie zeigte auf das Kleidungsstück. »Das ist nicht Ihr eigener.«

»Aus dem Flur ganz oben. Ich konnte doch nicht noch mal wie gestern ohne Kittel in der Backstube erscheinen. Da dachte ich, ich schaue mal, ob ich was finde.« Er nahm den Kittel in die Hand und hielt ihn Annemie hin. »Der hing da an einem Garderobenständer am Haken. Ich habe in keinem Schrank gewühlt. So was tue ich nicht.«

Annemie riss ihm den Kittel aus der Hand, drückte ihn an ihre Brust und strich mit der flachen Hand langsam darüber.

»Tun Sie das nie wieder, Herr Farin. Nie wieder.« Sie ging zur Treppe, den Kittel immer noch an sich gedrückt. »Die oberen Räume sind verschlossen und die Etage tabu. Sie haben dort nichts verloren.« Sie stieg die ersten Stufen hinauf, drehte sich aber noch einmal um. »Haben Sie das verstanden?«

»Ja.« Farin Said nickte verhalten. Annemie sah die Fragen auf seinem Gesicht.

»Und nehmen Sie die Backbleche rechtzeitig aus dem Ofen, bevor alles verdorben ist«, sagte sie unwirsch und wandte sich ab. Sie zog den Kragen ihres Morgenmantels noch etwas enger zusammen, stieg nach oben, ging in ihr Schlafzimmer und schloss die Tür sehr heftig hinter sich. Wie konnte er sich erdreisten?

Sie legte den Kittel behutsam auf ihr Bett. Wütend zog sie ihren Bademantel aus und kleidete sich an. Dieser Kittel hing im oberen Flur seit dem Tod ihres Vaters, so, wie er selbst ihn zuletzt dorthin gehängt hatte. Nach den wenigen Malen, die Annemie ihn wegen der unübersehbaren Staubschicht hatte waschen müssen, hatte sie ihn immer wieder im Originalzustand drapiert. Niemand durfte ihn anrühren oder vom Haken nehmen. Erst recht nicht anziehen wie einen gewöhnlichen Kittel.

Damals, direkt nach seinem Tod, hatte es ihr geholfen, den Alltag zu bewältigen, indem sie alles so gelassen hatte, wie es war. Eine Art konservierte Momentaufnahme, bereit, fortgeführt zu werden, sobald die, die aus ihrem täglichen Leben verschwunden waren, wieder da wären. Aber es kam natürlich niemand. Es würde auch niemand kommen. Obwohl sie das wusste und es sich immer wieder klargemacht hatte, hatte ein Teil in ihr sich geweigert, die Realität anzuerkennen. Den Umstand, dass sie ab diesem Zeitpunkt für alles verantwortlich war. Allein und ohne Unterstützung. Doch das alles war lange her, und aus Absicht war Gewohnheit geworden. Außerdem, und der Gedanke kam ihr gerade zum ersten Mal, auch eine Art Bequemlichkeit. Wie viel einfacher war es doch, alles zu lassen, wie es war, anstatt die Dinge zu betrachten, sie anzugehen und vielleicht zu ändern.

Sie befühlte den Stoff. Er war alt, aber nicht brüchig. Die wundersamen Stoffmischungen der siebziger Jahre machten es möglich. Sie schnupperte daran, wohl wissend, den in ihrer Erinnerung immer noch präsenten Geruch des Vaters nach einer Mischung aus Backstube und seinem typischen Rasierwasser nicht mehr finden zu können. Trotzdem schockierte sie der völlig fremde Geruch, der sie nun ansprang. Farin Saids Geruch, wie sie ihn schon wahrgenommen hatte, wenn er neben ihr stand, durchsetzt von den vertrauten Düften der Backstube, wie vormals der Kittel ihres Vaters. Nicht unangenehm. Jedoch fremd und allein deswegen falsch. Sie ging nach oben, hängte den Kittel wieder an seinen Haken am Garderobenständer, strich mit der flachen Hand die Falten gerade, zog an einem Ärmel, bis er richtig hing. Ein Knopf löste sich, fiel zu Boden und rollte ein

Stück, fiel in eine Dielenspalte. Annemie bückte sich danach, versuchte, mit dem Fingernagel den Knopf aus der Spalte zu ziehen, aber stattdessen rutschte er nur noch tiefer. Sie richtete sich wieder auf, ließ die Hände sinken und starrte auf die Stelle.

Alles verschwand, änderte sich und machte Neuem Platz. Ohne ihr Zutun und vor allem ohne ihr Wollen. Trotzdem passierte es, und es passierte ihr.

»Wenn den Kunden ein bestimmter Kuchen nicht mehr schmeckt oder er aus der Mode gekommen ist, nutzt es nichts, wenn du ihn immer wieder backst und dann enttäuscht bist, dass ihn niemand kauft. Am Ende musst du ihn wegwerfen. Du allein hast den Schaden. Niemand sonst. Du musst dich auf ein neues Rezept einlassen. Etwas ausprobieren«, sagte der Kittel mit der Stimme ihres Vaters zu ihr.

Annemie starrte irritiert den Kittel an und schüttelte den Kopf. Sie wurde wirklich alt. Oder verrückt. Vermutlich beides. Aber im Grunde stimmte es. Egal, woher die Worte gekommen waren. Sie nickte dem Kittel einmal zu, drehte sich auf dem Absatz um und ging in ihr Zimmer.

Es war Zeit, ein neues Rezept auszuprobieren.

»Man nehme einen frischen Kittel«, murmelte sie und reichte Farin Said das sorgfältig gebügelte Kleidungsstück.

»Wie bitte?«

»Hier bitte. Nehmen Sie. Es ist zwar ein Damenkittel, aber hier sieht Sie ja niemand, und fürs Erste wird es reichen.«

Farin sah von seinem Smartphone auf, machte es aus und steckte es in seine Hosentasche. Er schob seinen Stuhl ein Stück vom Tisch weg und nahm den Kittel entgegen. »Danke«, sagte er freundlich und stand auf, um den Kittel anzuprobieren.

»An den Armen ist er zu kurz, aber das macht nichts. Bis wir einen eigenen für Sie gekauft haben, krempeln Sie die Umschläge einfach ein bisschen hoch.«

»Frau Engel, ich wollte nicht −«

»Schon gut. Sie konnten ja nicht wissen, welche Regeln ich hier aufgestellt habe.« Annemie sah sich um. Die Bleche mit den

Makronen kühlten aus, für einen neuen Teig war alles vorbereitet. »Wir müssen uns beeilen, wenn wir rechtzeitig alles fertig haben und pünktlich auf dem Markt sein wollen.« Sie klatschte in die Hände. »Dann mal ran an die Kipferl.«

Sie ging zum Vorrat und nahm alles Benötigte heraus.

»Ah, und noch was. Sie können unmöglich weiter bei mir auf dem Sofa schlafen.« Sie sah ihn an und bemerkte, wie der eben noch fröhliche Ausdruck aus seinem Gesicht verschwand. Farin Said nickte.

»Ja, klar. War ja auch nur eine Notlösung. Ich gucke, dass ich so schnell wie möglich was anderes finde.«

»Sie können eines der Zimmer oben haben. Sie stehen leer«, sagte sie, ohne ihn anzusehen. Es kostete sie weniger Überwindung, als sie erwartet hatte, aber trotzdem klopfte ihr Herz. Was tat sie da? Was, wenn sie es sich in einer halben Stunde anders überlegen würde? Sie war dreiundsechzig Jahre alt und so gut wie nie in ihrem Leben spontan gewesen. War es wirklich so eine gute Idee, jetzt damit anzufangen? Sie holte tief Luft. Egal. Es war ausgesprochen, und sie konnte es nicht mehr zurücknehmen. Hastig wog sie das Mehl ab und füllte es in die Knetmaschine. »Wobei ›leer‹ vielleicht nicht ganz der richtige Ausdruck ist. Sie werden schauen müssen, was von der Einrichtung noch zu gebrauchen ist. Ich war schon seit Ewigkeiten nicht mehr darin.«

»Aber Sie sagten doch, die Zimmer wären tabu.«

»Ja. Das habe ich gesagt. Aber ich habe meine Meinung geändert. Das kommt vor, wenn auch eher selten, weil ich eine sture alte Frau bin.« Und weil es schwerfällt, dachte sie, sprach es aber nicht aus. Farin stand auf und kam zu ihr.

»Was ist, wenn ich nicht oben einziehe, sondern in einen anderen Raum?« Er nahm die Gewürze vom Regal, öffnete die Dosen und reichte sie Annemie, damit sie sie zur Teigmasse geben konnte.

»Hier gibt es keine anderen freien Räume.«

»Außer dem Café.«

»Das Café?«, fragte Annemie verblüfft. »Aber es ist vollgestellt mit den alten Möbeln, eingestaubt und müsste erst aufgeräumt werden.«

»Das gilt doch vermutlich auch für die anderen Zimmer, oder?«

Annemie nickte stumm. Daran hatte sie nicht gedacht.

»Es wird viel Arbeit werden.«

»Kein Problem. Das bekomme ich schon hin.«

Annemie stellte die Maschine eine Stufe höher und beobachtete den wirbelnden Knethaken.

»Also gut. Wie Sie meinen. Das Café.«

Kapitel 9

Eine Menge Holzlatten und Balken lehnten an ihrem Marktstand, als sie dort eintrafen. Daneben standen zwei Eimer mit
Farbe, darauf eine Kiste mit Werkzeug und Pinseln. Ganz oben
auf dem Haufen thronte eine kleine durchsichtige Schachtel mit
Schrauben und Nägeln.

Farin schaltete den Motor des Transporters ab und beugte
sich vor, um die Sachen zu begutachten.

»Cool.« Er nickte Annemie anerkennend zu, öffnete seine
Tür und sprang aus dem Wagen. Mit wenigen langen Schritten
war er um den Transporter herum zu dem Baumaterial gelaufen. Prüfend nahm er einen der Balken in die Hand und hob
ihn hoch. »Passt«, sagte er zufrieden und beugte sich zu der
Werkzeugkiste hinunter. Er klappte sie auf, wühlte darin herum
und schloss sie anschließend wieder. »Wann haben Sie das denn
organisiert?«, fragte er Annemie, als er ihr galant die Beifahrertür
öffnete und ihr aus dem Auto half.

»Gar nicht.« Annemie schaute verwundert auf das viele Holz.
»Ich habe damit nichts zu tun. Das ist sicher ein Irrtum, und wir
sollten lieber nichts davon anrühren, bis der wahre Besitzer sich
gemeldet hat.«

»Aber das ist genau das Material, das wir brauchen, um den
Stand zu reparieren. Wollen Sie das etwa so lassen?« Er zog an
einer Ecke der Plane, die provisorisch einen Teil des Standes
verschloss, woraufhin die sich prompt löste. Mit einem leisen
Fluchen drückte er den Krampen wieder fest.

»Natürlich nicht. Wir müssen es reparieren, und ich hatte
sowieso vor, mich darum zu kümmern.« Annemie biss sich auf
die Lippen. Tatsächlich hatte sie keinen einzigen Gedanken
darauf verwandt, aber Farin hatte natürlich recht. Sie brauchten
dringend Baumaterial. Immerhin hatte sie jetzt einen Anhalts-
punkt, was sie benötigen würden, auch wenn sie keinen blassen
Schimmer hatte, wo sie es herbekommen sollten.

Interessiert ging sie um den Materialhaufen herum. Vielleicht fand sich irgendwo eine Art Lieferschein oder eine Rechnung. Da wüsste sie zum einen, wer der rechtmäßige Besitzer war, und sie konnte beim selben Lieferanten einfach das Gleiche noch einmal bestellen. Aber so leicht wollte man es ihr mit der Sache allem Anschein nach nicht machen. Es fand sich kein Umschlag mit irgendwelchen Papieren darin. Noch nicht einmal ein Zettel mit einer kleinen Information.

»Wenn es an unserer Hütte lehnt, ist es auch für uns gedacht.« Farin schnappte sich eine Latte und hielt sie an die Seite des Daches, an der die Gasexplosion ebenfalls deutliche Feuerspuren hinterlassen hatte. »Außerdem stinkt hier alles nach dem Brand. Nicht dass unsere Plätzchen den verkohlten Geruch annehmen und am Ende danach schmecken.« Er fischte einen Dachdeckerhammer aus der Werkzeugkiste und setzte den Hebel an der verkohlten Dachlatte an. Mit einem Ächzen, das lauter war als Annemies Protestschrei, löste sich das verbrannte Holz.

»Herr Farin. Ich weiß ja nicht, welche Sitten Sie wo auch immer kennengelernt haben, aber ich werde an meiner Hütte kein Diebesgut verarbeiten.« Annemie nahm ihm entrüstet die Latte aus der Hand und stellte sie wieder zu den anderen.

»Da hat uns jemand einen Gefallen getan. Das hat doch nichts mit Diebstahl zu tun.«

»Einen Gefallen?«

»Ja. Jemand war nett zu uns. Einfach nett.«

»Warum sollte jemand nett zu uns sein? Dazu gibt es keinerlei Veranlassung.«

Farin verzog den Mund zu einem schiefen Grinsen. »Stimmt. Wenn ich Sie so höre«, sagte er und ergänzte leise: »Harald hätte das sicher lockerer gesehen.«

»Das kann ich mir denken. Aber ich bin nicht Harald. Ganz bestimmt nicht. Und Sie, Herr Farin«, sie verschränkte die Arme vor der Brust und schaute zornig zu ihm hoch, »Sie scheinen mir dem Einfluss meines Bruders etwas zu lang ausgesetzt gewesen zu sein. Auf gar keinen Fall —«

»Ah, es ist schon angekommen«, rief eine Stimme quer über

den Platz, begleitet von Schritten, die sich schnell näherten. »Ich hoffe, es reicht aus, um die größten Schäden zu beseitigen.«

Gerburg Manderscheidt-Ziesemann war deutlich außer Puste, als sie bei Annemie und Farin ankam, strahlte aber über das ganze Gesicht. Auch heute war sie wieder in leichte wallende Sommergewänder gehüllt, trug verschiedene bunte Stofflagen übereinander und dazu, farblich darauf abgestimmt, Handschuhe ohne Finger, einen Schal mit Lochmuster und ein Ohrenschützerband, das ihre grauen Haare zu einem kleinen Turm auf ihrem Kopf zusammenschob. Über ihrer Schulter hing eine übergroße Tasche aus Webstoff.

»Ich dachte, du könntest ein wenig Unterstützung gut gebrauchen, wo du doch jetzt so viel um die Ohren hast und sicher noch nicht dazu gekommen bist, dir darüber Gedanken zu machen«, ergänzte sie und wirbelte um Annemie, Farin und den Materialstapel herum.

»Ein Gefallen«, sagte Farin leise mit einem Seitenblick auf Annemie. »Wie überaus nett.«

»Ich hatte nicht darum gebeten«, gab Annemie leise zur Antwort. Sie war sich nicht sicher, was sie von dieser Aktion halten sollte. Sie konnte sich in der Tat nicht daran erinnern, wann jemand das letzte Mal einfach nett zu ihr gewesen war. Ihr einen Gefallen getan hatte, ohne eine Gegenleistung zu erwarten. So waren die Menschen nicht gestrickt. Geben und nehmen. Das war das Prinzip. »Einfach nur nett« war Annemie suspekt.

»Ich wollte halt einfach mal nett sein«, flötete Gerburg Manderscheidt-Ziesemann und strafte damit Annemies Gedanken Lüge. »Karma und so.«

»Was?«

»Karma«, wiederholte sie. »Das kennst du doch, Annemie. ›Tue in diesem Leben etwas Gutes, und dafür hast du es im nächsten Leben etwas leichter.‹ Oder wirst zumindest nicht als Ameise wiedergeboren.«

Also doch, dachte Annemie. Nichts wird gegeben, ohne zu nehmen. Und sei es im nächsten Leben. »Was schulde ich Ihnen, Frau Manderscheidt-Ziesemann?«, fragte sie und ging zum

Wagen, um ihre Handtasche zu holen. Sie verdrängte das Bild einer kleinen, aber voluminösen Ameise mit Strickschal und bunter Stola, die unermüdlich auf die anderen Ameisen einredete. »Ich bin allerdings nicht sicher, ob ich genügend Bargeld dabeihabe.«

»Ach was, Annemie. Lass mal gut sein. Das Zeug stand noch von den letzten Reparaturaktionen in meiner Scheune. Ist bereits vom Verein bezahlt. Betrachte es als Nothilfe.«

»Einfach nur nett«, murmelte Farin sarkastisch in Annemies Richtung, ging zum Wagen und öffnete die hintere Klappe. Mit einer Hand voll Kekstüten kam er zurück. »Wer ungefragt gibt, gibt doppelt‹, sagte die Schwester meiner Urgroßmutter mütterlicherseits immer.« Er lächelte und reichte ihr mit einer leichten Verbeugung die Plätzchen. »Frisch aus der Backstube, extra für Sie.«

Gerburg Manderscheidt-Ziesemann umarmte ihn. »Sie sind so ein netter junger Mann.« Sie drückte ihn, ließ dann aber abrupt los und starrte über seine Schulter hinweg auf eine Frau, die sich langsam näherte. Sie trug einen schwarzen langen Mantel, einen grauen verspielten Schal und ebensolche Handschuhe. Sie war nur ein wenig größer als Annemie, aber deutlich leichter. Sie ging leicht vorgebeugt und hielt die Hände zu Fäusten geformt an die Brust gepresst. Beinahe wirkte es so, als wollte sie gegen etwas kämpfen. Das blonde Haar sorgfältig zu einem mädchenhaften Wuschelschnitt frisiert und ein zurückhaltendes Lächeln, das ihrer Körperhaltung widersprach, auf den Lippen, kam sie auf die kleine Gruppe zu.

»Gerburg«, sagte sie und hauchte der Vereinsvorsitzenden drei Küsse links und rechts auf die Wangen. Annemie schätzte ihr Alter auf Anfang fünfzig, wobei die mädchenhafte Aufmachung die Falten im Gesicht eher betonte, als dass sie sie kaschierte. »So früh schon auf den Beinen?«

Gerburg Manderscheidt-Ziesemann versteifte sich unter ihrer Berührung, entzog sich aber nicht. Erst als die Begrüßungsprozedur beendet war, trat sie einen Schritt zurück und reichte der anderen ihre Hand. »Mein Beileid, Corinna. Was für ein furchtbares Unglück ist da geschehen«, sagte sie in aufrichtigem Ton und fügte dann deutlich kühler hinzu: »Meinst du, es ist richtig, dass du schon wieder auf dem Markt bist? Solltest du dich nicht etwas schonen?«

»Es macht Horst nicht wieder lebendig, wenn ich zu Hause auf dem Sofa sitze. Es wäre sicher auch in seinem Sinne, dafür zu sorgen, dass unsere Arbeit weitergeht.«

»Natürlich.«

»Oder hattest du gedacht, mit Horsts Tod würde ich unser gemeinsames Projekt aufgeben?« Sie bedachte Gerburg Manderscheidt-Ziesemann mit einem langen, scharfen Blick, ehe sie sich Annemie zuwandte, ohne Gerburgs Antwort abzuwarten. »Und Sie sind vermutlich Haralds Schwester.«

Annemie nickte.

»Wie geht es Ihrem Bruder?«

»Den Umständen entsprechend. Danke.«

»Haben Sie schon Pläne?«

»Inwiefern?«

»Für das hier.« Corinna Heßler umfasste Annemies Weihnachtsstand mit einer vagen Geste.

»Sie wird ihn reparieren. Herr Said wollte eben anfangen«, antwortete Gerburg an Annemies Stelle.

»Ja. Wie ich sehe, haben Sie schon eine Menge«, sie unterbrach sich und schaute nachdenklich auf das Material, dann wieder zu Annemie, »Zeug besorgt.«

»Frau Manderscheidt-Ziesemann war so freundlich und hat uns überschüssiges Vereinsmaterial zur Verfügung gestellt«, entgegnete Annemie knapp. Sie wusste nicht, wie sie sich verhalten sollte. Corinna Heßler hatte kein Wort darüber verloren, dass Harald unter dem Verdacht stand, ihren Mann getötet zu haben. Wusste sie nichts davon? Annemie bedauerte mit einem Mal, nicht öfter den »Tatort« oder andere Krimis gesehen zu haben. Dann wüsste sie jetzt wenigstens, wie die Polizei in solchen Fällen vorging.

»Ach, tatsächlich. Hat sie das?«

»Natürlich. Im Verein helfen wir uns gegenseitig, wenn einer von uns in Schwierigkeiten steckt. Das ist doch selbstverständlich«, sagte Gerburg Manderscheidt-Ziesemannt und betonte dabei die Worte »Verein« und »helfen«.

»Dann will ich Sie nicht weiter aufhalten, Frau Engel. Ich wünsche Ihnen viel Erfolg beim Wiederaufbau des Standes.« Sie rückte ihren Schal zurecht und wandte sich zum Gehen, blieb aber nach zwei Schritten stehen, als wäre ihr noch etwas eingefallen. Sie drehte sich um. »Für den Fall, dass Sie sich umentscheiden und Ihnen das alles hier zu viel wird, können Sie sich sehr gerne bei mir melden.« Sie zog eine Visitenkarte aus der Tasche ihres Mantels und reichte sie Annemie. »Ich wäre interessiert daran, den Stand zu kaufen und selbst zu betreiben. Selbstverständlich mit Ihnen als Lieferantin.«

Annemie steckte ihre Hände in die Manteltaschen und beachtete Corinna Heßlers Visitenkarte nicht. Auch wenn sie sich immer gerne ein eigenes Bild von den Dingen und Menschen machte und nicht blind auf das Urteil anderer baute, hatte sie das Gefühl, besser daran zu tun, sich Gerburg Manderscheidt-Ziesemanns Aussagen über Corinna Heßler zu Herzen zu nehmen. Andererseits wurden die Spannungen und Spitzfindigkeiten von beiden Seiten ausgeteilt, und nur weil Gerburg Manderscheidt-Ziesemann nett zu ihr war, hieß das nicht, dass sie ihr eher vertrauen konnte als Corinna Heßler. Das musste sie aber auch nicht, denn diese Entscheidung oblag nicht ihr.

»Es ist nicht mein Stand, sondern der meines Bruders. Harald liegt mit Ihnen im Streit, weil er anderer Ansicht darüber ist, was mit dem Markt in Zukunft zu geschehen hat. Sie haben ja schon mit ihm darüber gesprochen. Ich werde also abwarten, was er zu Ihrem Angebot sagt.«

»Wie Sie meinen.« Corinna Heßler nickte freundlich, bedachte Farin Said mit einem knappen Seitenblick und wandte sich dann erneut zum Gehen. Diesmal blieb sie nicht wieder stehen, sondern verschwand zwischen den Marktständen.

»Hüte dich vor ihr, Annemie.« Gerburg Manderscheidt-Ziesemann berührte Annemie vertraulich an der Schulter. »Sie akzeptiert kein Nein. Wenn Corinna einen Plan gefasst hat, will sie ihn auch durchsetzen. Um jeden Preis. Sie bekommt immer, was sie will, jedenfalls denkt sie das. Sie hat ja sogar ihren Mann dazu gebracht, ihren Namen anzunehmen, als die beiden geheiratet haben. Warte mal …« Gerburg Manderscheidt-Ziesemann öffnete ihre Tasche und verschwand beinahe darin, während sie etwas zu suchen schien. »Hier.« Sie hielt Annemie eine zerknitterte Zeitung hin. »Heute ist ein Artikel über die beiden erschienen, in dem steht, was sie alles getan und gemacht haben. Die reinste Beweihräucherung, wenn du mich fragst.«

»Danke für den Hinweis.« Annemie rückte ein Stück von Gerburg ab. Sie mochte diese Art von Nähe nicht. Der Einzige, dessen Berührungen sie nicht nur ertrug, sondern willkommen hieß, war Belmondo. »Und danke für das Baumaterial.« Die Zeitung ignorierte sie und schaute demonstrativ auf die kleine goldene Uhr an ihrem Handgelenk. »Wir sollten uns jetzt an die Arbeit machen. Der Markt eröffnet bald, und die ersten Kunden werden auch nicht lange auf sich warten lassen.« Sie griff nach einer Latte, trug sie zu Farin und drückte sie ihm in die Hand. »Bis später, Frau Manderscheidt-Ziesemann.«

Gerburg Manderscheidt-Ziesemann legte die Zeitung achtlos zur Seite. Sie zögerte, und Annemie hatte den Eindruck, sie wollte noch etwas sagen. Dann entschied sie sich offenbar anders, erwiderte Annemies Gruß und machte sich auf den Weg zu ihrem Stand. Kurze Zeit später öffnete sie die vordere Klappe, und Annemie sah, wie sie mit ungebrochenem Feuereifer Strickwaren und Wolle hin und her räumte. Bald darauf hatte sie sich bereits wieder hinter einer ihrer Handarbeiten verschanzt.

Annemie griff nun doch nach der Zeitung und schlug die Seite mit dem Artikel auf. Interessiert betrachtete sie das Foto der beiden, das vor dem Eingang zum Weihnachtsmarkt aufgenommen worden war. Corinna Heßler strahlte in die Kamera, ihr Mann stand mit stolzgeschwellter Brust daneben. Annemie stutzte, blinzelte und hielt sich die Zeitung dichter vor die Augen. Horst Heßler hatte bei der Heirat also den Namen seiner Frau angenommen? Das wunderte Annemie überhaupt nicht. Es war viele Jahre her, aber dennoch erkannte sie den Mann: Horst Heßler war niemand anders als Horst Krey, der ehemalige Komplize ihres Bruders. Sie ließ die Zeitung sinken. Der Namenswechsel war keine so schlechte Idee bei seiner einschlägigen Vergangenheit. Der Eventagentur des Bankräubers Horst Krey brächte man sicher weniger Vertrauen entgegen als der des unbescholtenen Bürgers Horst Heßler. Insofern konnte sie Gerburg Manderscheidt-Ziesemanns Vermutung, Corinna habe ihn wie auch immer gezwungen, ihren Namen anzunehmen, getrost in Frage stellen. Und damit auch deren Warnung vor Corinna Heßler?

Annemie beschloss, es selbst herauszufinden. Später. Jetzt musste sie sich erst einmal darum kümmern, ihren Stand startklar zu machen.

Als der Markt öffnete, hatten Farin und Annemie ganze Arbeit geleistet. Bis auf einen kleinen Teil im unteren Bereich der Rückwand waren alle Spuren der Gasexplosion beseitigt. Die verkohlten Bretter hatte Farin gegen neue ausgetauscht, der Dachfirst erstrahlte in frischen Farben, und die Tannengirlanden hingen, etwas ausgedünnt, aber ohne nennenswerte Verbrennungen, alle wieder an ihrem Platz. Annemie hatte die Plätzchen einsortiert, neue Preisschilder geschrieben und sogar, als noch ein wenig Zeit geblieben war, extra hübsche Schleifen um die Tütchen gebunden. Zwei Stunden später stapelten sich sechs leere Vorratskisten hinter der Hütte, und Farin verkündete, er müsse nun einmal dorthin, wo auch der Scheich allein hingehe. Weitere fünf Minuten später stand Maike Assenmacher am Stand und fragte, nachdem sie Annemie kurz über Haralds Gesundheitszustand am heutigen Morgen (den Umständen entsprechend), seine Laune (eher mittel) und sein Bedürfnis, Annemie zu sehen (er hatte nichts davon gesagt), informiert hatte, nach Farin.

»Er kommt sicher gleich zurück«, meinte Annemie und hielt Ausschau nach ihm. »Lange kann das nicht dauern.« Sie trat von einem Bein auf das andere. Eigentlich verspürte sie auch ein dringendes Bedürfnis, aber da sie den Stand nicht allein lassen konnten, blieb ihr nichts anderes übrig, als auf Farins Rückkehr zu warten. »Was wollen Sie denn von ihm?«

»Nichts Besonderes. Einfach nur so. Ich hatte Nachtschicht, und mein Tag plätscherte so müde dahin, und da dachte ich, ich komme einfach mal vorbei.«

»Aha.« Annemie wurde unruhiger. Die Kälte, die vom Boden her hochstieg, machte es nicht einfacher.

»Ich wollte ihn vielleicht fragen, ob er Lust hat, mit mir nach Feierabend was trinken zu gehen.«

Annemie nickte und konzentrierte sich.

»Wann machen Sie denn Schluss?« Sie schaute sich um. »Noch ist ja viel los.«

Annemie biss sich auf die Unterlippe.

»Oder meinen Sie, er hat dazu keine Lust?«

»Das fragen Sie ihn am besten selbst, wenn er wieder da ist«, stieß Annemie hervor und stellte ein Bein über das andere. Sie reckte wieder den Hals, um zu sehen, ob Farin endlich in Sichtweite kam. Vergeblich. Der Druck in ihrer Blase wurde immer stärker. Sie gab sich einen Ruck. »Frau Doktor«, hob sie an und öffnete die Seitentür des Standes. »Könnten Sie bitte ein paar Minuten auf den Stand aufpassen? Ich müsste sehr dringend auch einmal …« Sie verstummte. »Nur bis Herr Farin wieder da ist«, ergänzte sie, als Maike Assenmacher sie fragend ansah.

»Was? Oh – natürlich. Gehen Sie nur. Ich halte hier die Stellung.«

Annemie bedankte sich und eilte davon. Sie hatte allerdings nicht darüber nachgedacht, wie sie ohne einen kundigen Führer zu den Toiletten kommen würde. Gestern war sie mit Farin im Transporter von der Konditorei zu ihrem Stand gefahren und von da mit dem Bus ins Krankenhaus, wo sie Gelegenheit gehabt hatte, die Toilette aufzusuchen. Weshalb sie erst gegen Feierabend wieder musste, und da waren sie auf direktem Wege wieder nach Hause gefahren. Zu Fuß und allein hatte sie den Niedelsinger Weihnachtsmarkt noch nicht erkundet und hatte folglich auch keinen Schimmer, wo sie die Häuschen finden würde. Für weitschweifige Umwege ließ ihr das immer dringender werdende Bedürfnis keine Zeit. Der Markt war zwar nicht riesig, wies aber mehrere Gänge und Abzweigungen auf, die von oben betrachtet sicher einem Irrgarten glichen. Ob sie besser umkehren und Maike Assenmacher nach dem Weg fragen sollte? Aber als sie sich umdrehte und zum Stand zurücksah, erkannte sie eine kleine Gruppe von Frauen, die sich um ihre Auslagen drängten und mal auf dieses und dann auf ein anderes Gebäck zeigten. Wenn sie jetzt zurückginge, würde sie mit Fragen überschüttet und käme gar nicht mehr weg. Das war also ganz klar auch keine Option.

Annemie sah sich um. Irgendwo gab es doch sicher Hinweisschilder. Mit schnellen Schritten trippelte sie die Gänge zwischen den Ständen entlang, schaute an den Kreuzungen nach links und nach rechts und seufzte erleichtert auf, als sie in zwanzig Metern Entfernung ein Schild mit der Aufschrift »WC« entdeckte. Sie beschleunigte ihr Tempo und blieb erschrocken stehen, als sie hinter der nächsten Abzweigung Corinna Heßler und Farin Said entdeckte. Obwohl sie ein gutes Stück weg waren, konnte sie erkennen, dass die beiden angeregt miteinander sprachen und Farin ein paarmal den Kopf zur Seite neigte, so wie sie es in den letzten Tagen bei ihm beobachtet hatte, wenn er mit den Kundinnen schäkerte.

Eine Menge Menschen schlenderten durch den Gang, blieben hier und da stehen und verdeckten immer wieder Annemies Sicht auf die beiden, aber sie konnte sehen, dass auch Corinna Heßler ausgesprochen gut gelaunt war. Was hatten diese beiden miteinander zu schaffen? Heute Morgen hatte Corinna Heßler Farin keines Blickes gewürdigt, und jetzt tat sie so, als ob sie ihn seit Jahren kennen und mit ihm die besten Geschäfte machen würde. Sehr seltsam.

Annemie spürte, wie sich der Vertrauensvorsprung, den Farin sich in den letzten achtundvierzig Stunden bei ihr erarbeitet hatte, in Luft auflöste und stattdessen eine kleine Flamme des Misstrauens emporzüngelte. Was, wenn er hinter ihrem Rücken mit Corinna Heßler Absprachen traf? Was, wenn er ihr gar nicht helfen wollte, den Stand zu retten, sondern Corinna zuarbeitete, damit die den Stand billig erwerben und so ein großes Hindernis auf dem Weg zum neuen Marktkonzept aus dem Weg räumen konnte? Langsam schlich sie näher und achtete dabei weder auf ihr immer dringender werdendes Bedürfnis noch auf ihre Umgebung.

»Hohoho, junge Frau!« Annemie prallte auf etwas weiches Rotes und stolperte. Gleichfalls in Rot gehüllte Arme fingen sie auf. »So eilig? Wohin des Weges?«, dröhnte es in künstlich tief gehaltener Stimmlage.

Annemie blinzelte und fand sich Aug in Aug mit dem Weihnachtsmann wieder. Sie befreite sich aus der Umarmung und strich ihren Rock glatt, wobei sie versuchte, über den dichten weißen Pelz an seinem Kragen hinwegzuschauen. Als sie nach einem kurzen Gerangel, bei dem mal sie, dann der Weihnachtsmann zur jeweils falschen Seite auswich, endlich wieder freie Sicht auf den Punkt hatte, wo Corinna Heßler und Farin gestanden hatten, war dort jedoch niemand mehr zu sehen.

»Hohoho«, rief der Weihnachtsmann dröhnend und trat einen Schritt zur Seite. »Sie haben es aber eilig.«

»Bitte«, sagte Annemie und ignorierte ihr Prinzip, nie mit Männern über intime Dinge zu sprechen, »wo ist die nächste Toilette?«

Kapitel 10

Farin und Maike Assenmacher bewältigten den Andrang am Stand mit Bravour. Die Ärztin wirkte so, als täte sie den ganzen Tag nichts anderes, als Plätzchen abzuwiegen, sie einzutüten und das Geld dafür abzuzählen. Farin flirtete mit den Kundinnen, sah aber zwischendurch immer wieder zu Maike Assenmacher und half ihr galant, sobald sie mit etwas nicht zurechtkam. Jede Menge Plätzchen wechselten den Besitzer, die Kasse klingelte, und Annemies Laune stieg. Nichts an Farins Verhalten ließ darauf schließen, dass er ihr schaden wollte. Vielleicht sah sie ja nur Gespenster oder interpretierte zu viel in die kleine Begebenheit hinein, und alles war in bester Ordnung. Annemie beobachtete die beiden aus einiger Entfernung und beschloss, sich noch ein Weilchen freizunehmen. Wenn sie nun schon mal aus ihrer Backstube heraus- und bis auf den Weihnachtsmarkt gekommen war, konnte sie sich genauso gut ein wenig umschauen. Vielleicht ergab sich mit dem ein oder anderen Standbesitzer sogar ein Gespräch.

Sie schlenderte durch die Gänge, blieb an manchem Stand stehen und begutachtete die Auslagen, bevor sie weiterging. Das Angebot überwältigte sie. Was hatte Gerburg Manderscheidt-Ziesemann gesagt? Weihnachts- und Sockenmarkt Niedelsingen von 1898 e.V.? »Glitzer-Glimmer und nutzloses Zeug«-Markt hielt sie eindeutig für die bessere Bezeichnung. Hier gab es Kleidung, Kunsthandwerk, Weihnachtsschmuck in allen denkbaren Ausführungen und Farbschattierungen. Annemie fragte sich, wer den Weihnachtsbaum allen Ernstes mit rosa Einhörnern behängen oder diagonal mit Blumengirlanden umwickelte. An einen Baum gehörte Rot und Gold. Für die Extravaganten gab es Silber. Mehr war doch nun wirklich nicht nötig. Sie selbst schmückte jedes Jahr einen einzelnen Ast mit dem alten Schmuck ihrer Eltern. Nur das Lametta hatte sie erneuern müssen, nachdem Belmondo den Strang aufgefressen hatte. Zwar waren die goldenen Fäden nach zwei Tagen unbeschadet auf natürlichem Weg wiederaufgetaucht, aber diese kleine Ausgabe war ihr dann doch sinnvoll erschienen.

Außer ihrem eigenen Stand gab es für die Zuckermäulchen noch eine Waffelbude am anderen Ende und einen Stand mit gebrannten Mandeln, Zuckerwatte und kandierten Äpfeln in der Mitte des Marktes. Ebenso strategisch verteilt lagen die Abteilungen für den eher herzhaften Geschmack. Es roch verlockend aus sämtlichen Richtungen. Spießbraten, Pommes, Reibekuchen, Pilze, alles war vorhanden und gut frequentiert. Verhungern musste hier definitiv niemand. Annemie stellte sich an einer Wurstbude an. Die Schlange war beachtlich, aber immerhin war Sonntag, und viele Besucher sparten sich auf diese Weise das Mittagessen. Genüsslich schnupperte sie. Wie lange war es her, dass sie eine Currywurst gegessen hatte? Langsam rückte sie in der Schlange vor, bis sie an der Reihe war und die Bestellung aufgeben konnte. Sie war froh, als schließlich eine Schale mit einer kleinen Portion Pommes und einer dampfenden Wurst vor ihr stand, die hoffentlich nicht extrascharf und erst recht nicht mit der auf Plakaten angepriesenen Todessoße, sondern mit ganz normalem Curry versehen war.

»Vier Euro zwanzig bitte.« Die Verkäuferin lächelte freundlich. Annemie öffnete ihre Handtasche und wollte ihre Geldbörse herausnehmen. »Seltsam«, murmelte sie und schob eine Packung Papiertaschentücher zur Seite. Da die Tasche außer den Taschentüchern, ihrem Schlüsselbund und der Geldbörse nichts enthielt, war ihr Innenleben sehr übersichtlich. Nur dass die Geldbörse gerade fehlte.

»Sie ist weg« sagte Annemie fassungslos und überlegte, ob sie die Börse vielleicht im Stand aus der Tasche genommen hatte, um Geld in die Kasse zu wechseln. Aber sie erinnerte sich nicht daran. Erneut schaute sie in der Tasche nach, öffnete Seitenfächer und zog den Reißverschluss des kleinen Innenbeutels auf. Vergeblich. Ihre Geldbörse war definitiv nicht da.

»Vier Euro zwanzig bitte«, wiederholte die Verkäuferin, diesmal schon ungeduldiger.

»Es tut mir leid.« Annemie spürte, wie sie rot wurde. Die Situation war ihr sehr peinlich. »Aber mein Geld ist verschwunden.«

»Wohl eher gestohlen«, bemerkte eine Stimme hinter ihr. Annemie drehte sich um. Ein Sanitäter stand hinter ihr in der Warteschlange, in der die Menschen langsam unruhig wurden. »Wir haben hier leider öfter Taschendiebe, als uns lieb ist, und an einem Tag wie heute haben die viel zu tun.«

»Du liebe Güte.« Annemie öffnete ein weiteres Mal ihre Tasche und schaute hinein, in der Hoffnung, die Geldbörse wäre auf wundersame Weise wiederaufgetaucht, obwohl ihr natürlich klar war, dass das sehr unwahrscheinlich war. Und noch etwas fiel ihr siedend heiß ein. Hatte Farin nicht die schwarze Mappe mit den bisherigen Tageseinnahmen ebenfalls in ihrer Handtasche verstaut? Sie versuchte, sich genau daran zu erinnern, aber es gelang ihr nicht. So ein Ärger. Normalerweise vergaß sie nie etwas. Und schon gar nicht so etwas Wichtiges wie Geldangelegenheiten. Was, wenn das Geld weg war? Eine Katastrophe.

Sie ließ die Wurst auf der Theke stehen und eilte so schnell sie konnte zu ihrem Stand zurück, an dem Farin und Maike Assenmacher gerade Zeit für eine Pause hatten. Sie hielten dampfende Kaffeebecher in den Händen und unterhielten sich mit einem älteren Herrn. Beim Näherkommen erkannte Annemie Kommissar Winfried Freudenruh.

»Wie gut, dass Sie da sind, Herr Kommissar. Ich bin bestohlen worden«, verkündetet sie atemlos. »Meine Geldbörse ist weg und die Mappe mit den Tageseinnahmen.« Sie hielt ihm ihre geöffnete Tasche entgegen. »Ich hatte beides hier in diesem Extrafach, und jetzt ist es weg.«

»Setzen Sie sich bitte erst einmal hin.« Maike Assenmacher griff sich einen der beiden Hocker, die für schlechte Tage mit wenig Kundschaft in einer Ecke standen, und beeilte sich, zu Annemie zu kommen. Sie drückte sie auf den Stuhl und griff nach ihrem Handgelenk, um den Puls zu fühlen. »Ihr Herz rast, und Sie sind ganz blass um die Nase.« Besorgt beugte Maike Assenmacher sich über sie und beobachtete ihre Reaktion.

»Taschendiebstahl ist ein echtes Problem auf Weihnachtsmärkten«, bestätigte Kommissar Freudenruh. »Wenn das Gedränge groß ist, fühlen sich die Diebe sicher. Sie lenken ihr Opfer ab, bekleckern es mit Soße oder Getränken und schlagen dann zu.«

»Ich wurde angerempelt. Oder bin ich in jemanden hineingerannt? Ach herrje. Ich bin so durcheinander.« Annemie runzelte die Stirn und versuchte angestrengt, aber erfolglos, sich zu erinnern.

»Waren es zwei?«

»Nein, nur einer.«

»Vielleicht haben Sie den Komplizen nur nicht bemerkt.« Kommissar Freudenruh sah zu ihr hinunter. »Taschendiebe sind oft in kleinen Gruppen unterwegs. Der eine lenkt das Opfer ab, und der andere greift zu. Oder der Erste zieht Ihnen Ihre Börse aus der Tasche und gibt sie dann an den zweiten Täter weiter. Sogar wenn Sie merken, dass Sie bestohlen worden sind, und den Mann identifizieren können, werden Sie auf diese Weise bei dem ersten Täter nichts finden.« Er zog sein Handy aus der Innentasche seines Mantels, wählte eine Nummer und bellte einige Infos und Befehle in den Hörer, nachdem sich am anderen Ende jemand gemeldet hatte. »Die Kollegen sind gleich hier, Frau Engel. Sie werden den Vorgang aufnehmen und Ihnen weiterhelfen. Wobei ich mir an Ihrer Stelle keine großen Hoffnungen machen würde. Das Geld ist weg.«

Annemie fasste sich an den Hals. Erst jetzt wurde ihr klar, wie leichtsinnig sie sich verhalten hatte, so als hätte sie noch nie von Taschendiebstahl gehört. Sie hätte während ihres kleinen Ausflugs über den Markt die Tasche fester im Griff behalten müssen.

»Wäre ich doch nur in meiner Backstube geblieben und hätte keinen Fuß auf diesen Markt gesetzt. Dann wäre jetzt alles gut, und wir hätten das Geld noch.« Annemie legte sich die Hand auf die Brust. Trotz der Aufregung merkte sie, wie ihr Herzschlag sich beruhigte, und auch das Zittern der Knie ließ etwas nach. Gleichzeitig wuchs ihr Ärger. »Jetzt kann ich Sie noch nicht einmal bezahlen, Herr Farin. Sie müssen ja auch von etwas leben.«

»Machen Sie sich darum mal keine Sorgen, Frau Engel. Ich

komme schon klar«, entgegnete Farin, aber Annemie seufzte nur noch lauter. Es gefiel ihr nicht, bei jemandem in der Schuld zu stehen.

»Es ist wirklich schlimm heutzutage. Niemandem kann man mehr trauen«, schimpfte sie. »Eine alte Frau zu beklauen, wo kommen wir denn da hin? Nichts als Probleme hat man mit den Menschen.«

»Nun mal ganz ruhig. Wie sah derjenige, der Sie angerempelt hat, denn aus?«, wollte Freudenruh wissen.

»Wie der Weihnachtsmann«, gab Annemie harsch zur Antwort, und für einen kurzen Moment herrschte Schweigen zwischen den vieren.

»Der Weihnachtsmann?«, fragte Farin ungläubig.

»Ja, der Weihnachtsmann. Mit falschem Bart und Bauch. Rote Kleidung. Und er hat ›Hohoho‹ gesagt.«

»Der könnte dann vielleicht doch einfacher zu finden sein«, entschied Kommissar Freudenruh und wählte erneut die Nummer seiner Kollegen.

»So wie dieser da?« Maike Assenmacher zeigte auf einen Weihnachtsmann in einiger Entfernung, der gemütlich durch die Gänge schlenderte, die Auslagen der Stände betrachtete und geduldig stehen blieb, wenn ein Kind zu ihm gelaufen kam und ein Foto machen wollte. Sein dröhnendes »Hohoho« war bis zu Annemies Stand zu hören.

»Sieht nicht ein Weihnachtsmann aus wie der andere?«, warf Freudenruh ein. Annemie zuckte mit den Schultern. Sie war immer noch entsetzt über die Schlechtigkeit der Welt. Und wütend, weil niemand ihren Ausführungen über den moralischen Verfall der Menschheit zugestimmt hatte, ganz im Gegenteil. Je mehr sie darüber nachdachte, umso mehr kam es ihr vor, als hätten die anderen ihren Ärger ignoriert.

»Es kann schon sein, dass er das ist, aber vielleicht auch nicht.«

»Ich werde ihn befragen. So viele Weihnachtsmänner wird es hier ja nicht geben.« Kommissar Freudenruh ging dem Weihnachtsmann entgegen, doch ehe er bei ihm angekommen war, entdeckte der Weihnachtsmann Annemie und hob den Arm zum Gruß. Er winkte heftig, wobei sein weißer Bart hin- und herwehte, und kam auf ihren Stand zugelaufen.

»Frau Engel?« Schnaufend blieb er vor Annemie stehen.

»Woher kennen Sie meinen Namen?«, blaffte sie ihn an. »Und warum haben Sie mich bestohlen?«

»Der Name steht in Ihrem Ausweis.« Er deutete auf die Geldbörse in seiner Hand. »Und ich habe Sie nicht bestohlen!«, sagte er entrüstet. »Ich habe mir lediglich erlaubt, nachzusehen, wer Sie sind, weil ich Ihnen Ihre Börse zurückbringen wollte. Was mir ja nun glücklicherweise gelungen ist. Auch wenn das Foto schon ein bisschen älter ...« Er räusperte sich. »Aber trotzdem sind Sie noch sehr gut zu erkennen«, ergänzte er hastig und lächelte. »Sie haben Ihr Portemonnaie bei unserem kleinen Zusammenstoß verloren. Als ich es auf dem Boden liegen sah, habe ich es aufgehoben und wollte es Ihnen geben, aber Sie waren schon weg. Sie hatten es wohl sehr eilig, oder?«

Annemie wurde rot. Sie streckte ihre Hand aus und griff nach der Börse. »Wo ist die Geldtasche?«

»Welche Geldtasche?«

»Bei dem Portemonnaie war noch eine Geldtasche.«

»Es tut mir leid, aber ich habe nur das gefunden.« Ratsuchend schaute er von einem zum anderen. »Ich hoffe doch sehr, dass Sie mir glauben.« Er sah wieder zu Annemie, aber die verzog grimmig ihr Gesicht.

»Vielen Dank, Herr ...«, mischte sich Kommissar Freudenruh ein.

»Holtkamp. Leo Holtkamp.«

»Meine Kollegen nehmen kurz Ihre Personalien auf.« Freudenruh zeigte auf die beiden Polizisten in Uniform, die sich dem Stand näherten. »Es wird sich sicher alles klären lassen.«

»Gibt es ein Problem?«, fragte Gerburg Manderscheidt-Ziesemann. Sie musste die Diskussion von ihrem Stand aus beobachtet haben und war zu ihnen herübergekommen. »Hat Herr Holtkamp etwas falsch gemacht?«

»Sie kennen Herrn Holtkamp?« Kommissar Freudenruh wandte sich ihr zu.

»Natürlich kenne ich ihn. Ich habe ihn eingestellt.« Sie musterte den Kommissar von oben bis unten. »Sie hingegen haben sich mir noch nicht vorgestellt.« Von ihrer sonst so lockeren Art war nichts zu spüren.

Der Kommissar deutete eine Verbeugung an, stellte sich vor und erklärte den Grund für die kleine Versammlung.

»Die Tageseinnahmen?« Gerburg Manderscheidt-Ziesemann schlug die Hand vor den Mund. »Wie fürchterlich.« Sie wandte sich an Annemie. »Hast du denn schon nachgesehen, ob du sie nicht einfach irgendwohin gesteckt hast und nur nicht mehr weißt, wohin?«

Annemie schüttelte den Kopf.

»Dann wird es aber höchste Zeit.« Sie klatschte in die Hände. »Bevor hier jemand voreilig als Dieb verdächtigt wird, sollten wir genau nachsehen. Wo hast du das Geld denn zuletzt gesehen?«

»Herr Farin hat es in meine Handtasche gepackt.«

»Ich habe es nicht in Ihre Handtasche gepackt. Ich habe es danebengelegt. Ich würde doch nicht in Ihren Sachen wühlen.«

»Aha«, konstatierte Gerburg Manderscheidt-Ziesemann. »Wenn Farin es nicht in die Tasche, sondern danebengepackt hat und du, Annemie, es nicht aktiv mitgenommen hast, muss es ja noch da sein.« Sie spitzte die Lippen und zog beide Augenbrauen gleichzeitig hoch. Ihr Gesicht wirkte wie ein großes Ausrufezeichen. Dann nickte sie Farin und Maike zu, die sofort anfingen, im Inneren der Hütte nach der Geldmappe zu suchen. Sie schoben Kisten zur Seite, hoben Backbleche hoch und stellten Plätzchentüten von einer Seite zur anderen.

»Hier!« Maike Assenmacher hielt triumphierend eine kleine schwarze Kunstledertasche in die Höhe und reichte sie Annemie. »Sie war zwischen die Auslage und die Wand gerutscht.«

Annemie warf einen Blick hinein. Das Geld war noch da. Natürlich war es noch da. Niemand hatte etwas gestohlen. Niemand hatte ihr etwas Böses gewollt. Auch wenn sie felsenfest davon überzeugt gewesen war. Sie presste beide Hände auf die Knie und erhob sich mühsam. Ihre Knochen bestanden aus Blei. Jede Bewegung fiel ihr schwer.

»Bitte entschuldigen Sie, Herr Holtkamp«, sagte sie und reichte ihm die Hand, die er sofort ergriff und schüttelte. »Anstatt Ihnen zu danken, habe ich Sie bezichtigt, meine Geldmappe gestohlen zu haben. Das tut mir sehr leid, ich hoffe, Sie nehmen es mir nicht übel.«

»Der Weihnachtsmann kann doch einem Engel nicht böse sein, oder?« Leo Holtkamp rieb sich über seinen stattlichen Bauch. »Hauptsache, alles hat sich gefunden und wieder eingerenkt. Sie haben Ihre Sachen wieder, und ich kann weiter meinen Job hier machen.«

»Hier bitte. Als kleine Wiedergutmachung.« Sie reichte ihm je eine Tüte mit Pfoten-Plätzchen, Schoko-Minze, Zimtsternen und Gewürz-Spiralen. Er nahm sie mit einer kleinen Verbeugung entgegen und schnupperte daran.

»Vielen Dank, Frau Engel.« Ein kräftiger Nieser ließ seinen Bart erzittern. »Leider vertrage ich die Zimtsterne und das mit den Gewürzen nicht, ich lasse mich aber gerne von denen hier überraschen. Minze und Schoko – was für eine Köstlichkeit. Ich bin sicher, sie schmecken himmlisch.« Er richtete seinen Bart, nickte allen freundlich zu und setzte seinen Weg den Gang hinunter mit einem dröhnenden »Hohoho« fort.

Maike Assenmacher reichte Annemie eine Tasse Kaffee und einen Keks.

»Sie sehen aus, als würde die Ihnen jetzt guttun. Sie sollten sich wirklich etwas ausruhen nach dem Schreck. Möchten Sie, dass ich Sie nach Hause fahre?«

»Nein, nein. Es geht schon.« Annemie stellte den Kaffee zur Seite, ohne einen Schluck getrunken zu haben, und legte den Keks dazu. Beim nächsten Mal würde sie Leo Holtkamp einfach eine andere Sorte Plätzchen geben. Außerdem war es noch viel zu früh für ihre zweite Tasse am Tag, und der Keks war für die Kundschaft, nicht für sie bestimmt. Sie stand auf, nahm etwas Geld aus ihrem Portemonnaie und strich ihre Jacke glatt. »Ich muss die Wurst, die ich bestellt hatte, noch abholen gehen.«

Die Currywurst schmeckte zwar nicht so wie früher, aber Annemie genoss den herzhaften Imbiss. Die Imbisswirtin hatte ihr eine neue Wurst frisch auf dem Grill zubereitet, obwohl Annemie mehrfach betont hatte, auch die stehen gelassene Bestellung zu nehmen, nachdem sie berichtet hatte, warum sie so schnell das Feld hatte räumen müssen. Da das aber gegen die Gastronomenehre zu gehen schien, hatte Annemie auf den Schreck über die verschollene Geldbörse von der Wirtin neben ihrer frisch zubereiteten Bestellung direkt noch eine Portion Mayonnaise zu ihren Pommes frites spendiert bekommen.

»Sehr lecker.« Annemie biss mit Vergnügen in ein weiteres heißes Wurststückchen und spürte, wie ihre Lebensgeister zurückkehrten. Sie stellte sich an einen der Stehtische und beobachtete das Treiben, während sie aß. Das Imbissgeschäft lief gut, die Wirtin hatte alle Hände voll zu tun. Trotzdem nahm sie sich bei allen Kunden Zeit für ein Lächeln und bei einigen sogar für ein nettes Wort. Vor allem die anderen Standbesitzer, die bei ihr eine schnelle Mahlzeit orderten, plauschten mit ihr, während sie auf ihre Bestellungen warteten. Sicher wusste sie über vieles Bescheid, was auf dem Markt so passierte.

Als Annemie ihre Mahlzeit beendet hatte, hatte der Andrang nachgelassen, und die Wirtin nutzte die Gelegenheit, um die Thekenscheibe von außen abzuwischen. Annemie fasste sich ein Herz. Wenn sie etwas erfahren wollte, musste sie auf die Leute zugehen.

»Ihre Wurst hat mir sehr gut geschmeckt.«

»Danke schön. Das freut mich.« Die Wirtin sprühte Glasreiniger auf eine Stelle, an der besonders viele Fingerabdrücke zu sehen waren, und wienerte heftig darüber.

»Was halten Sie denn von den Plänen für den Weihnachtsmarkt?«

»Von der Sache mit dem Eventthema?« Die Wirtin lachte. »Wissen Sie, mir ist es egal. Hunger haben die Leute immer. Und ob ich mir ein paar Glocken an den Stand hänge oder nicht, macht keinen Unterschied.«

»Aber Sie müssten einen Stand mieten.«

»Der hier gehört mir auch nicht.«

»Haben Sie denn von dem Streit deswegen gehört?«

»Ich höre alles und nichts. Die Leute erzählen mir auf die Schnelle dies und das. Aber ich halte mich meistens raus.«

Annemie nickte. »Das ist vermutlich sehr klug.« Sie legte ihre benutzte Serviette und die kleine Plastikgabel in die leere Schale und trug alles zum Mülleimer. Die Wirtin hielt inne und sah Annemie genauer an.

»Haben Sie etwas mit Harald Engel, dem Besitzer des Plätzchenstandes, zu tun?«

»Er ist mein Bruder.«

»Ach, deswegen. Sie sehen ihm sehr ähnlich. Er hat sich ja sehr engagiert in der Sache, so viel habe ich mitbekommen. Er war ein paarmal hier bei mir und hat eine Currywurst gegessen. Genau wie Sie.« Wieder kam der Glasreiniger zum Einsatz. »Er ist ein sehr netter Mann, Ihr Bruder. Freundlich und sehr höflich. Ich hoffe, es geht ihm inzwischen besser. Er ist doch im Krankenhaus, oder?«

Annemie nickte. Die Wirtin war wirklich über alles informiert. »Es geht ihm den Umständen entsprechend. Kannten Sie auch Horst Heßler?«

»Wer kannte den nicht?« Sie polierte weiter. Mittlerweile glänzte die Scheibe wie die Gelierschicht auf einem Obsttörtchen. »Über Tote soll man aber ja nichts Schlechtes sagen.«

»Gäbe es denn da etwas zu sagen?«

»Ich fand ihn arrogant und nicht sehr sympathisch.« Sie hauchte ein letztes Mal auf die Scheibe, wischte nach und ging wieder in den Stand. »Seine Frau ist weitaus netter. Sie war zweimal bei mir und hat mir alles erklärt. Wir werden sehen, was passiert.« Die Wirtin bückte sich, hob eine Tüte mit rohen Würstchen aus der Kühlung und legte einige davon auf den Grillrost. Sie nickte Annemie freundlich zu.

Annemie wusste nicht so recht, was sie jetzt noch fragen sollte. So einfach war es wohl doch nicht, Informationen aus den Leuten herauszubekommen. Vor allem, wenn man nicht genau wusste, was man überhaupt wissen wollte. Dass jemand arrogant und nicht sympathisch war, kam öfter vor, stellte aber mit Sicherheit kein Grund für einen Mord dar. Sie verabschiedete sich von der Wirtin und ging langsam wieder in Richtung ihres Standes, nahm aber diesmal einen anderen Weg. Sie brauchte etwas Zeit, um nachzudenken. Sie wollte beweisen, dass Harald nicht für Heßlers Tod verantwortlich war. Als große Schwester musste sie ihm helfen. Weil sie es ihrer Mutter versprochen hatte und sich gerade wieder an dieses Versprechen erinnerte. Aber was war, wenn es gar keine Unschuld gab, die es zu beweisen galt? Was, wenn Harald wirklich ein Mörder war? Immerhin war es *seine* Gasflasche an *seinem* Stand gewesen, die die Explosion verursacht hatte. Was, wenn er alles so geplant hatte, dass es wie ein Unfall aussah? Wenn er die Flasche manipuliert oder wer weiß was damit getan hatte?

Sie wusste es nicht. Warum überließ sie die ganze Angelegenheit nicht einfach Kommissar Freudenruh? Ihr Beruf war es, Kekse zu backen. Seiner war es, Mörder zu fangen. Am besten war es sicher, wenn sie sich aus allem raushielt und den Dingen ihren Lauf ließ. Wieder in ihre Backstube zu Belmondo zurückging und ihr gewohntes Leben wiederaufnahm. Freudenruh wusste, was er zu tun hatte. Aber Freudenruh hatte auch ein ganz bestimmtes Bild von Harald. Für ihn war Harald ein Bankräuber und damit ein Verbrecher. Und der Schritt vom Verbrecher zum Mörder war in Freudenruhs Augen sicher deutlich kleiner als aus ihrer Sicht. Daraus konnte sie ihm noch nicht einmal einen Vorwurf machen. Schließlich hatte sie selbst in den letzten Jahren ein festes Bild von ihrem Bruder gehegt und gepflegt, das sich erst in den letzten Tagen und Stunden zumindest in Teilen geändert hatte, weil sie mehr über ihn erfahren hatte und positiv überrascht worden war.

Vielleicht musste sie ja auch nur dafür sorgen, dass Freudenruh ohne Scheuklappen ermittelte. Dass er Haralds Unschuld grundsätzlich für möglich hielt. Sie blieb stehen und betrachtete einen Stand mit Silberschmuck, ohne ihn wirklich wahrzunehmen. Nachdenklich befühlte sie einen Ring, den ein schwerer Totenkopf zierte, und griff nach einem Kettenanhänger in Spinnenform, obwohl sie sich normalerweise davor ekelte und für den Fall, dass sich ein Exemplar solcher Größe in ihr Haus oder ihre Backstube verirrt hätte, sofort nach Belmondo gerufen und den Kater darauf gehetzt hätte.

»Kann ich Ihnen helfen? Suchen Sie etwas Hübsches für die Enkeltochter?«

»Was?« Annemie starrte die Frau an und dann den Kettenanhänger in ihrer Hand. Erschrocken ließ sie ihn fallen. »Nein. Danke.« Schnell ging sie weiter.

Glaubte sie eigentlich selbst an Haralds Unschuld? Nein. Das tat sie nicht. Auch wenn er beteuert hatte, Horst nicht umgebracht zu haben. Weil sie ihm nicht vertraute. Nicht mehr. Obwohl sie wusste, er hatte sie noch nie belogen. Trotzdem war da dieser kleine Funke Misstrauen, der in ihr brannte und zündelte und nur darauf wartete, zu einer großen Flamme anzuwachsen. Wenn sie ihrem Bruder wirklich helfen wollte, musste sie aber von seiner Unschuld überzeugt sein, denn sonst wären alle Bemühungen nur halbherzig. Wie ein Hefeteig, dem keine Zeit blieb, in Ruhe aufzugehen.

Wieder blieb sie stehen. Diesmal einfach in der Mitte des Ganges. Sie musste lernen, ihm wieder zu vertrauen. Dazu brauchte es Beweise.

Kapitel 11

Aus dem Café drang ein Rumpeln bis zu Annemie herauf, dann ein Scharren, und schließlich knallte es laut. Belmondos Schwanz zuckte kurz. Er öffnete ein Auge, blinzelte und stieß einen tiefen Seufzer aus, bevor er sich tiefer in das Sofakissen wühlte, auf dem er schlief.

»Was treibt der Kerl da unten?« Annemie erhob sich aus ihrem Ohrensessel. Sofort spürte sie jeden einzelnen Knochen und ein paar Muskeln, von deren Existenz sie bisher noch nicht einmal etwas geahnt hatte. Beine, Rücken, Nacken. Alles schmerzte und fühlte sich so hart an wie altes Schwarzbrot. Sogar durch die Innenseite ihrer Oberarme zog ein Stechen. Sie hatte sich nach ihrer Rückkehr vom Markt nur ein halbes Stündchen ausruhen wollen, bevor sie zusammen mit Farin überlegen würde, wie er das Café für sich bewohnbar machen konnte. Und jetzt fing er einfach ohne sie an?

Farin empfing sie mit einem entschuldigenden Lächeln. Er trug eine weite graue Jogginghose und ein weißes T-Shirt. Die Haare verschwanden unter einer Kappe, deren Schirm er in den Nacken gedreht hatte. Überrascht registrierte Annemie, wie dünn er trotz seiner Muskeln war.

»Es ist nichts passiert, keine Sorge. Alles ist heil geblieben.« Er zeigte auf ein Regal, das einen Meter von der Wand entfernt im Raum stand. »Ich wollte es verschieben, um einen Sichtschutz zu errichten, aber es wollte nicht so wie ich und ist einfach umgefallen.«

»Wo sind die Sachen, die in dem Regal gestanden haben?«

»Hier.« Farin ging zu einem der Tische. »Ich habe erst einmal alles zusammengestellt, damit Sie schauen können, was damit passieren soll.«

»Passieren?«

»Ja. Ich dachte, einiges davon möchten Sie vielleicht wegwerfen. Es ist alt und verstaubt.«

Annemie musterte das ausgebreitete Sammelsurium. Einige in Leder gebundene Bücher, Plastikblumen in Kunststofftöpfen, Porzellanschalen mit hellbraunem Landschaftsmuster, Messingkerzenleuchter und drei große weiße Pierrot-Figuren aus Porzellan mit schwarzen Kappen und Schuhen.

»Die hatte ich ja völlig vergessen.« Sie nahm eine der Figuren in die Hand, strich mit den Fingerspitzen darüber und stellte sie wieder zu den anderen.

»Kann das alles weg?«

»Sie wollen es wegwerfen?«

»Warum nicht? Sie erinnern sich doch zum Teil noch nicht einmal mehr an die Sachen. Das haben Sie selbst gesagt. Haben Sie denn irgendwas davon vermisst?«

Annemie schüttelte den Kopf, konnte den Blick aber nicht von den Dingen abwenden. Gedankenverloren bückte sie sich zu Belmondo hinunter, der endlich aus seinem komatösen Tiefschlaf erwacht und ihr gefolgt war, und streichelte ihn.

»Das hat einmal viel Geld gekostet. Ich kann doch nicht alles einfach wegwerfen.« Annemie hatte einen Kloß in der Größe eines Gugelhupfs im Hals.

Farin betrachtete sie mit einem Blick, den Annemie nicht deuten konnte.

»Ich hatte auch einmal viele Dinge, von denen ich dachte, sie wären sehr wichtig und ich könnte nicht ohne sie leben. Klamotten, Bücher, Musik. CDs, die ich gehütet habe wie meinen Augapfel, weil sie kostbar waren. Meine Instrumente. Aber dann kam der Krieg, und ich musste weg von zu Hause. Um mein Leben zu retten. Weil ich kein Kanonenfutter sein wollte. Nicht Teil des Terrors werden wollte.« Er nahm eines der Bücher in die Hand, drehte es und schlug es auf. »Wenn du gehen musst, kannst du nichts mitnehmen außer dem, was du am Leib trägst. Vielleicht eine kleine Tasche. Einen Rucksack. Ich habe alles zurückgelassen. Meine Bücher, meine Musik, einfach alles. Es war schlimm.« Er klappte das Buch mit Schwung wieder zu. Eine kleine Staubwolke stieg nach oben. »Eigentlich rede ich nicht mehr darüber, weil es lange her ist und ich mich freue, dieses Leben hier führen zu dürfen.« Er setzte sich halb auf den Tisch und verschränkte die Arme vor der Brust. »Aber mehr als das, was ich in meinen beiden Koffern habe, besitze ich immer noch nicht. Ich will auch nicht mehr haben. Es würde mich nur belasten.«

Annemie schwieg. Ihr war klar gewesen, dass Farin nicht in Deutschland geboren worden war, aber sie hatte keinen Gedanken daran verschwendet, wie sein Leben vorher ausgesehen hatte. Wo er gelebt und was er getan hatte. Es war ihr gar nicht in den Sinn gekommen. Sein optimistisches Wesen und sein perfektes Deutsch hatten ein Übriges getan, sie nicht darüber nachgrübeln zu lassen.

»Das tut mir leid. Es muss schrecklich sein, alles zu verlieren. Was ist mit Ihrer Familie?«

»Sie sind gestorben. Bei einem Angriff ums Leben gekommen.« Er verstummte und wandte sich ab. Annemie machte einen Schritt auf ihn zu, legte ihre Hand vorsichtig auf seinen Arm. Für einen Moment blieben sie still so stehen, bis Farin sich mit einem Ruck löste und in die Hände klatschte. »So. Weiter geht's.« Er fasste die Plastikblumen zu einem Strauß zusammen, pustete den Staub in die Luft und überreichte ihn Annemie mit großer Geste.

»Die können wirklich weg, aber die Bücher auf keinen Fall. Und die Kerzenleuchter auch nicht. Genauso wenig wie das Porzellan.«

»Aber die Figuren?« Farin griff nach einem der Pierrots und hielt ihn über eine Mülltüte, die an einem Stuhl hing.

»Nein. Die auch nicht.« Annemie riss ihm die Porzellanstatue aus der Hand und drückte sie an ihr Herz, bevor sie sie wieder zu den anderen beiden auf den Tisch stellte. »Ich muss darüber nachdenken.«

Farin hob schweigend eine Augenbraue.

»Wir packen die Sachen in eine Kiste, und ich überlege, was ich damit machen möchte.« Annemie nickte. »Ja, das ist eine gute Idee. Ich hole eine.«

Dass Engelbert von Adel in dem Raum eingesperrt war, in

dem sie einige Pappkisten aufbewahrte, fiel ihr erst wieder ein, als ein rot-weißes Fellbündel an ihren Beinen vorbei in Richtung Café stob. Sie fuhr herum, um ihn zu packen, aber der Kater war schneller. Eine Sekunde später sah sie nur noch seine Schwanzspitze. Zwei Sekunden später hörte sie lautes Fauchen und tiefes Brummen aus dem Café. Drei Sekunden später klirrte und schepperte es laut, begleitet von einem Aufschrei, der unschwer als Farins zu erkennen war. Annemie stürzte im Laufschritt ins Café. Hier war die Hölle ausgebrochen. Die beiden Kater jagten einander fauchend und kreischend über Tische, Stühle und Regale, wobei sie jede Menge Staub hinter sich aufwirbelten. Farin rannte mit ausgestreckten Armen hinter Engelbert her, versuchte, ihn zu fangen. Aber der Kater entwischte ihm immer wieder. Im Laufen riss Engelbert weitere Gegenstände aus Porzellan zu Boden, wo sie mit lautem Knall zerbarsten. Belmondo flüchtete mit einem Sprung auf ein hohes Regal, kauerte sich auf der Ecke zusammen und knurrte Engelbert von oben herab böse an. Sein Fell war mit Staub übersät. Er sah aus, als wäre er in einen Mehlsack gefallen. Engelbert setzte sich vor das Regal, starrte zu seinem Widersacher hinauf und maunzte.

»Ich glaube, wir brauchen keinen Karton mehr«, sagte Farin. Annemie wandte sich ihm zu und erkannte das tatsächliche Ausmaß des Schadens. Die Kater hatten ganze Arbeit geleistet. Die Porzellanschalen lagen zerbrochen auf dem Fußboden, dem größten der Pierrots fehlte der Kopf, dem zweiten die Arme, und der dritte war in der Mitte auseinandergebrochen. Obendrauf lagen wie Grabschmuck die Plastikblumen. Für eine Sekunde erstarrte Annemie. Dann lachte sie los. Sie konnte gar nicht anders. Das Lachen stieg aus ihrem Bauch in ihre Brust und brach aus ihr heraus wie flüssige Schokolade aus einem Muffin. Farin schaute sie verunsichert an. Dann grinste er. Japsend versuchte Annemie, sich zu beruhigen.

»Eigentlich ist es nicht komisch, oder?«, fragte sie, immer noch nach Luft schnappend. »Aber ich kann gerade nicht anders. Es ist alles so …« Sie suchte nach einem Wort. »So befreiend.« Sie setzte sich auf einen Stuhl, hob die zerstörten Pierrots vom

Boden auf und stellte sie nebeneinander auf den Tisch. »Da haben diese drei so lange Zeit unbeschadet überdauert, und nun kommen die beiden Fellherren hier und räumen kurzerhand auf.« Sie zeigte auf Belmondo, der nach wie vor auf seinem Ausguck hockte und von Engelbert misstrauisch beäugt wurde.

Behutsam legte sie den abgebrochenen Kopf des größten Pierrots neben die Scherben der anderen und betrachtete sie.

»Fast wie Freunde, die jetzt ein gemeinsames Ende gefunden haben.« Ihr kam ein Gedanke, und sie verstummte.

Drei. Es waren drei Pierrots. Drei Freunde. Konnte das sein? Nach so langer Zeit?

»Was ist, wenn es gar nicht um den Streit gegangen ist?«

»Bitte? Hier sind gerade die Fetzen geflogen. Die Kater mögen sich nicht. Und das hier ist das Ergebnis.«

»Nein, nein. Das meine ich nicht.« Annemie stand auf. Sie war aufgeregt. Dass ihr das nicht früher aufgefallen war. »Ich rede vom Streit zwischen Horst Heßler und Harald. Vielleicht ging es gar nicht um das neue Konzept. Vielleicht ging es um etwas ganz anderes.«

»Und um was?«

»Gerburg sagte auch, sie hätte das Gefühl, es würde noch etwas anderes dahinterstecken.«

»Und Sie haben jetzt eine Idee.«

»Ja.« Annemie zeigte auf die Pierrots. »Um das Geld.«

Farin schwieg für einen Moment und betrachtete sie prüfend. »Okay, die meisten Leute streiten sich um Geld, aber ich denke, Sie meinen nicht irgendein Geld, oder?«

»Nein. Nicht irgendein Geld. Ich meine die Beute aus dem Bankraub. Zweihunderttausend Mark sind doch nach wie vor verschwunden.«

»Zweihunderttausend Mark?«

»Ja. Den Euro gab es damals noch nicht.«

»Und kein Hinweis darauf?«

»Nein. Harald und Horst Heßler haben eisern geschwiegen, und der Dritte im Bunde, Georg Feger, war wie vom Erdboden verschluckt.«

»Horst Heßler war Haralds damaliger Kumpan?« Farin pfiff leise. »Sehr interessant. Aber so oder so, was würde man denn heute mit Mark anfangen? Kann man das noch umtauschen?«

»Ich weiß nicht.« Sie schüttelte unwillig den Kopf. »Darum geht es ja auch nicht. Überlegen Sie doch mal. Zwei sind verhaftet worden und waren im Gefängnis, der Dritte verschwand. Da lag die Vermutung nahe, dass der das Geld hat.«

»Wohl eher hatte. Nach so langer Zeit ist bestimmt nichts mehr übrig.«

»Oder hatte. Stimmt.« Annemie strich ihren Rock glatt. »Aber vielleicht geht es gar nicht darum, ob noch was übrig ist. Was wäre, wenn es um den dritten Mann geht? Um Georg Feger. Wenn der auf einmal wieder vor der Türe gestanden hat? Ich muss also Georg Feger finden, und das Problem ist gelöst.«

»Ich bin mir sicher, dass ich es nicht weggeworfen habe.« Annemie stand ratlos in der Mitte der Backstube. Sie hatte sämtliche vorhandenen Schränke in ihrer Wohnung und in der Backstube geöffnet, alle Stapel durchsucht und in allen versteckten Winkeln nach dem Telefonbuch gefahndet. Vergeblich. »Ich werfe doch nichts weg.«

»Sind Sie sicher, dass die Polizei nicht längst auf die gleiche Idee gekommen ist?«

»Was? Mein Telefonbuch zu suchen?«

»Nein.« Farin stützte sich mit beiden Armen ab, hüpfte rücklings auf den Arbeitstisch und ließ die Beine baumeln. »Ich meine Georg Feger.«

»Doch, natürlich ist sie das. Nach dem Bankraub und sogar noch, als die beiden anderen längst im Gefängnis saßen, haben sie nach ihm gefahndet.«

»Aber wenn er doch damals nicht gefasst wurde. Müssten sie nicht immer noch nach ihm suchen?«

»Verjährung.« Annemie zog eine Schublade heraus, in der sie bereits nachgesehen hatte, und wühlte sie erneut durch. »Das Haus verliert doch nichts«, murmelte sie und holte nacheinander eine Handvoll Kugelschreiber, zwei Scheren und einen Packen

Prospekte unterschiedlicher Pizzalieferanten hervor. Die hatte sie aufgehoben, falls sie einmal keine Lust auf Kochen haben sollte und sich etwas bestellen wollte. Bisher war dieser Fall noch nie eingetreten. »Nach zwanzig Jahren war der Bankraub verjährt.«

»Und das bedeutet?«

»Das bedeutet, dass Georg Feger nicht mehr für seine Tat belangt werden kann.«

»Er könnte also einfach wieder durch Niedelsingen spazieren, und der Polizei wäre das egal?«

»Egal vielleicht nicht. Aber auf jeden Fall dürfen sie ihn nicht mehr wegen des Bankraubs verhaften.«

»›Wer ein Ei stiehlt, stiehlt auch ein Kamel‹, sagte die Schwester meiner Großmutter mütterlicherseits immer. Wobei …«, er sog die Wangen ein und ließ sie mit einem leisen Plopp wieder los, »Harald hat seitdem nichts mehr verbrochen. Vielleicht sitzt Georg Feger ja ebenso arglos irgendwo in seinem Häuschen im Grünen und schaut den Kindern seiner Kinder beim Spielen zu.«

»Oder auch nicht.« Annemie schob mit Schwung die Schublade zu. »Deswegen werde ich ihn finden.« Sie wandte sich zur Treppe.

»Wo wollen Sie hin?«, fragte Farin und folgte ihr. »Es ist schon nach neun.«

»Georg Fegers Adresse finden.« Sie blieb stehen, als aus dem Café erneut heftiges Fauchen und Knurren zu hören war. »Sie bleiben hier, fangen die beiden Kater ein und sperren sie in verschiedene Zimmer. Versuchen Sie, sie mit Leckerchen zu locken. Bei Belmondo funktioniert das immer.«

Es schneite wieder. Annemie zog ihren Schal enger um den Hals und vergrub die Hände tief in den Manteltaschen. Hätte sie doch nur ihre Handschuhe mitgenommen. Sie wandte sich nach rechts und steuerte mit hochgezogenen Schultern auf ihr Ziel zu. So weit war es nicht, sie würde schon wieder zurück sein, bevor ihre Finger zu Eis erstarrten. Außerdem war sie nicht aus Zucker. Auf den Niedelsinger Straßen war um diese Uhrzeit kaum noch etwas los. Hinter den Fensterscheiben flackerten die Lichter. Die Leute saßen lieber in ihren warmen Stuben und schauten fern oder bewunderten ihre weihnachtlichen Dekorationen. Neben unzähligen Lichterketten, die in unterschiedlichsten Rhythmen und Farben blinkten, und Kerzenleuchtern mit echten und unechten Kerzen entdeckte Annemie sogar zwei komplett geschmückte Weihnachtsbäume auf ihrem Weg.

»Hier müsste sie aber sein.« Irritiert blieb Annemie stehen und schaute sich um.

An dieser Ecke hatte sonst immer eine Telefonzelle gestanden. Doch wo früher das zunächst postgelbe und später pinke Häuschen seinen Platz gehabt hatte, stand nun ein Fahrradständer mit einer Reklame für Autoreifen. Annemie überlegte kurz, dann fiel ihr ein anderer Standort ein, an dem sie fündig werden könnte, und sie machte sich sogleich auf den Weg. Der Schneefall wurde dichter, die dicken Flocken verschluckten allmählich jedes Geräusch. Annemie hörte nur ihre eigenen Schritte, ihre Sohlen, die im Schnee knirschten. Sie sog die kalte, klare Luft durch die Nase und stieß sie in kleinen Wölkchen wieder aus. Wie herrlich das war. Warum nur hatte sie sich in den letzten Jahren in ihrem Haus verschanzt? Sie mummelte sich tiefer in ihren Mantel und ging schneller. Sie freute sich. Auch wenn ihre dreiundsechzig Jahre nicht spurlos an ihr vorübergegangen waren – ganz zum alten Eisen zählte sie anscheinend noch nicht. So einen Fußmarsch bewältigte sie ohne Probleme.

Ihr Elan ließ schlagartig nach, als auch an der zweiten Stelle, an der in ihrer Erinnerung eine Telefonzelle stand, keine Spur mehr davon zu finden war. Waren denn alle Telefonzellen verschwunden? Vermutlich brauchte sie niemand mehr, weil ja alle Welt so ein Mobiltelefon besaß. Wie um alles in der Welt sollte sie nun Fegers Adresse rausfinden?

»Aller guten Dinge sind drei, Annemie«, sagte sie zu sich selbst, machte auf dem Absatz kehrt und marschierte weiter in Richtung Niedelsinger Busbahnhof. Wo, wenn nicht dort, so glaubte sie, würde sie endlich fündig werden.

Nach weiteren zehn Minuten strammen Gehens war ihr nicht nur warm, sondern auch bewusst, dass sie für den Rückweg mindestens eine halbe Stunde benötigen würde. Hoffentlich kam Farin mit den Katern klar, und die drei zerlegten nicht noch den Rest der Caféeinrichtung.

»Na also.« Annemie blieb stehen und verschnaufte für einen Moment, als sie den Busbahnhof erreichte und von Weitem die beleuchtete Telefonzelle erblickte. Es war zwar kein Häuschen mehr, wie sie es kannte, sondern nur eine Säule mit einem halbherzigen Dach darüber, aber immerhin, es war ein Telefon.

Doch je näher sie kam, umso pessimistischer wurde sie. An der schmalen Säule prangte ein pinkfarbener Hörer neben dem Tastenfeld, ansonsten herrschte edelstahlglänzende Leere. Kein Telefonbuch weit und breit.

»So ein Mist.« Annemie ärgerte sich. »Hat wieder irgendein Kerl die Bücher abgerissen, und ich alte Frau stehe jetzt dumm da.« Plötzlich fror sie. Die Kälte kroch ihre Beine entlang nach oben bis in ihren Nacken. Alle Freude an dem nächtlichen Spaziergang war von einer Sekunde auf die andere verschwunden. Sie spürte wieder jeden einzelnen Knochen, und ihre Füße fühlten sich an wie eingeweichte Milchbrötchen. Ob Farin sie vielleicht abholen konnte? Vergeblich wühlte sie in ihren Taschen nach Kleingeld. »Was dich nicht umbringt, härtet ab, Annemie«, ermahnte sie sich selbst, um im nächsten Moment peinlich berührt zu bemerken, dass sie es laut ausgesprochen hatte. Vielleicht waren die einsamen Spaziergänge doch keine so gute Idee, wenn sie jetzt schon anfing, Selbstgespräche zu führen.

Ein Bus hielt neben ihr. Zischend öffneten sich die Türen.

»Hallo, Frau Engel. Kann ich Ihnen irgendwie helfen?«

Annemie fuhr herum. Neben ihr stand Leo Holtkamp in voller Weihnachtsmannmontur. Bart und Mütze hingen zwar etwas schief in seinem Gesicht, so als hätte er sie hastig aufgezogen, aber ein langer Arbeitstag ging auch am Weihnachtsmann nicht spurlos vorüber.

»Ich habe mich noch mit ein paar Freunden getroffen«,

erklärte er ungefragt, weil er wohl ihren überraschten Blick bemerkte. »Deswegen ist es heute etwas später geworden.« Er musterte sie von oben bis unten. »Und was treibt Sie um diese Zeit auf die winterlichen Straßen?«

»Ich war auf der Suche nach einer Telefonzelle.« Mehr musste sie ihm nicht verraten. Auch wenn er sich freundlich um sie bemühte, verspürte sie keinerlei Lust auf ein längeres Gespräch mit ihm. »Aber ich habe kein Kleingeld.«

»Daran soll es nicht scheitern.« Leo Holtkamp griff in die Taschen seines Kostüms, und zum Vorschein kam eine kleine Münzsammlung.

»Danke.« Annemie warf eine Münze ein und wählte ihre Nummer. Das Freizeichen erklang, doch auch nach dem zehnten Klingeln nahm niemand ab. Annemie legte verwundert auf. Farin war doch im Haus. Trotzdem ging er nicht ans Telefon. Was sollte sie jetzt machen? Er hatte zwar ein Handy, aber diese Nummer kannte sie nicht.

»Keiner da?«, erkundigte sich Leo Holtkamp. Annemie schüttelte den Kopf.

»Dann mache ich mich eben zu Fuß auf den Weg.« Sie nickte Leo Holtkamp zu und wandte sich ab.

»Warten Sie, Frau Engel. Sie wollen doch bei diesem Wetter und um diese Uhrzeit nicht zu Fuß gehen?«

»Ich bin auch zu Fuß hierhergekommen.«

»Ich spendiere uns ein Taxi«, bot Leo Holtkamp an. »Ich habe auch keine Lust mehr, noch zu Fuß zu gehen. Ich war heute lange genug auf den Beinen.«

»Aber ...«

»Keine Widerrede, Frau Engel.« Leo Holtkamp hakte sie unter und zog sie mit sich zum Taxistand. Er hielt ihr die Tür zu den Rücksitzen auf, nahm selbst auf dem Beifahrersitz Platz und fragte Annemie nach ihrer Adresse. Er lachte sein dröhnendes »Hohoho«. »Wir wollen auf gar keinen Fall, dass Sie uns noch erfrieren oder verloren gehen. Das kann der Weihnachtsmann doch nicht zulassen.«

Kapitel 12

Annemie bedankte sich bei Leo Holtkamp, stieg aus und eilte zur Haustür. Natürlich hatte sie ihm während der Fahrt mehrfach versichert, gleich morgen früh ihre Schulden zu bezahlen. Genauso oft hatte er ihr widersprochen und gemeint, das sei doch nicht der Rede wert. Seinen letzten Kommentar ließ Annemie unerwidert und beschloss, ihn zur Not mit Naturalien zu entlohnen. Sie konnte nicht leugnen, dass ihr seine Initiative sehr lieb gewesen war. Von allein wäre sie nicht auf die Idee mit dem Taxi gekommen, sondern durch den Schnee nach Hause gestapft. Sie schloss die Tür auf und lauschte ins Haus. Obwohl die Lichter im Flur und im Treppenhaus hinunter zur Backstube brannten, war es still.

»Hallo?«, rief sie und horchte erneut. Statt einer Antwort vernahm sie ein heftiges Kratzen an einer der Türen im ersten Stock. »Herr Farin?«

Es kam noch immer keine Antwort. Nur das wilde Kratzen wiederholte sich. Belmondo schaute um die Ecke am oberen Ende der Treppe, blieb aber vor der Zimmertür sitzen.

»Ist Engelbert in dem Zimmer eingesperrt?«, fragte sie den Kater. Belmondo rührte sich nicht, aber Annemie hätte schwören können, einen Ausdruck von Schadenfreude in seiner Mimik zu entdecken. Also hatte Farin Engelbert von Adel eingefangen und in Sicherheitsgewahrsam genommen. Gut. Aber wo war Farin Said? Annemie rief erneut nach ihm. Als bis auf die Geräusche des randalierenden Engelbert alles still blieb, zog sie ihren Mantel aus und hängte ihn sorgsam an die Garderobe. Sie nahm eine ausgelesene »Bäckerblume« aus dem Altpapiersammelkorb, riss einzelne Seiten heraus und stopfte ihre nassen Schuhe damit aus, bevor sie sie in der Nähe der Heizung abstellte.

Dann ging sie zum Café, aber auch hier war er nicht.

Ob er noch einmal weggegangen war? Aber zu wem?

Annemie stöhnte innerlich auf. Das fehlte noch, dass sie

sich jetzt sogar Sorgen um den jungen Mann machte. Er war ein freier Mensch und konnte weggehen, wann und wohin er wollte. Er war ihr keine Rechenschaft schuldig. Sie löschte das Licht und stieg zu ihren Räumen hinauf. Sie setzte sich in ihren Ohrensessel. Morgen würde wieder ein anstrengender Tag werden, und sie hatte eine Menge vor. Zwar wusste sie noch nicht, wie sie nun an ein Telefonbuch kommen sollte, um Georg Fegers Adresse herauszufinden, aber so schnell gab sie nicht auf.

Eine Hand an ihrer Schulter weckte sie auf.

»Was?« Erschrocken fuhr sie hoch.

»Entschuldigung. Ich bin es nur.« Farin zog seine Hand zurück und trat einen Schritt nach hinten. »Ich wollte nur sicherstellen, dass es Ihnen gut geht. Wo waren Sie? Ich habe mir Sorgen gemacht.«

»Ich habe einen kleinen Spaziergang unternommen.«

»Einen Spaziergang? Um diese Uhrzeit?« Er zeigte zum Fenster. »Bei dem Wetter?«

»Warum nicht?« Annemie stutzte. »Sie haben sich Sorgen um mich gemacht?« Gegen ihren Willen war Annemie gerührt.

»Als Sie nach einer Stunde noch nicht wieder da waren, bin ich losgezogen und habe Sie gesucht.«

»Oh.« Sie richtete sich in ihrem Sessel auf. Hatte sie etwa geschlafen? Sie räusperte sich. »Das ist sehr nett.«

»Ja. So bin ich nun mal.« Farin lehnte sich an den Türrahmen. »Wo waren Sie denn?«

»Ich wollte Fegers Adresse herausfinden.«

»Nachts? Allein? Im Schneesturm?«

»So wild war das Wetter ja nun auch wieder nicht. Jedenfalls nicht, als ich losgegangen bin. Aber ja. Genau das hatte ich vor.«

»Und wie genau wollten Sie das machen?«

»Ich wollte im Telefonbuch nachsehen. Aber leider gibt es keine Telefonzellen mehr, und als ich endlich eine gefunden hatte, hatte irgendein Vandale die Bücher herausgerissen.«

»Es gibt keine Telefonbücher mehr an öffentlichen Telefonen.«

»Nicht? Und wie bitte soll man dann Nummern herausfinden?«

Farin zog sein Mobiltelefon aus der Hosentasche und trat neben den Ohrensessel.

»Hiermit.« Er hielt es hoch. »Telefonnummern findet man im Internet.« Er tippte darauf herum. »Wie heißt der, den Sie suchen? Georg Feger?«

Annemie nickte.

»Es gibt keinen Georg Feger. Weder in Niedelsingen noch in Glimberg.« Er verzog bedauernd den Mund. »Wäre vermutlich auch zu einfach gewesen.«

»Das haben Sie jetzt alles so schnell mit Ihrem Telefon herausgefunden?«

»Mit meinem Internetzugang auf dem Smartphone. Ja.« Er ging neben den Sessel in die Hocke.

Interessiert beugte sich Annemie näher heran und sah auf das Anzeigenfeld des Telefons. Sie blinzelte, kniff die Augen zusammen und entfernte sich wieder.

»Das ist viel zu klein für mich. Die Schrift ist ja nicht größer als Krümel auf der Anrichte. Das kann ich nicht lesen.«

»Warten Sie einen Augenblick.« Farin drückte ihr das Handy in die Hand und lief nach unten. Annemie nahm es, hielt es aber in spitzen Fingern wie einen heißen Krapfen, der frisch aus dem Öl gekommen war, bis Farin wieder zurückkam. In den Händen hielt er einen tragbaren Computer, wie Annemie ihn schon oft im Fernsehen gesehen hatte. Farin stellte das Gerät auf Annemies niedrigen Wohnzimmertisch und suchte eine Steckdose für den Stromanschluss.

»Es dauert einen Moment, bis der Laptop hochgefahren ist. Wie lautet denn Ihr WLA–« Er brach ab, schaute kurz zu ihr hoch und schüttelte den Kopf. »Ach, vergessen Sie's.«

Wieder lief er nach unten, und als er diesmal zurückkam, hielt er ein dünnes Kabel in der Hand, mit dem er den Computer mit seinem Handy verband.

»So. Dann legen wir mal los.« Er setzte sich auf den Boden neben Annemies Sessel und tippte die Worte »Bankraub« und »Feger«. Auf dem Bildschirm erschien eine Liste mit blauen Schlagzeilen. Annemie beugte sich vor.

»Stahlnetz: Der erste Straßenfeger«, las sie laut und lächelte. »Ich erinnere mich. Mein Vater liebte diese Krimiserie. Mit Georg Feger hat das aber nichts zu tun. Ins Fernsehen haben die drei es nicht geschafft.«

Farin versuchte es erneut. Diesmal gab er zusätzlich noch »Niedelsingen« und »Glimberg« ein.

»Oh.« Überrascht richtete Annemie sich auf. Ein deutlich jüngerer Harald schaute ihr entgegen. Daneben Horst Krey. Außerdem gab es ein Bild von der überfallenen Bankfiliale und zu ihrem Erstaunen auch eines von der Konditorei. Allerdings war auch das bereits älter. Die Konditorei und das Café waren darauf noch in Betrieb. Die Berichterstattung damals war einer der Gründe gewesen, warum sie beides geschlossen hatte. Die Leute waren aus Sensationsgier gekommen und nicht, um etwas bei ihr zu kaufen.

»Das bringt uns aber auch nicht weiter«, erläuterte Farin und tippte erneut etwas ein. Diesmal nur den Vor- und Zunamen. Wieder erschienen Fotos von Männern. Einige in Schwarz-Weiß, einige in Bunt.

»Erkennen Sie Georg Feger auf einem der Bilder?«, wollte Farin wissen. Annemie beugte sich wieder vor und blinzelte. Sie betrachtete die Fotos der Reihe nach.

»Ich habe ihn ja nur in Erinnerung, wie er damals ausgesehen hat. Und von denen sieht keiner so aus, als ob er das sein könnte.«

Farin klickte mit dem kleinen weißen Pfeil auf etwas, das aussah wie ein Karteikartenreiter, und wechselte so die Ansicht auf dem Display. Wieder erschien eine Liste. Diesmal beinhaltete sie den Hinweis auf Georg Feger im Telefonbuch. Ein weiterer Klick, und sechs verschiedene Adressen wurden gezeigt. Keine davon in Niedelsingen oder Glimberg.

»Vielleicht ist er ja doch nicht wieder da.« Annemie war enttäuscht. Sie hatte sich das deutlich einfacher vorgestellt.

»Oder er hat bloß kein Festnetztelefon beziehungsweise keinen öffentlichen Eintrag im Telefonbuch. Womöglich lebt er bei jemand anderem«, ergänzte Farin.

»Schauen Sie in Ihrem Internet doch bitte mal nach der Gastwirtschaft Alois Feger in Glimberg«, bat Annemie. »Die gehörte Georgs Vater.«

»Da kommt nichts.«

»Geht es auch, die Adresse Glimberger Hauptstraße 13 zu überprüfen?«

»Klar. Da gibt es noch eine Kneipe namens ›Das Bauhaus‹.«

»Können Sie sehen, wem die Kneipe gehört?

»Im Impressum ist eine Irmgard Schwarz als Geschäftsführerin eingetragen.« Farin zeigte auf einen Eintrag am unteren Rand des Bildschirms.«

»Irmchen. Georg Feger hatte eine Schwester, die so hieß. Vielleicht ist sie das?« Zufrieden lehnte Annemie sich in ihrem Sessel zurück. Sofort sprang Belmondo auf ihren Schoß. »Sehr gut, Herr Farin. Sehr gut«, murmelte sie.

Farin Said klappte den Laptop zu und stand vom Boden auf. »Sie kommen mir aber bitte nicht auf die Idee, da allein hinzufahren, Frau Engel.«

»Natürlich nicht.« Sie lächelte. Gedankenverloren kraulte sie Belmondo, bis der laut zu schnurren begann. »Natürlich nicht.«

Kapitel 13

»Fertig.« Farin schloss die Transportbox und klatschte in die Hände. »Wir werden immer besser.« Er schaute auf die Uhr, die über dem Eingang der Backstube hing. »Und schneller. Ich bin gespannt, wie den Leuten die neuen Marzipanträumchen und die salzigen Erdnuss-Schoko-Pfötchen schmecken werden.« Er stapelte zwei Boxen aufeinander und trug sie zur Treppe. Annemie strich ihren Kittel glatt und überprüfte in Gedanken noch einmal, ob sie wirklich alles erledigt hatten. Sechs verschiedene Plätzchensorten und die Vorbereitungen für einen Lebkuchenteig, aus dem Farin morgen Herzen backen würde, die er mit Sprüchen und Motiven verzieren wollte. Neben »Frohes Fest«- und »Fröhliche Weihnachten«-Motiven hatte er auch andere Sprüche vorgeschlagen. Von »Mein Engelchen«, »Mein Stern am Weihnachtshimmel« und »Du Weihnachtsmann« bis hin zu »O du fröhliche« reichten die Ideen. Wobei letztere zu einer ihrer Gesangseinlagen geführt hatte, weil Farin unbedingt ein deutsches Weihnachtslied komplett singen können wollte. Bei dem einen war es nicht geblieben, und jetzt hatte er gute Voraussetzungen, um bei Friedeberts Gesängen textsicher mit einstimmen zu können. Die neue Idee mit den Herzen gefiel Annemie ausgesprochen gut, und nach ihren Erfahrungen mit den Kunden in den letzten Tagen glaubte sie auch an einen echten Erfolg. Nur bei dem Vorschlag »Wenn das fünfte Lichtlein brennt, dann hast du Weihnachten verpennt« hatte sie gestreikt. Zumal der Spruch vermutlich sowieso zu lang war, um Platz auf einem Lebkuchenherzen zu finden.

»Fertig«, bestätigte sie, schob das letzte gesäuberte Backblech wieder an seinen Platz und gähnte. In der letzten Nacht hatte sie sehr schlecht geschlafen. Wilde Träume von Computern, dem Internet und immer wieder Georg Feger hatten ihren Schlaf gestört, bis sie schließlich eine Entscheidung getroffen hatte. Irgendwann war sie erneut aufgewacht, weil sie glaubte, die

Haustür klappern zu hören. Sie hatte sich aber schnell wieder beruhigt, weil sie sich erinnern konnte, wie jeden Tag vor dem Zubettgehen dreimal abgeschlossen und den Riegel vorgeschoben zu haben. Sicher hatten die Kater den Lärm verursacht. Annemie wischte ihre Hände an ihrem Kittel ab und sah nun ebenfalls zur Uhr. Farin hatte recht, sie waren schneller geworden. Und nachdem der Stand repariert war, gab es heute auf dem Markt nichts vorzubereiten. »Wir müssen erst in drei Stunden los. Meinen Sie, ich schaffe noch einen kurzen Besuch beim Arzt?« Sie bemühte sich, möglichst beiläufig zu klingen. Farin sollte nicht merken, was sie wirklich vorhatte, nachdem sie ihm gestern versprochen hatte, nicht auf eigene Faust zu handeln. Aber sie hatte es sich anders überlegt. Sie wollte ja nur mal nachschauen, ob Georg Feger vielleicht bei seiner Schwester Unterschlupf gefunden hatte. Mehr nicht. Nur gucken.

»Sind Sie krank?« Über den Rand der Transportboxen hinweg schaute er sie besorgt an. »Haben Sie sich gestern Abend erkältet?«

»Nein, nein. Alles ist gut.« Sie überlegte kurz. »Ich muss nur ein neues Rezept abholen.« Ja, das war eine gute Ausrede. Frauen in ihrem Alter hatten eine Menge Malaisen, das würde sie einem jungen Mann gegenüber nicht in Erklärungsnot bringen. Demonstrativ rieb sie sich den Rücken. »Ich komme von dort aus direkt zum Markt.«

»Alles klar.« Farin trug den ersten Schwung Boxen nach oben in den Flur und machte direkt kehrt, um die restlichen zu holen. Sie folgte ihm nach oben, nahm Mantel, Schal und Mütze von der Garderobe und zog alles an. »Soll ich Sie nicht lieber zum Arzt fahren?«, bot er an, als er hochbeladen wieder bei ihr ankam.

»Das ist sehr nett, Herr Farin, aber danke nein. Ich laufe dorthin. Das wird mir guttun.«

»Dann kann ich mich noch mal ein Stündchen hinlegen. Auch gut.« Farin reckte sich und gähnte.

Annemie schloss die Haustür auf. Ein kalter Wind trieb Schneeflocken ins Haus.

»Okay.« Farin beäugte sie einen Moment lang misstrauisch. »Sind Sie wirklich sicher?«

»Ja. Danke. Ich bin mir sicher.« Erleichtert atmete Annemie aus und trat aus dem Haus. Gerade noch mal gut gegangen. Dann stutzte sie. Hatte sie gestern Abend doch vergessen, den Riegel vorzuschieben?

Eine Stunde später stand Annemie am Bahnhof in Glimberg. Sie war stolz auf sich. Nicht nur, dass sie weniger als eine halbe Stunde für den Fußmarsch bis zum Niedelsinger Busbahnhof gebraucht hatte, sie war auch in der Lage gewesen, aus dem Gewirr von Abfahrtzeiten, Busliniennummern und Ortsnamen auf den Fahrplänen schlau zu werden. Sie schaute sich um. In Glimberg hatte sie sich früher sehr gut ausgekannt. Auch wenn jetzt alles moderner aussah, viel hatte sich nicht verändert. Wenn Annemie sich richtig erinnerte, war die Glimberger Hauptstraße nicht weit entfernt. Sie marschierte los und erreichte zehn Minuten später tatsächlich ihr Ziel.

Die Gastwirtschaft von Georg Fegers Vater Alois war nicht mehr wiederzuerkennen. Annemie kontrollierte dreimal die Hausnummer, um sicherzugehen. Dort, wo früher dunkel gefärbte Butzenscheiben kleine Fenster mehr verdunkelt als erhellt hatten, erlaubte nun eine durchgehende Glasfront den Blick ins Innere eines modern eingerichteten Bistros. Schwarze Lederbänke zogen sich an den Wänden entlang, und auf braunen Naturholztischen lagen einfache weiße Speisekarten. Von der einstmals typischen Kneipe mit Tresen, Barhockern und dem vom Rauch vergilbten Holz an der Decke war nichts mehr übrig geblieben. Das Bistro lag im Dunkeln, nur das schummrige Licht einiger Notleuchten ließ Annemie auch im hinteren Teil des Raumes schemenhaft hochgestellte Stühle und einen vergessenen Putzeimer erkennen. Sie ging zur Eingangstür und rüttelte daran. Verschlossen, was zu dieser frühen Morgenstunde natürlich nicht verwunderlich war. Trotzdem presste Annemie enttäuscht ihre Nase gegen das Glas und klopfte. Vielleicht hatte sie Glück, und eine Putzfrau würde ihr öffnen. Doch nichts rührte sich.

Langsam ging sie an der Glasfront entlang. Rechts neben dem Bistro lag ein Hauseingang. Sie studierte die sechs Klingelschilder mit den verschiedenen Namen. Weder Feger noch Schwarz waren darauf genannt. Warum sollte die Wirtin auch zwingend direkt über ihrem Bistro wohnen? Zwar hatten die Fegers damals in der Wohnung über der Kneipe gelebt, erinnerte sie sich. Aber allem Anschein nach hatte die Tochter auch in dieser Hinsicht Neuerungen eingeführt.

Neben der Haustür befand sich eine Hofeinfahrt mit einem großen Hoftor, das einladend offen stand. Annemie sah nach links und rechts die Straße hinunter, aber außer den Fahrern zweier Autos, die in schnellem Tempo an ihr vorbeifuhren, konnte sie keinen Menschen sehen. Ihr Herz klopfte vor Aufregung. War das schon Hausfriedensbruch, wenn sie ohne Erlaubnis das Gelände betrat? Sie umfasste die Griffe ihrer Handtasche fest mit beiden Händen, holte tief Luft und bog dann so schnell sie konnte in die Hofeinfahrt ein. Wenn sie wirklich etwas herausfinden wollte, musste sie auch etwas riskieren. Und zur Not konnte sie immer noch sagen, sie habe sich verlaufen. Wer in Gottes Namen würde das einer alten Frau wie ihr nicht glauben?

Der Hinterhof war größer, als sie erwartet hatte. Auf der linken Seite rahmte eine Reihe von Fenstern eine Feuerschutztür ein, die vermutlich zum Bistro gehörte. Ein Müllcontainer stand versteckt hinter einem Bretterzaun. Auf der anderen Seite des Hofes ragten Balkone aus Metall aus der Hauswand, die aussahen, als hätte man sie nachträglich angebracht. Annemie fragte sich, welchen Sinn ein winziger Balkon im ersten Stock in diesem dunklen Hinterhof haben sollte. Die Sonne schien hier im besten Fall nur mittags hinein. Vorsichtig ging sie zu den Fenstern auf der Rückseite des Bistros, stellte sich auf die Zehenspitzen und spähte hinein. Sie drückte die Türklinke herunter und rüttelte daran.

»Was machen Sie da, Frau Engel?«

Annemie schrak zusammen und fuhr herum. »Herr Kommissar!« Sie legte eine Hand auf ihre Brust. »Sie haben mich zu Tode erschreckt. Wo kommen Sie denn her?«

»Von dort.« Winfried Freudenruh zeigte vage nach hinten über seine Schulter, auf das Haus mit den angeflanschten Balkonen. »Aber das braucht Sie nicht zu interessieren.« Er musterte sie von oben bis unten. Er trug einen warm gefütterten hellbraunen Trenchcoat, einen karierten Wollschal und eine dicke dunkelbraune Pudelmütze, die er tief ins Gesicht gezogen hatte. »Frau Engel«, sagte er streng, »ich wiederhole mich nur ungern: Was machen Sie hier?«

Annemies Herz schlug wild gegen ihren Brustkorb. Ihr wurde trotz des wiedereinsetzenden Schneefalls warm.

»Ich schaue mich bloß um.«

»Hier?«

»Warum nicht hier?«

»Um diese Uhrzeit?«

»Das ist die Uhrzeit, um die ich Zeit habe.« Fieberhaft überlegte sie, welchen Grund für ihre Anwesenheit sie Freudenruh nennen konnte, wenn er sie fragte.

»Können Sie mir einen Grund für Ihre Anwesenheit nennen?«

»Nein. Äh. Ja.« Annemie klammerte sich an ihre Handtasche wie an einen Anker. »Ich bin auf der Suche nach neuen Räumlichkeiten für ein weiteres Café«, fiel ihr ein.

»Ein weiteres Café?« Freudenruh blieb skeptisch. Annemie erkannte an seiner gesamten Körperhaltung, dass er ihr kein Wort glaubte. »Ihr Besuch hat nicht zufällig etwas damit zu tun, dass die Besitzerin dieses Bistros Georg Fegers Schwester ist?«

»Ach. Ist sie das?« Annemie reckte das Kinn vor. »Das wusste ich nicht.« Immerhin, nicht gelogen, dachte sie und verkniff sich ein Lächeln, weil sie mit ihrer Vermutung über den Verwandtschaftsgrad der Wirtin zu Georg Feger richtiggelegen hatte.

»Hören Sie, Frau Engel. Ich möchte, dass Sie jetzt schnurstracks aus diesem Hinterhof hinausspazieren und sich in den nächsten Bus nach Niedelsingen setzen. Es geht nicht an, dass Sie sich in polizeiliche Ermittlungen einmischen. Das ist viel zu gefährlich.«

»Polizeiliche Ermittlungen?« Annemie straffte den Rücken

und richtete sich zu ihrer vollen Höhe von einem Meter sechzig auf.

»Richtig. Polizeiliche Ermittlungen.« Freudenruh verstummte.

»Sie sind also auf der Suche nach Georg Feger?«

»Das tut nichts zur Sache. Bitte gehen Sie nach Hause und stören Sie hier nicht weiter die Ermittlungsarbeiten, Frau Engel.«

»Ermittlungsarbeiten?« Annemie trat interessiert einen Schritt näher an Kommissar Freudenruh heran, der automatisch einen zurückwich. »Georg Feger war der dritte im Bunde der Bankräuber, zu denen auch mein Bruder gehörte.«

»Der Bankraub ist verjährt.«

»Ich weiß.« Annemie lächelte freundlich. »Trotzdem beschatten Sie ihn, Herr Kommissar. Da brauchen Sie mir nichts vorzumachen. Ich schaue auch ab und zu mal Krimis im Fernsehen. Als alte Frau hat man viel Zeit. Also glauben Sie, dass er etwas mit der Explosion zu tun hat?«

»Das ist hier aber kein Fernsehkrimi. Darüber hinaus glaube ich nicht, ich sammele Fakten. Woran Sie mich gerade sehr entscheidend hindern.« Er wirkte zusehends ungehaltener.

»Aber Georg Feger wohnt hier nicht«, fuhr Annemie ungerührt fort. »Dies ist das Café seiner Schwester.«

»Richtig. Bisher haben wir ihn nicht angetroffen. Es erstaunt mich allerdings, dass Sie wissen, wer hier wohnt oder nicht wohnt. Ich dachte, Sie wären hier, um sich nach neuen Räumlichkeiten umzusehen.«

»Sie haben es mir doch gerade selbst gesagt, Herr Kommissar.« Annemie lächelte süßer, als eine Marzipankartoffel sein konnte. Eine Zornesfalte erschien auf der Stirn des Kommissars.

»Ich kann nur hoffen, dass Sie uns durch Ihr Erscheinen nicht alles verdorben haben. Und jetzt«, er legte ihr eine Hand auf den Rücken und drehte sie mit sanftem Druck in Richtung Ausgang, »gehen Sie bitte und lassen Sie mich hier meine Arbeit machen.«

Annemie nickte. Sie ersparte sich und ihm die Bemerkung,

dass schließlich er auf sie zugekommen war, sie angesprochen und damit das Gespräch in Gang gesetzt hatte. Stattdessen rückte sie ihren Mantel zurecht, hängte sich die Handtasche über den Unterarm und verließ den Innenhof. Sobald sie um die Ecke und außer Sichtweite war, blieb sie erneut vor der Glasfront des Bistros stehen und schaute sich um. Wenn die Polizei Georg Feger suchte, war das Urteil über Harald vielleicht doch noch nicht in Stein gemeißelt. Nachdenklich betrachtete sie den Eingang. Ob es sich lohnen würde, mit Irmchen Schwarz Kontakt aufzunehmen? Von Schwester zu Schwester sozusagen? Versuchsweise drückte sie erneut gegen die Tür.

»Da werden Sie keinen Erfolg haben«, rief jemand hinter ihr. »Die öffnen erst gegen zehn.« Annemie drehte sich um und entdeckte eine Frau in ihrem Alter auf der anderen Straßenseite. Sie trug einen Mantel und hielt einen Schlüsselbund in der Hand. Erst jetzt bemerkte Annemie die Bäckerei im Haus hinter ihr. »Wenn Sie einen Kaffee oder ein kleines Frühstück möchten? Ich bin gleich startklar.« Sie schloss die Haustür neben der Bäckerei auf, betrat den dahinterliegenden Hausflur und winkte Annemie zu sich.

Annemie zögerte. Kommissar Freudenruh hatte ihr ziemlich deutlich gesagt, dass ihre Anwesenheit vor dem Bistro und im Hinterhof nicht erwünscht war. Aber von der Bäckerei gegenüber war nicht die Rede gewesen. Wenn sie bei ihren Nachforschungen schon nicht weiterkam, wollte sie zumindest begutachten, was die Konkurrenz so anbot. Und was sich sonst so ergab. Sie überquerte entschlossen die Straße und folgte der Frau in den Hausflur. An der Seitentür zum Verkaufsraum blieb sie stehen. Eine Minute später flammten im Inneren des Ladenlokals die Lichter auf. Annemie sah, wie die Frau hinter der Verkaufstheke hin und her ging, Bleche mit Brötchen und Gebäck in die Auslagen schob und Brote in die Regale legte. Ein Knopfdruck, und die Lämpchen der Kaffeemaschine leuchteten rot auf.

»Jetzt kommen Sie schon rein – und machen Sie die Tür hinter sich zu. Sonst weht mir der Wind noch die Croissants vom Blech.« Die Frau lachte herzlich und winkte erneut.

Annemie folgte der Einladung. Im Inneren der Bäckerei roch es himmlisch. Mit geschlossenen Augen atmete sie den Duft nach frischem Brot, knackigen Brötchen und süßem Kuchen ein, zu dem sich jetzt noch der Geruch heißen Kaffees gesellte.

»Sie sehen ganz durchfroren aus. Ist ja auch kein Wunder bei dem Mistwetter.« Die Verkäuferin zeigte nach draußen, wo bereits wieder dicke Flocken vom Himmel fielen, in die sich mehr und mehr Regen mischte. »Jetzt trinken Sie erst einmal einen schönen heißen Kaffee. Möchten Sie auch etwas essen? Ein belegtes Brötchen? Oder lieber ein Stückchen Kuchen zum Frühstück? Nehmen Sie doch Platz. Ich komme gleich zu Ihnen.«

»Haben Sie auch Weihnachtsplätzchen?«

»Selbstverständlich.« Die Verkäuferin hob ein Tablett mit kleinen Cellophantüten hoch. »Wir machen noch alles selbst. Keine Backmischungen. Mein Mann steht in der Backstube und ich hier im Laden. Makronen, Kipferl und hier unsere Spezialität: Braune Kuchen mit kandiertem Ingwer. Ein Originalrezept. Die Mutter meines Mannes war Engländerin.« Sie hob eine der Tüten hoch. »Schmecken himmlisch. Wir liefern sie sogar in das Bistro von Frau Schwarz. Sie reicht sie in der Weihnachtszeit zu ihren Kaffeespezialitäten. Ihre Gäste lieben die Braunen Kuchen. Wir kommen mit dem Backen kaum hinterher.«

»Was tun Sie hinein?« Annemies fachliche Neugierde war geweckt.

»Zimt, Nelken, Rübensirup. Und natürlich Ingwer. So genau weiß ich es nicht. Außerdem ist das Rezept natürlich ein Betriebsgeheimnis.« Sie lächelte verschmitzt.

»Ihre Spezialität probiere ich sehr gerne.« Dankend nahm Annemie ihren Kaffee und einen kleinen Teller mit den Keksen entgegen. Vorsichtig biss sie in einen hinein. Es stimmte. Sie waren wirklich ganz ausgezeichnet. Nicht zu hart, nicht zu weich. Der kandierte Ingwer nicht zu süß und mit einer milden Schärfe, die dem Gebäck einen ganz eigenen Reiz verlieh. Sie würde auf jeden Fall ein kleines Tütchen kaufen, um hinter das Geheimnis zu kommen.

War es ratsam, der Frau zu verraten, dass sie selbst vom Fach war? Lieber nicht, entschied Annemie. Wer weiß, was die freundliche Bäckersfrau sonst von ihr dachte. Womöglich warf sie ihr noch Spionage vor. Womit sie ja nicht so ganz unrecht hätte.

»Sie beliefern das Bistro?«, fragte sie beiläufig, nippte an ihrem Kaffee und kam sich mit einem Mal vor wie eine Detektivin auf der Pirsch.

»Jeden Tag. Irmchen bezieht das Brot und etliche Kuchen von uns. Und jetzt in der Vorweihnachtszeit natürlich auch die Plätzchen. Ostern machen wir extra für das Bistro würfelförmige Ostereier aus Marzipan in Rot, Blau und Gelb.« Sie lachte wieder. »Fragen Sie nicht«, ergänzte sie, als sie Annemies irritierten Blick bemerkte. »Das hat was mit dem Motto zu tun. Bauhaus. Das ist irgend so ein Architekturkram, den ich nicht verstehe. Muss ich ja auch nicht, solange Irmchen bloß ihre Würfeleier bei mir bestellt und keine schriftliche Erklärung.«

»Sie kennen die Besitzerin?«

»Wen? Irmchen Schwarz? Natürlich. Seit Ewigkeiten.« Die Bäckersfrau seufzte. »Auch kein leichtes Schicksal, die Arme.«

»Wieso?« Annemie rührte in ihrem Kaffee, der mittlerweile auf Trinktemperatur abgekühlt war.

»Ach, vor vier Jahren ist ihr Mann gestorben. Von einem Moment auf den anderen. Er war noch keine fünfzig. Das Herz. Er musste hinten im Büro die Buchhaltung machen, obwohl vorne die Hölle los war. Rappelvoll, der Laden. Als er sich nach zwei Stunden noch nicht mal einen Kaffee geholt hatte, wurde Irmchen misstrauisch und ist nachschauen gegangen.« Sie hielt inne, schaute zum Bistro hinüber und schüttelte den Kopf. »Furchtbar, die ganze Sache. Irmchen hat ihn gefunden. Er saß an seinem Schreibtisch und war mausetot. Sie haben natürlich den Notarzt alarmiert. Aber da war ihm schon nicht mehr zu helfen.« Die Bäckersfrau riss sich von dem Anblick los und straffte sich. »Tja, was soll man machen. Das Leben muss ja weitergehen. Irmchen hat es ganz allein geschafft. Und das war nicht immer leicht. Das kann ich Ihnen verraten.«

»Hatte sie denn niemanden, der ihr geholfen hat? Freunde oder Verwandte?«

»Für Freunde hat man doch als Selbstständiger keine Zeit. Und Verwandte?« Sie lachte kurz auf. »Irmchen hat einen Bruder, aber der ist ein Hallodri, wie er im Buche steht.«

Sie verstummte, weil in diesem Moment ein Kunde die Bäckerei betrat. Annemie aß einen weiteren Keks und genoss das Aroma auf ihrer Zunge. Das musste sie zugeben. Der Mann der gesprächigen Geschäftsfrau verstand etwas von seinem Handwerk.

»Möchten Sie noch einen Kaffee?«, fragte die Bäckersfrau, nachdem der Kunde mit seiner Brötchentüte den Laden verlassen hatte. Annemie nickte. Sie war gespannt, was sie noch alles erfahren würde, und vergaß darüber ihre Prinzipien.

Vielleicht war es ja gar nicht nötig, sich selbst auf die Lauer nach Georg Feger zu legen. Von hier aus hatte man den besten Logenplatz, um zu beobachten, wer in Irmchen Schwarz' Bistro ein und aus ging. Und weitere Informationen bekam man sozusagen frisch aus dem Ofen. Fragte sich nur, wie sie noch mehr erfahren konnte, ohne dass die Bäckersfrau sich ausgehorcht vorkam und womöglich Kommissar Freudenruh von ihrem Besuch berichtete. Denn dass der irgendwann hierherkam, um sich eine kleine Stärkung zu besorgen, war so gut wie sicher. Niemand konnte dem Duft frischen Gebäcks widerstehen. Schon gar kein Mann auf einsamem Posten.

»Jaja. Geschwister. Da kann ich ein Lied von singen. Mein jüngerer Bruder hat früher auch nur Unsinn im Kopf gehabt und mich den letzten Nerv gekostet.«

»Aber sicher war er nicht so wild wie Irmchens Bruder.« Die Bäckersfrau zog bedeutungsschwanger eine Augenbraue hoch. Sie wartete förmlich darauf, dass Annemie nachhakte.

»Wieso? Was hat er getan?«

»Er hat eine Bank überfallen.« Die Bäckersfrau machte eine dramatische Pause, und Annemie beeilte sich, möglichst beeindruckt auszusehen. »Ist schon Jahre her, aber damals haben natürlich alle darüber geredet.«

»Es ist sicher nicht schön, den eigenen Bruder im Gefängnis besuchen zu müssen.« Ein Gefühl, das sie selbst gut kannte, und der Köder für die Bäckersfrau, mehr Details preiszugeben.

»Gefängnis? Ach, wenn es das mal gewesen wäre.« Sie stützte sich auf der Theke ab und senkte die Stimme. »Er ist der Polizei entwischt. Sie haben nur die anderen beiden erwischt, Georg ist untergetaucht.«

»Mit dem Geld?«, fragte Annemie.

Die Bäckersfrau richtete sich wieder auf. »Irmchen behauptet, nein. Sie sagt, die anderen beiden hätten ihren Bruder übers Ohr gehauen und die Beute versteckt.«

»Immerhin haben die zwei aber ihre Strafe abgesessen, oder nicht?«, wandte Annemie ein und bemühte sich, ihre Verwunderung zu verbergen. »Das muss für deren Familien auch hart gewesen sein.«

»Schon, das heißt aber ja nichts. Selbst wenn sie im Gefängnis waren, können sie doch trotzdem das Geld irgendwo versteckt haben. Irmchen sagt, der eine von denen hat auch eine Schwester. Die müsste mittlerweile über sechzig sein. Sie wohnt völlig vereinsamt in Niedelsingen und spricht mit niemandem mehr. War auch mal Konditorin. Ist wohl ein bisschen …« Sie wedelte mit der flachen Hand vor ihren Augen hin und her.

Annemie hob die Augenbrauen. So sah man sie also. Die verrückte Alte in ihrem Backkeller.

»Was ja vielleicht gute Gründe hat«, sagte sie in schärferem Tonfall, als sie beabsichtigt hatte. Die Bäckersfrau schaute sie verblüfft an, und Annemie schickte schnell ein freundliches Lächeln hinterher, bevor sie ihre letzte Frage stellte: »Ist der Bruder denn jetzt wieder bei ihr?«

»Georg? Der ist …« Die Bäckersfrau unterbrach sich erneut, um einen weiteren Kunden zu bedienen, und es dauerte einige Minuten, bis sie alle seine Wünsche erfüllt, die Brötchen in Tüten verpackt und das Brot geschnitten hatte. »Möchten Sie noch eine Tasse oder lieber zahlen?«, fragte sie Annemie, nachdem sich die Tür hinter dem Kunden geschlossen hatte.

»Zahlen bitte.« Annemie stand auf und nahm ihre Geldbörse

aus der Handtasche. »Bitte auch unbedingt noch ein Tütchen von dem Ingwergebäck. Es ist wirklich sehr lecker.« Sie legte einen Geldschein auf die Theke, steckte ihr Wechselgeld ein und wandte sich zum Gehen. An der Tür blieb sie stehen, eine Hand auf der Klinke, und drehte sich noch einmal um. »Was war denn nun eigentlich mit diesem Georg?«, fragte sie beiläufig, so als wollte sie nur noch das Ende einer spannenden Geschichte wissen.

»Georg? Irmchen sagt, er sei immer noch verschwunden.« Sie schloss die Kassenschublade mit einem Knall. »Aber ich müsste mich schon sehr vertun, wenn ich ihn nicht in der letzten Woche vor dem Bistro hätte herumschleichen sehen.«

Kapitel 14

»Wenn du meinst, du hast für alles eine Lösung, dann erklär mir doch bitte, wie das passieren konnte!«

Annemie hörte das wütende Gebrüll, noch bevor sie ihren Stand erreicht hatte. Als sie um die letzte Ecke bog, erkannte sie Arno Wächter, der mit hochrotem Kopf wild gestikulierend vor Gerburg Manderscheidt-Ziesemanns Woll- und Sockenauslage stand. Gerburg selbst verharrte reglos mit vor den Mund geschlagenen Händen und starrte auf etwas im Inneren des Standes.

»Jetzt sei endlich still und lass mich nachdenken!«, fuhr sie ihn mit einem Mal an. »Du bist nicht der Einzige, dem das passiert ist. Guck dich doch mal um, Arno. Es hat uns fast alle erwischt. In jeder Bude ist etwas kaputt.«

Erst jetzt wurde Annemie klar, was anders war an diesem Morgen. Sie war so in ihre Gedanken und Überlegungen über das, was sie gerade erfahren hatte, versunken gewesen, dass sie nicht bemerkt hatte, was links und rechts um sie herum geschah. Aber jetzt sah sie es. Die meisten der Verkäufer standen in heller Aufregung vor ihren Buden und versuchten, Schäden an ihren Ständen oder Waren zu beseitigen. Jemand hatte in der Nacht auf dem Weihnachtsmarkt gewütet und vieles zerstört. Annemie eilte zu ihrem eigenen Stand, konnte Farin Said allerdings nicht entdecken. Was sie sah, waren die alten Explosionsschäden. Jemand hatte alle neu angebrachten Bretter abgebrochen, die reparierten Dekorationen heruntergerissen, und durch das Holz der Auslage zog sich ein langer Splitterriss, so als hätte jemand dagegengetreten.

»Gut, dass Sie da sind, Frau Engel.« Farin tauchte hinter der Bude auf, beladen mit Brettern und Werkzeug. »Hier, halten Sie mal.« Er drückte ihr eine kleine Schachtel mit Nägeln in die Hand. »Ich hatte das Werkzeug noch im Auto liegen.« Er lehnte die Bretter gegen die Seitenwand. »So kann ich unsere Schäden schnell reparieren und dann den anderen helfen.« Er machte eine Pause. »Wenn es da noch was zu retten gibt.«

»Was um Himmels willen ist denn passiert?« Annemie spürte, wie ihr gerade alles zu viel wurde. Die Hektik, die Aggressionen, die aufgeregten Menschen. Sie drehte sich um die eigene Achse und versuchte zu begreifen. Ihr wurde schwindelig.

»Katastrophe. Das ist passiert.« Gerburg Manderscheidt-Ziesemann trat neben sie. Ihre Hautfarbe hatte sich dem Grau ihrer Haare angeglichen. Sie sah aus wie verdorbener Sauerteig. »Meine ganzen Sachen sind hin. Jemand hat Dreckwasser darübergeschüttet. Nur die Sachen, die ganz oben hingen, sind sauber geblieben. Ich weiß nicht, ob ich das noch mal hinbekomme. Die fertigen Pullis, Schals und Mützen kann ich vielleicht waschen, aber es dauert Tage, bis die Sachen wieder in anständigem Zustand sind. Und die Wollknäuel kann ich nur noch wegwerfen.« Sie griff nach Annemies Hand.

Annemie spürte, wie Gerburg zitterte. Spontan umfasste sie ihre Hand mit beiden Händen und drückte sie. Gerburg nickte, und Annemie erkannte, dass sie mit den Tränen kämpfte.

»Bei vielen ist etwas zerstört worden. Bei Marianne haben sie die Marmeladengläser aufgedreht und den Inhalt verschüttet. Die Holzspielzeuge wurden mit Lack besprüht, und in Thomas' Bienenwachsstand brannten sämtliche Kerzen, als er heute Morgen hier ankam. Fast jeder Stand ist betroffen.«

»Meine Pilzpfanne lag mit einer großen Beule in der Seite auf dem Boden«, mischte sich Arno Wächter ein. »Ich schließe ja immer alles ab und gebe den Schlüssel nicht aus der Hand. Stand, Auto, Vorratskisten. Einfach alles. Aber das hat den Verbrecher anscheinend nicht abgeschreckt.«

»Wer macht so etwas?« Gerburg Manderscheidt-Ziesemann hob hilflos die Schultern. »Und warum?«

»Blanke Zerstörungswut.« Arno Wächter trat nach einem auf dem Boden liegenden leeren Pappkarton. »Sinnloser Vandalismus.«

»Hat jemand die Polizei gerufen?«, wollte Annemie wissen.

»Nichts hat sie getan, unsere tolle Vorsitzende. Nichts, außer Löcher in die Luft zu starren.« Arno Wächter verschränkte die Arme vor der Brust.

»Natürlich habe ich angerufen.« Gerburg Manderscheidt-Ziesemann schüttelte fassungslos den Kopf. »Wieso sollte ich nicht? Sie müssten gleich hier sein.«

»Guten Morgen, Gerburg.« Corinna Heßler kam zügig, aber ohne jede Hektik durch den Gang auf sie zu. »Ich habe dich bereits gesucht. Ich wollte dir mitteilen, welche Hilfsmaßnahmen ich eingeleitet habe. Es geht ja nicht, dass hier alles zum Erliegen kommt. Bald wimmelt es hier von Besuchern, und wir wollen die Einbußen für die Geschäftsleute so gering wie möglich halten.«

»Du hast Maßnahmen eingeleitet?« Gerburg starrte Corinna Heßler mit offenem Mund an. Es dauerte zwei Sekunden, bis sie sich und ihre Mimik wieder unter Kontrolle hatte.

»Ja, natürlich. In Krisensituationen muss man schnell und effizient handeln. Zum Nutzen aller. Da bringt es nichts, wenn man wie ein aufgescheuchtes Huhn in der Gegend herumläuft.«

»Aufgescheuchtes Huhn?«, echote Gerburg Manderscheidt-Ziesemann empört. »Unverschämt!«

Arno Wächter gab glucksende Geräusche von sich. Annemie war nicht sicher, ob er lachte oder Spott versprühte.

»Ich habe ja nicht von dir gesprochen.« Corinna Heßlers Gesichtsausdruck strafte ihre Worte Lügen. In einer Mischung aus Häme und Mitleid betrachtete sie Gerburg Manderscheidt-Ziesemann. Die rang um Fassung.

»Welche Maßnahmen haben Sie denn eingeleitet?«, erkundigte sich Gerburg Manderscheidt-Ziesemann mit beherrschter Stimme, aber Annemie fiel der Wechsel zum förmlichen Sie auf. Sie musste wirklich sehr aufgebracht sein, wenn sie Corinna Heßler nicht mehr duzte.

»Nun. Erst einmal habe ich einen Trupp Handwerker organisiert, der hilft, die gröbsten Schäden zu beseitigen. Sie haben einen Gang weiter bereits angefangen. Dann einen Müllcontainer bestellt, in dem die Sachen entsorgt werden können, die nicht mehr zu retten sind. Zwei meiner Leute sind gerade dabei, Mülltüten zu verteilen. Außerdem habe ich mit zwei privaten Wachdiensten telefoniert, damit sie mir ein Angebot machen. Ich denke, heute Nachmittag können wir entscheiden, welchen wir nehmen.«

»Sie haben einen privaten Wachdienst kontaktiert, der hier ständig im Einsatz sein soll?« Gerburg Manderscheidt-Ziesemann zog an beiden Enden ihres Schals, als wollte sie Corinna Heßler damit erwürgen. »Und wer, bitte schön, soll das bezahlen? Und den Müllcontainer? Sie etwa?«

»Die Kosten müssten diesmal natürlich aus der Vereinskasse beglichen werden. Bei ›Glockenklingen in Niedelsingen‹ wären solche Serviceleistungen selbstverständlich inklusive.«

»Aus der Vereinskasse?«

»Frau Manderscheidt-Ziesemann«, hob Corinna Heßler an, nun ebenfalls das förmliche Sie bemühend, und Mitleid troff aus jedem ihrer Worte. »Wenn Sie zu nichts anderem in der Lage sind, als ständig wie ein Echo meine Worte zu wiederholen, kommen wir hier nicht weiter. Nicht mit Ihnen.« Sie sah sich um. Mittlerweile hatten sich einige der Standbesitzer um die kleine Gruppe geschart und verfolgten interessiert den Streit der beiden Frauen. »Ich schlage vor, dass ich vorübergehend das Heft in die Hand nehme, mich um alles kümmere und für die Geschäftsleute rette, was zu retten ist. Sie«, mit erhobener Hand stoppte sie Gerburgs versuchten Einwand, »brauchen alle Kraft, um Ihre eigenen Waren wieder auf Vordermann zu bringen.« Corinna Heßler wartete Gerburgs Antwort nicht ab, sondern nickte knapp in die Runde, drehte sich auf dem Absatz um und eilte den Gang hinunter.

»Sie hat recht«, ließ sich Arno Wächter vernehmen. »Es ist besser, wenn du ihr das überlässt, Gerburg. Sie hat es einfach besser im Griff, wie man sieht. Dein Gemauschel bringt doch nichts. Am besten ist es überhaupt, wir nehmen Corinnas Angebot an und lassen hier ganz neuen Wind rein. ›Glockenklingen in Niedelsingen‹ ist doch ein super Motto. Das wird den Leuten gefallen, sie werden kommen und kaufen. Das ist es doch, was wir wollen, oder nicht?« Er hatte seine Stimme erhoben, und einige der Umstehenden nickten zustimmend. »Vor allem hat das Ganze hier dann mal eine professionelle Führung. Nicht so ein undurchsichtiges Rumgewurschtel.«

»Genau. Ich finde es sowieso nicht gut, dass wir nicht mitbestimmen dürfen, was die wichtigen Dinge auf dem Markt angeht. Du entscheidest das alles immer allein, Gerburg«, mischte sich jetzt auch Dora Senne ein.

»Und überhaupt, wo wir eben von den Finanzen sprachen. Wie steht es denn eigentlich darum? Du hältst ja alles unter Verschluss.« Friedrich-Thomas Pölken schob die Hände in die Taschen seines weißen Kittels, den am unteren Rand einige Bratenfettspritzer verunreinigt hatten, und kniff die Augen zusammen.

Gerburg Manderscheidt-Ziesemann holte tief Luft. Annemie spürte, wie ein Ruck durch ihren Körper ging und sie sich straffte. »Seid ihr jetzt fertig?«

Ihre Stimme klang ruhig und leise, aber Annemie hörte die Anspannung dahinter. Bereits bei ihrer ersten Begegnung hatte ihr Gespür sie vor den Niedel-Singers gewarnt. Aber das hier war die reinste Hetzjagd. Wie nannte man das noch einmal auf Neudeutsch? Mobbing? Unwillkürlich rückte sie näher an Gerburg Manderscheidt-Ziesemann heran, um ihr den Rücken zu stärken.

»In eurer Erinnerung sind die Tatsachen wohl ein bisschen durcheinandergewirbelt, wie es aussieht«, sagte Gerburg nun. »Oder wie könnt ihr sonst solche Behauptungen aufstellen?« Ihr Ton war schneidend. Von der lustigen Vielrednerin, als die Annemie Gerburg Manderscheidt-Ziesemann kennengelernt hatte, war nicht mehr viel übrig geblieben. Die Ansagen kamen sehr deutlich. »Was ihr ›ein undurchsichtiges Rumgewurschtel‹ nennt, ist eine ganze Menge Arbeit. Oder glaubt ihr, so ein Verein führt sich von selbst? Ihr habt doch keinen blassen Schimmer von dem, was da wirklich alles anfällt. Im Übrigen ist jede einzelne Entscheidung, die zu treffen ich befugt bin, da ihr mich einstimmig zu eurer Vorstandsvorsitzenden gewählt habt, in den Protokollen nachzulesen, die an die Mitglieder verschickt werden. Genau wie die Verwendung der Gelder.« Sie wandte sich an Friedrich-Thomas Pölken. »Auf der letzten Vereinsversammlung gab es einen ausführlichen Finanzbericht, den man im Übrigen auch zu jeder anderen Zeit hätte einsehen können, wenn man das denn gewollt hätte. Und du möchtest gerne mehr Mitbestimmung, liebe Dora? Kein Problem. Dann komm in den Vorstand, und du kannst so viel mitbestimmen, wie du möchtest. Oder hattest du die Vorstellung, dass wir sämtliche Entscheidungen auf der jährlichen Versammlung treffen, wo alle, die sich überhaupt hinbequemen, nur so schnell wie möglich wieder wegwollen, weil der ganze Kram sie gar nicht wirklich interessiert, solange der Laden gut läuft?« Sie schüttelte sich. »Und denkst du wirklich, dass, wenn Corinna Heßler erst mal das Sagen hat, du wirklich noch ein Krümelchen zu melden hast? Dann wirst du erst recht alles vorgesetzt bekommen und hast nur noch eine Wahl, nämlich mitzumachen oder zu gehen.«

»Gerburg?« Annemie legte ihr eine Hand auf den Arm. Es erschien ihr richtig, in die vertraute Anrede zu wechseln, um ihre Verbundenheit auszudrücken. »Gerburg«, wiederholte sie, als Gerburg Manderscheidt-Ziesemann beim ersten Mal nicht reagierte. »Ich verstehe, wenn dich das aufregt, aber es bringt uns jetzt nicht weiter.«

»Richtig. So ein hysterisches Gerede bringt uns wirklich nicht weiter.« Arno Wächter grinste. Annemie musterte ihn ärgerlich.

»Herr Wächter, Sie sollten sich zurückhalten. Ihre Attacken sind so überflüssig wie Sahne auf einer Buttercremetorte. Und offenbar beruhen sie auch noch auf falschen Annahmen, wie Gerburg gerade richtiggestellt hat.«

Annemie horchte in sich hinein. Was tat sie da? War sie von allen guten Geistern verlassen? Hatte sie sich wirklich gerade mit Arno Wächter und seinen Freunden angelegt? Und wollte sie wirklich das tun, was gerade als Idee in ihr wuchs? Corinna Heßlers Aufritt hatte ihr klargemacht, warum Harald sich so engagiert hatte. Die Frau war eiskalt und berechnend. Sie würde alles tun, um ihren Willen durchzusetzen. Annemie schaute sich um. Was, wenn diese Sache hier auch auf ihr Konto ging? Wenn die Zerstörungen absichtlich geschehen waren, um allen zu zeigen, wer die Organisation des Marktes besser im Griff hatte? Harald hatte recht, wenn er versuchte, diese Entwicklung aufzuhalten. Es ging nicht darum, sich allem Neuen zu widersetzen. Es ging darum, zu verhindern, dass Corinna Heßler es an sich riss.

»Ich halte es für keine gute Idee, uns auf das neue Konzept und eine Zusammenarbeit mit Frau Heßler einzulassen«, hörte sie sich sagen. Sie erschrak im selben Moment, riss sich aber zusammen. Es war gut, wenn sie sich vorwagte. Zu lange hatte sie sich in ihrer Backstube verkrochen und nichts von der Welt draußen mitbekommen wollen. Aber hier ging es um ihre Existenz und um die Existenz der anderen, von denen sie einige wirklich mochte, wie sie verwundert feststellte. Sie, die einsiedlerische Annemie Engel, mochte andere Menschen. Immerhin ein Anfang. Da waren Gerburg und Farin. Und irgendwie mochte sie auch Harald. Und zwar nicht nur, weil es sich so gehörte. Darauf hätte sie gut verzichten können. Nein, sie mochte ihn um ihrer gemeinsamen Kindheit willen und wegen der Nettigkeiten, die er anderen gegenüber an den Tag gelegt hatte.

Annemie schaute in die Gesichter der Menschen, die sie erst seit wenigen Tagen kannte. Die einen mehr, die anderen weniger gut. Aber sie alle hatten eines gemeinsam. Sie waren Teil des traditionsreichen Niedelsinger Weihnachtsmarktes, den es nun zu erhalten und zu schützen galt. »Ist heute Nacht eigentlich irgendwem etwas gestohlen worden?«, wollte sie wissen und sah die Umstehenden der Reihe nach prüfend an. Alle überlegten kurz und verneinten.

»Aber … das bedeutet ja …« Gerburg Manderscheidt-Ziesemann wurde noch blasser, als sie ohnehin schon war.

»Richtig, Gerburg. Genau das bedeutet es. Jemand hatte es ausschließlich darauf angelegt, uns zu schaden, nicht darauf, sich selbst zu bereichern.«

»Aber das macht doch keinen Sinn.« Dora Senne zog verärgert ihre spitze Nase kraus.

»Kommt darauf an, wie man es sieht.« Annemie öffnete den obersten Knopf an ihrem Mantel und lockerte ihren Schal. Ihr wurde langsam warm. »Es wird einige Zeit dauern, bis die Schäden behoben sind. Ware muss ersetzt werden. Die Stände müssen aufgeräumt werden. Das dauert. Und in dieser Zeit können wir nichts verkaufen. Das schadet unseren Geschäften.«

»Noch ein Grund, sich für Corinna Heßlers Konzept zu entscheiden.« Arno Wächter strich sich durch seinen Bart. »Da bräuchten wir uns keine Sorgen zu machen, weil sie den Sicherheitsdienst ja bereits mit eingeplant hat.« Zustimmendes Gemurmel ertönte.

»Was, wenn es genau deshalb passiert ist?«, fragte Gerburg Manderscheidt-Ziesemann leise.

»Du behauptest also, Corinna würde dahinterstecken, sie hätte alles das hier mit Absicht gemacht?« Auf Arno Wächters Schläfe schwoll eine Ader an, und die wenige Haut, die sein Bart frei ließ, wechselte von Rosig zu Rot.

»Ich behaupte nichts. Ich frage. Das war nur laut nachgedacht.«

»Vielleicht solltest du das mit dem Denken lieber sein lassen. Bisher ist da nichts wirklich Gutes bei rumgekommen. Du bist doch nur sauer, weil Corinna die Sache deutlich besser im Griff hat als du. Wilde Vermutungen und Verdächtigungen bringen uns aber nicht weiter.«

»Wer wird verdächtigt?« Winfried Freudenruh näherte sich der Gruppe in Begleitung des Uniformierten, der gestern den vermeintlichen Diebstahl von Annemies Börse hatte aufnehmen wollen. Er nickte zur Begrüßung einmal in die Runde. »Eigentlich ist Vandalismus ja nicht mein Bereich, aber ich wollte sowieso herkommen, da sich die Vorfälle hier langsam zu häufen scheinen. Und da habe ich den Kollegen Schmidt kurzerhand begleitet.« Er wies auf einen Polizisten in Uniform, der einige Schritte hinter ihm stand.

Schweigen breitete sich aus. Annemie wechselte einen Blick mit Gerburg Manderscheidt-Ziesemann. Die schüttelte kaum merklich den Kopf. Auch Arno Wächter presste seine Lippen fest aufeinander.

»Keiner möchte etwas sagen?« Freudenruh rieb die Hände aneinander und wandte sich seinem Kollegen zu. »Dann fangen wir am besten mit der Beweissicherung an. Ich gehe mal davon aus, dass Sie alles unverändert gelassen haben, um keine Spuren zu verwischen.«

»Warum hatte Corinna es wohl so eilig mit den Aufräumarbeiten?«, fragte Gerburg Manderscheidt-Ziesemann eine halbe Stunde später, nachdem Kommissar Freudenruh und der junge Polizist mit der Beweisaufnahme in ihrer Reihe fertig und weitergegangen waren. »Findest du das nicht seltsam?« Sie hatte alle verschmutzten Strickwerke und Wollknäuel in ihren Wagen geräumt und mit dem, was sauber geblieben war, und neuer Wolle den Stand so gut es ging für die Kunden vorbereitet. Jetzt stopfte sie ein Baumwollknäuel in die Tasche ihres Kleides und begann, an einem neuen Topflappen zu häkeln, während sie zu Annemie herüberschaute.

»Du meinst, sie wollte Spuren verwischen?«

»Was für einen Grund sollte sie sonst haben?«

»Vielleicht wollte sie wirklich nur, dass es schnell weitergeht?« Farin sortierte frisch eingetütete Vanillekipferl in die Auslage. Er war mit den Reparaturen schneller fertig geworden als beim letzten Mal. »Übung macht den Meister«, hatte er nur gemeint, als Annemie ihn dafür lobte.

»Aber ihr müsst zugeben, dass ihr das auffällig gut in den Kram passt, oder etwa nicht?« Gerburg Manderscheidt-Ziesemann erhob sich, sortierte ihre Röcke und kam zu Annemies Stand. Sie senkte ihre Stimme. »Über Nacht wird hier alles zerstört, und sie kann sich am nächsten Morgen als die Retterin in der Not profilieren. Wobei sie natürlich darauf hinweist, dass so etwas unter ihrer Regie gar nicht erst passieren würde, weil sie ja den Sicherheitsdienst schon fest eingeplant hat.«

Annemie betrachtete nachdenklich die Makrönchen.

»Der Verdacht liegt nahe. Da hast du schon recht. Trotzdem wäre ich vorsichtig damit, es laut auszusprechen, bevor du es nicht beweisen kannst.« Sie griff nach der Gebäckzange, suchte ein besonders dickes Makrönchen und reichte es Gerburg. »Hier, nimm. Kokos beruhigt.« Sie legte die Zange zur Seite. »Aber mal angenommen, du hast recht. Ich frage mich trotzdem, wie

Corinna Heßler das alles hätte schaffen sollen. Dazu braucht es Kraft in den Armen.« Sie streckte die Hand nach oben und versuchte vergeblich, eine ihrer Tannengirlanden zu erreichen. »Und eine gewisse Körpergröße. Glaubst du wirklich, sie wäre dazu in der Lage gewesen?«

»Mental sicherlich. Körperlich?« Gerburg Manderscheidt-Ziesemann verstummte. Sie biss in das Makrönchen und verzog genießerisch ihr Gesicht. »Himmlisch«, murmelte sie, kaute und schluckte. »Aber sie muss es doch nicht selbst gemacht haben. Sie könnte jemanden angeheuert haben. So wie den Sicherheitsdienst.« Erwartungsvoll starrte sie auf die Auslage.

Annemie reichte ihr einen weiteren Keks, den Gerburg mit einer leichten Verbeugung annahm. Ganz gegen ihre Gewohnheit pickte Annemie für sich selbst ebenfalls ein Plätzchen heraus. Ein bisschen Nervennahrung konnte in einer solchen Situation nicht schaden.

»Oder es hat ihr jemand geholfen, der sich selbst einen Vorteil davon verspricht. Vielleicht sogar jemand aus unseren Reihen. Ich könnte mir gut vorstellen, dass ...« Gerburg Manderscheidt-Ziesemann unterbrach sich, weil eine Kundin an ihren Stand getreten war. Sie eilte hinüber und war bald darauf in ein Gespräch über die Ereignisse des Morgens und die Schmutzresistenz von Schafwolle im Allgemeinen sowie bei ihren Pullovern im Besonderen vertieft.

Annemie widmete sich wieder ihren eigenen Geschäften. Was, wenn Gerburg richtiglag und Corinna Heßler einen bezahlten Randalierer engagiert hatte?

»Meinen Sie, ich könnte eine kurze Pause machen?« Farin stellte die Vorratskiste, die er gerade aus dem Wagen geholt hatte, vor Annemie auf die Verkaufstheke. »Hier ist so weit alles klar, die Regale sind voll, und noch ist kein allzu großer Besucherandrang. Ich würde gerne für eine Stunde verschwinden.« Er neigte den Kopf zur Seite und bedachte Annemie mit einem Hundeblick und einem strahlenden Lächeln, das sie unwillkürlich erwidern musste.

»Ich komme schon klar. Gehen Sie nur, Herr Farin. Sie sind

auch ununterbrochen im Einsatz, da haben Sie sich die kleine Pause verdient.« Annemie schob die Vorratskiste ein Stück zur Seite und winkte in seine Richtung. »Nun machen Sie schon, dass Sie wegkommen, bevor ich es mir anders überlege.«

Sie schaute ihm hinterher, bis er um die nächste Ecke verschwunden war. Was er wohl vorhatte? Er hatte nichts gesagt.

»Das geht dich gar nichts an, Annemie«, sagte Annemie und bemerkte erst am verwunderten Blick des Mannes, der vor ihrer Auslage stehen geblieben war, dass sie laut gedacht hatte. »Entschuldigen Sie bitte. Normalerweise führe ich keine Selbstgespräche«, erklärte sie ihm lächelnd, aber der Mann behielt seine ernste Miene bei.

»Frau Engel?«, fragte er. »Frau Annemie Engel?«

»Ja, die bin ich.«

»Mein Name ist Michael Köhler. Ich komme von der Sparbank Niedelsingen. Wir hatten Sie angeschrieben und auch schon versucht, Sie telefonisch zu erreichen. Leider ist es uns nicht gelungen. Deswegen dachte ich, ich suche Sie einfach mal direkt auf. Haben Sie vielleicht einen Moment Zeit für mich?« Er hob einen Aktenkoffer hoch und wies auf den Seiteneingang der Hütte. Annemie nickte. Dunkel tauchte ein Brief der Sparbank Niedelsingen in ihrer Erinnerung auf. Sie hatte ihn am Tag der Explosion aus dem Briefkasten genommen, ihn ungeöffnet zur Seite gelegt und vergessen.

»Ich stehe den ganzen Tag auf dem Markt und kann nicht an mein Telefon zu Hause gehen«, erklärte sie ihm, während sie die Seitentür öffnete und ihn hineinbat. Die drei Wände der Hütte boten ein wenig Schutz vor unliebsamen Zuhörern. Denn sie befürchtete, dass das, was Herr Köhler ihr nun mitteilen würde, nicht für fremde Ohren bestimmt war.

»Es tut mir leid, dass ich Sie so überfalle, Frau Engel, aber die Sache duldet keinen Aufschub mehr, auch wenn Sie eine langjährige Kundin sind. Ihr Kreditrahmen bei unserem Institut ist bis auf den letzten Cent ausgereizt. Mehr als die bereits in Anspruch genommenen fünftausend Euro können wir Ihnen nicht zur Verfügung stellen. Leider waren auch die Einzahlungen der letzten Tage nicht sehr vielversprechend, wie ich heute Morgen feststellte. Ich muss Sie also bitten, mit weiteren Ausgaben sehr vorsichtig zu sein.« Er sah sich um. »Gehen die Geschäfte in diesem Jahr nicht so gut?«

»Doch, doch. Wir verkaufen eine Menge«, beeilte Annemie sich zu sagen.

»Gut.« Michael Köhler öffnete seinen Aktenkoffer und nahm eine Visitenkarte heraus. »Bitte kommen Sie doch zu mir, sobald Sie wieder Zeit haben, am besten noch dieses Jahr. Vielleicht finden wir ja eine Lösung für Ihr Problem. Ich möchte nur ungern zur letzten Möglichkeit greifen und den Kredit kündigen, ohne mögliche Alternativen besprochen zu haben.« Er reichte ihr die Karte, schloss den Koffer wieder und verabschiedete sich. Annemie starrte ihm hinterher.

Dass es nicht gut um ihre Finanzen stand, war ihr bewusst, aber bisher war sie der Meinung gewesen, sich gut zu halten, weil sie bescheiden und sparsam wirtschaftete. Wie hatte es nur dazu kommen können? Sie erinnerte sich an einen anderen Brief der Bank von vor etwas mehr als einem Jahr, in dem ihr angekündigt worden war, dass die Auszüge in Zukunft nur noch in der Filiale oder per Internetbanking abgerufen werden konnten. Sie hatte sich fest vorgenommen, die Sache anzugehen, es aber wieder vergessen. Sie vermied es, sich mit Geldangelegenheiten zu beschäftigen, solange sie nicht das Gefühl hatte, über ihre Verhältnisse zu leben. Harald hatte den Großteil ihrer Einnahmen aus dem Verkauf auf das Konto eingezahlt, und nur wenn er für ihren persönlichen Bedarf eingekauft hatte, das Geld mit den Einnahmen verrechnet. Ab und an hatte er ihr etwas Bargeld hingelegt, auch wenn sie fast nie die Gelegenheit bekam, es auszugeben. Im höchsten Fall mal ein Trinkgeld für den Fahrer, der ihr die Backzutaten anlieferte. Annemie spürte, wie ihre Knie weich wurden. Wie sollte sie denn ohne Geld ihre Rechnungen bezahlen? Ohne Strom und Wasser gab es keine Plätzchen. Ohne Plätzchen keinen Verkauf, ohne Verkauf kein Geld. Womit sie wieder am Anfang der Misere stand.

Kapitel 15

»Da kann ich Ihnen unsere veganen Früchte-Fils empfehlen. Mit Datteln, Kirschen und Pistazien. Sehr lecker. Allerdings gibt es die erst morgen wieder. Wenn Sie möchten, lege ich Ihnen welche zurück.« Farin warf seinen ganzen Charme ins Gespräch mit der Kundin, die nicht nur eine Menge kleiner Cellophantütchen mitnahm, sondern zusätzlich eine Bestellung über drei Tütchen Früchte-Fils aufgab, ehe sie glücklich weiterging. Aus seiner Pause war er mit einer ausgesprochen guten Laune zurückgekehrt, die den ganzen Tag über angehalten hatte. Er scherzte mit den Kunden, nahm Annemie alle schweren Arbeiten mit einem fröhlichen Lächeln ab und putzte freiwillig die Auslage. Doch je besser Farins Laune wurde, desto mehr musste Annemie daran denken, dass sie nicht wusste, ob und wie lange sie ihn noch für seine Arbeit bezahlen konnte. Er hatte ihr zwar schon zu Beginn ihrer Zusammenarbeit erklärt, dass sein Lohn von Harald bezahlt wurde, aber auch dieses Konto musste gefüttert werden, damit die Kosten beglichen werden konnten. Und bei der jetzigen Lage standen die Zeichen eher auf trocken Brot denn auf Zuckerguss.

»Früchte-Fils?« Annemie zog eine Augenbraue hoch. »Was soll das sein?«

»Ein Rezept meiner Chaltu, der Schwester meiner Mutter. Als Kind habe ich die geliebt. Ein bisschen abgewandelt funktionieren die hier prima als Weihnachtsgebäck. Ich mache sie morgen früh. Ich muss nur noch ein paar Zutaten dafür einkaufen.«

»Es wäre sehr schön, wenn Sie mich vorher fragen könnten, ob mir das recht ist, Herr Farin. Immerhin ist es meine Backstube. Und ich mag es überhaupt nicht, wenn einfach so über meinen Kopf hinweg bestimmt wird.« Annemie stützte sich auf die Verkaufstheke. Für eine neue Gebäcksorte hatte sie gerade weder die Nerven noch das Geld.

Farin schob nachdenklich die Lippen vor. »Die Zweige

geben Kunde von der Wurzel«, sagte schon der dritte Bruder meines Großvaters mütterlicherseits.« Er warf Annemie einen prüfenden Blick zu. »Was ist los, Frau Engel? Geht es Ihnen nicht gut? Oder geht es Ihnen wirklich um die neuen Plätzchen?«

»Natürlich geht es mir um die Plätzchen. Ich mag es nicht, wenn andere sich in meine Angelegenheiten mischen. Ich bin die Konditorin. Ich bestimme, was gebacken wird.«

»Meinen Vorschlag mit den Lebkuchenherzen fanden Sie sehr gut.«

»Das war etwas völlig anderes.«

»Wieso?«

»Das muss ich Ihnen jetzt wirklich nicht erklären, Herr Farin.« Annemie griff nach ihrem Mantel, riss die Seitentür auf und stürmte hinaus. Sie war wütend. Darüber, dass sie ihm als ihrem Angestellten nichts von ihren finanziellen Problemen sagen konnte, darüber, dass er sie so einfach durchschaute, und über ihr eigenes, unfaires Verhalten ihm gegenüber. Ohne nach links oder rechts zu schauen, eilte sie die Gänge entlang, bis ein verlockender Duft nach Currywurst sie anhalten ließ.

»Auch hungrig?« Leo Holtkamp lehnte an einem der Stehtische vor der Imbissbude. Vor ihm stand eine Schale mit Pommes frites und einer Bratwurst. Er gabelte ein Stück Wurst auf, tunkte es in den Senf und hielt mit der anderen Hand seinen Bart zur Seite. »Ein ordentlicher Weihnachtsmann hat keine Senfflecken im Bart«, sagte er und schob sich die Wurst in den Mund. Kauend nickte er in Richtung der Imbisswirtin. »Aber ihre Sachen sind wirklich gut, das muss man zugeben.«

»Ja, das stimmt.« Annemie atmete den Duft ein und spürte, wie ihr das Wasser im Mund zusammenlief. Bei ihrem überhasteten Aufbruch hatte sie allerdings ihre Handtasche zurückgelassen und damit auch ihr Portemonnaie. Vielleicht war es ganz gut so. Denn selbst wenn sie ihre Tasche mit dem Geld dabeigehabt hätte, müsste sie sich den Genuss verkneifen. Ab heute hieß es, jeden Cent zusammenzuhalten. Sie warf einen kurzen, sehnsüchtigen Blick auf die Pommes frites und ging dann weiter.

»Kommen Sie, Frau Engel. Ich lade Sie auf eine Runde Pommes ein. Es macht keinen Spaß, allein zu essen.« Leo Holtkamp winkte der Imbisswirtin. »Die Bestellung von Frau Engel geht auf meine Rechnung«, rief er.

»Das ist wirklich nicht nötig«, wehrte Annemie ab, aber Leo Holtkamp ließ keine Entschuldigung gelten. Er kam hinter Annemie her, hakte sie unter und führte sie mit großer Geste an seinen Stehtisch.

»Sie sind mein Gast. Was möchten Sie trinken?«

»Ich weiß nicht, ich …«

»Machen Sie der Dame bitte eine schöne Rhabarberschorle«, sagte er der Wirtin. »Oder möchten Sie lieber etwas Warmes?«

»Nein, ich …« Annemie fühlte sich regelrecht überrumpelt und hätte am liebsten auf dem Absatz kehrtgemacht. Aber Leo Holtkamp ließ ihr keine Chance.

»Jetzt gönnen Sie sich mal etwas, Frau Engel. Bei so viel Arbeit sei Ihnen die kurze Pause verziehen.« Er ging zur Theke, nahm die fertigen Pommes frites und das Getränk und servierte Annemie beides auf dem Stehtisch. »Ganz schönes Chaos hier heute Morgen«, sagte er, als Annemie nach der kleinen Plastikgabel gegriffen und die erste Pommes frites in den Mund geschoben hatte. Sie nickte stumm, da ihre gute Erziehung es ihr verbot, mit vollem Mund zu sprechen. »Weiß man denn schon, wer es war?«

»Nein.« Annemie aß eine weitere Fritte. Jetzt erst merkte sie, wie hungrig sie war. »Aber die Polizei ist gekommen und hat alles aufgenommen.«

»Dann werden sie dem nächtlichen Randalierer hoffentlich bald auf die Schliche kommen, damit das nicht noch einmal passiert.«

»Dazu wird bestimmt auch der Sicherheitsdienst beitragen, den Corinna Heßler anheuern will.« Annemie trank einen Schluck von der Rhabarberschorle. Überrascht leckte sie sich die Lippen. Das war ja viel leckerer, als sie erwartet hatte.

»Hat sie das vor? Das ist ja interessant.« Leo Holtkamp räusperte sich und rückte seinen falschen Bart zurecht.

»Zumindest hat sie Angebote eingeholt. Auch wenn Gerburg

Manderscheidt-Ziesemann nicht glücklich darüber ist. Aber ich finde den Gedanken gar nicht so übel, wenn ich es mir recht überlege.« Es war wirklich keine schlechte Idee. Die Vorstellung, in den verbleibenden Tagen bis Weihnachten noch ein weiteres Mal am Morgen solche Schäden vorzufinden, verursachte Annemie Übelkeit. Sie musste auf dem Markt Geld verdienen und es zusammenhalten. Ausgaben für Reparaturen kamen in ihrem knappen Budget nicht vor.

»Also können wir gespannt sein, wie es hier mit allem weitergeht.« Leo Holtkamp zog seinen roten Mantel zurecht. »Ich muss dann mal wieder. Es war mir eine Freude, mit Ihnen zu essen, Frau Engel.« Er drehte sich um, warf den Geschenkesack über die Schulter und ging mit langen gemächlichen Schritten den Gang hinunter. Nach einer halben Minute dröhnte sein »Hohoho« aus einiger Entfernung, gefolgt von einem hellen Kinderlachen an Annemies Ohr. Sie aß den Rest ihrer Portion, legte dann Serviette und Plastikgabel in die leere Schale und brachte alles zum Mülleimer neben dem Stand.

»Haben Sie sich jetzt doch entschieden, bei dem neuen Konzept mitzumachen?« Die Imbisswirtin wischte die Glasscheiben ihrer Verkaufstheke ab.

»Bitte?« Annemie stutzte. »Meinen Sie mich?«

»Ja.«

»Wie kommen Sie darauf?« Annemie blieb verwundert stehen.

»Na, ich dachte nur, weil doch …«

»Weil doch was?«

Die Imbisswirtin kniff die Augen zusammen, überlegte kurz und wischte dann intensiv weiter.

»Vielleicht sage ich besser nichts. Ich kann mich ja auch vertun.«

»Vertun womit?« Annemie stieß einen langen Seufzer aus, als sie nicht sogleich eine Antwort erhielt. Diese Frau machte es ihr schwer, Geduld zu bewahren. Ihre Laune, die sich durch das Essen und Leo Holtkamps zuvorkommende Art gebessert hatte, sank rapide in den Keller.

»Na, Ihr Mitarbeiter. Dieser junge Mann mit den dunklen Haaren …«

»Ja?«

»Ach nein. Ich sage lieber nichts. Nicht dass ich nachher noch was Falsches …«

Annemie schickte ein Stoßgebet zum Himmel. Wenn diese Frau nicht endlich mit dem herausrückte, was sie zu sagen hatte, würde sie sie mit ihrer eigenen Ketchupflasche bedrohen.

»Sie meinen Farin Said?«

»Ich weiß nicht, wie er heißt. Aber das ist ja auch egal. Auf jeden Fall hat dieser junge Mann, also Ihr Mitarbeiter, sich heute Vormittag mit Corinna Heßler getroffen.« Sie senkte mit gespitzten Lippen den Kopf und beobachtete misstrauisch Annemies Reaktion.

»Woher wissen Sie das?« Annemie hatte mit einem Mal einen Knoten im Hals, so groß wie ein Krapfen. Farin hatte sich mit Corinna Heßler getroffen?

»Weil die beiden an dem Stehtisch gestanden haben, an dem Sie eben mit dem Weihnachtsmann gegessen haben.«

»Sind Sie sicher, dass sie sich getroffen haben? Vielleicht war das ja auch bloß ein Zufall.« Annemie wollte es nicht glauben. Was hätten die beiden miteinander zu schaffen?

»Nach Zufall sah es aber nicht aus. Sie war schon da, er kam etwas später, und sie winkte ihm zu, damit er sie entdeckte. Danach haben sie sich angeregt unterhalten.«

»Konnten Sie verstehen, was gesprochen wurde?« Annemie wunderte sich über sich selbst. Mit welcher Ruhe sie die Fragen stellen konnte, während in ihr ein Wirbelsturm tobte.

»Nein, dazu standen sie zu weit weg. Und es war eine ganze Menge los hier zu der Zeit.« Sie zuckte bedauernd mit den Schultern. Annemie nickte stumm. Farin und Corinna Heßler. Sie hatte sie gestern schon zusammen gesehen, es aber schnell wieder vergessen. Vielleicht war das ein Fehler gewesen. Hatten sie und Gerburg Manderscheidt-Ziesemann nicht vorhin noch überlegt, ob nicht auch einer aus ihren Reihen der Randalierer sein könnte? Was, wenn es Farin war? Was, wenn er sich mitten in der Nacht aus dem Haus geschlichen und auf dem Markt die Schäden angerichtet hatte? Er war heute Morgen so gut vorbereitet gewesen und hatte die Werkzeuge noch im Wagen gehabt. War das Geräusch, das sie geweckt hatte, doch nicht von den Katern verursacht worden, und hatte nicht sie gestern Abend vergessen, den Schüssel zum dritten Mal umzudrehen, sondern Farin, als er nach Hause gekommen war?

In Annemies Magen verklumpten sich die Pommes frites mit der Rhabarberschorle zu einem Bleiklumpen von der Größe einer dreistöckigen Hochzeitstorte. Sollte sie sich wirklich so in diesem jungen Mann getäuscht haben? Ihr wurde übel. Und noch bevor sie sich entscheiden konnte, ob sie sich nun übergeben sollte oder nicht, wurde ihr schwarz vor Augen, und sie fiel wie ein schlechtes Soufflé in sich zusammen.

»Frau Engel?« Jemand tätschelte ihre Wange. Ein scharfer Geruch stieg in ihre Nase und kroch bis hinter ihre Augen. Annemie stöhnte. Sie versuchte sich zu orientieren. Mit ihrem Oberkörper lag sie weich und warm, aber an ihren Beinen spürte sie eisige Kälte aufsteigen.

»Der Krankenwagen ist sicher gleich da«, hörte sie eine aufgeregte Frauenstimme in einiger Entfernung sagen.

»Frau Engel?« Wieder die Hand an ihrer Wange. Sie schlug die Augen auf. Über ihr drehte es sich in Weiß und Rot. Sie blinzelte. »Wieder da?« Der Weihnachtsmann suchte ihren Blick. Sein Gesicht war dem ihren näher, als ihr lieb war, und Annemie erkannte, dass die weiche, bequeme Unterlage Leo Holtkamps Arme waren. In seiner Rechten hielt er eine Schale mit Senf. »Entschuldigung. Das Riechsalz war aus«, scherzte er. Annemie holte tief Luft, befreite sich aus ihrer misslichen Lage und versuchte aufzustehen.

»Was ist passiert?« Sie griff nach Leo Holtkamps Hand und erhob sich. Ein stechender Schmerz fuhr durch ihre Hüfte. Vorsichtig bewegte sie erst das rechte, dann das linke Bein, streckte den Rücken und bewegte die Arme. Der Schmerz in der Hüfte blieb, aber sie konnte aufrecht stehen und auch gehen.

Wahrscheinlich nur eine Prellung. Sie schickte ein Stoßgebet zum Himmel. Hoffentlich hatte sie recht, und es war nichts Schlimmeres. Das konnte sie jetzt wirklich nicht gebrauchen.

»Sie sind umgekippt wie ein gefällter Tannenbaum.« Leo Holtkamp kam ächzend aus seiner knienden Haltung hoch. »Zum Glück war ich noch nicht allzu weit weg.« Er lächelte sie besorgt an. »Sind Sie denn in Ordnung?«

»Ich denke schon.« Annemie sah an sich hinunter. An ihrem Mantel entdeckte sie einige feuchte Flecken von Schneematsch. Mit beiden Händen versuchte sie, den Schmutz zu entfernen. Wie unangenehm, der Anlass für so einen Aufruhr zu sein. »Danke schön.« Sie nickte Leo Holtkamp zu und nahm sich vor, ihm bei der nächsten Gelegenheit eine extragroße Portion Plätzchen zu schenken. Sie musste Farin Bescheid geben, dass auch er daran ... Annemie stockte, dann fiel es ihr wieder ein. Farin und Corinna Heßler. Erneut wurde ihr schlecht, aber diesmal hatte sie sich im Griff. Trotzdem musste Leo Holtkamp es ihr angemerkt haben, denn sofort war er wieder zur Stelle und stützte ihren Ellenbogen.

»Darf ich bitte durch?« Maike Assenmacher bahnte sich einen Weg durch die umstehenden Menschen. Sie trug ihren Arztkittel und hielt einen orangefarbenen Koffer in der Hand. Als sie Annemie entdeckte, blieb sie stehen.

»Haben Sie den Notarzt gerufen?«, fragte sie Annemie.

»Nein.«

»Doch«, mischte sich Leo Holtkamp ein. »Also, nein. Frau Engel hat den Notarzt nicht alarmiert, aber wir haben ihn für sie gerufen.« Er strich sich durch den Bart. »Sie ist umgefallen.«

»Sind Sie gestolpert?«

»Nein. Ich bin nicht gestolpert.« Annemie war zunehmend genervt. Sie hasste es, wenn sich alles um sie drehte. »Es ist schon wieder gut. Es ist nichts gewesen. Sie können nach Hause gehen, Frau Dr. Assenmacher.«

»Ist Ihnen schwindelig geworden?«

»Nein.«

»Frau Engel. Bitte lächeln Sie mich einmal an.«

Annemie verdrehte die Augen. »Es ist wirklich in Ordnung. Sie können wieder gehen.«

»Nicht, bevor ich nicht weiß, was mit Ihnen passiert ist.« Maike Assenmacher bedachte Annemie mit einem strengen Blick. »Sie haben gerade sehr viel Stress, und Sie sind nicht mehr die …« Maike Assenmacher unterbrach sich. »Sie sind schon über sechzig. Ich muss ausschließen, dass Sie einen Schlaganfall haben.«

»Ich habe keinen Schlaganfall«, sagte Annemie. Ich bin wütend, dachte sie.

»Dann lächeln Sie mich bitte einmal an, Frau Engel.«

»Auch wenn es mir gerade nicht nach Lächeln zumute ist?«

»Auch dann bitte.« Maike Assenmacher betrachtete sie mit ernster Miene. Annemie lächelte kurz. »Gut. Kein Ausbund an Fröhlichkeit, aber Ihre Mundwinkel gehen gleichmäßig nach oben. Jetzt strecken Sie bitte Ihre Hände nach vorne.« Annemie stöhnte, tat aber wie ihr geheißen. »Sehr gut. So halten und die Handflächen nach oben drehen.« Die Ärztin trat einen Schritt zurück, begutachtete das Ergebnis und nickte. Annemie ließ die Arme sinken.

»Kann ich jetzt gehen?« Sie blickte sich um. Noch immer standen etliche Menschen um sie herum und beobachteten das Geschehen.

»Eines noch«, bat Maike Assenmacher. »Bitte sprechen Sie mir nach: Ich backe sehr gerne leckere Kekse.«

»Wollen Sie mich auf den Arm nehmen?« Annemie verlor die Geduld. »Natürlich backe ich gerne Kekse. Und selbstverständlich sind die lecker. Es ist mein Beruf. Mit mir ist nichts. Ich habe mich nur sehr über jemanden geärgert. Das ist meinem Kreislauf nicht bekommen. Und jetzt lassen Sie mich durch.« Sie drängelte sich zwischen den Schaulustigen hindurch und machte sich auf den Weg zu ihrem Stand.

»Frau Engel, bitte warten Sie.« Maike Assenmacher eilte ihr hinterher. »Einfach so umzukippen ist nichts, was man auf die leichte Schulter nehmen sollte. Ich mache mir Sorgen um Sie. Und Farin wird sicher auch beunruhigt sein.«

»Beunruhigt?« Annemie blieb stehen. »Beunruhigt?«, fragte sie erneut. »Da hat er auch allen Grund zu, Frau Dr. Assenmacher. Weil ich nämlich sehr wütend auf ihn bin.«

»Warum das?« Maike Assenmacher blieb mitten im Gang stehen. »Was hat er getan?«

»Er ist nicht ehrlich zu mir gewesen.«

»Nicht ehrlich?« Maike Assenmacher runzelte kurz die Stirn, dann biss sie sich auf die Lippen.

»Ich weiß zwar nicht, warum ich Ihnen das erzähle, aber wenn sich jemand heimlich mitten in der Nacht aus dem Haus schleicht, in dem er als Gast aufgenommen wurde, um sich mit anderen Leuten zu treffen und Dinge zu treiben, die gegen jeden Anstand gehen, dann nenne ich das einen Vertrauensbruch. Und wenn derjenige dann auch noch so tut, als ob nichts wäre, und das reine Unschuldslamm spielt, dann nenne ich das Hinterlist. Und das macht mich wütend, Frau Dr. Assenmacher. Wirklich, wirklich wütend. Danke, dass Sie gekommen sind. Jetzt gehen Sie am besten.«

»Aber vielleicht …« Maike Assenmacher suchte nach Worten. »Farin ist ein erwachsener Mann. Er wird …« Wieder stockte sie. »Er wird sicher seine Gründe haben«, beendete sie den Satz erleichtert.

Annemie schnaufte, drehte sich um und setzte ihren Weg fort, ohne auf Maike Assenmachers betretene Miene zu achten. Sie wollte nur noch zu Farin und ihn zur Rede stellen. Dann hielt sie mitten im Gehen inne. Stimmte das? War sie wirklich wütend auf Farin? Er hatte sie hintergangen. Sich hinter ihrem Rücken mit Corinna Heßler getroffen und Gott weiß was für Absprachen getroffen.

Nein. Wenn sie ehrlich war, empfand sie keine Wut und auch keinen wirklichen Zorn. Im Grunde war es viel schlimmer. Sie hatte angefangen, ihm zu vertrauen und ihn zu mögen. Jetzt fühlte sie sich getäuscht und betrogen. Hätte sie sich doch auf all das niemals eingelassen.

Kapitel 16

Farin hatte bereits den Stand für den Feierabend fertig gemacht und lud gerade die letzten Kisten in den Transporter, als Annemie dort ankam.

»So.« Er rieb die Hände aneinander. »Das war ein guter Tag. Wir hatten sehr viel Umsatz, und den Leuten schmecken unsere Plätzchen ganz ausgezeichnet.« Er packte die Kasse in eine kleine Sporttasche und hielt sie Annemie hin. »Bitte schön, Chefin.«

»Ich bin nicht Ihre Chefin.« Annemie blieb zwei Meter vor der Marktbude stehen und versuchte, sie mit den Augen eines Kunden zu sehen. Die reparierte Seite, die durch den neuesten Vorfall deutlich zu kurzen Tannengirlanden, die Theke mit der fehlenden Scheibe. Wie hatte sie jemals glauben können, das alles wäre für sie zu bewältigen? Sie war eine alte Frau mit begrenzten Kräften. Mit sehr begrenzten Kräften, wie ihr ihre schmerzende Hüfte gerade klarmachte. Farin hatte in der Bewegung innegehalten und musterte sie.

»Ist etwas?«

Annemie verharrte regungslos. Wo sollte sie anfangen? Wie es sagen? Sie war nicht gut in diesen Dingen. Sie wollte sich nicht der bitteren Tatsache stellen, dass sie auf sein freundliches Getue hereingefallen war. Bei ihrem letzten Erlebnis dieser Art hatte sie einfach alle Türen hinter sich verschlossen, war in ihre Backstube gegangen und hatte für Jahre niemanden mehr hineingelassen. Aber jetzt stand sie hier, mitten auf dem Niedelsinger Weihnachtsmarkt, und konnte nicht weglaufen oder sich verstecken. Sie musste sich dem Problem stellen.

»Sie kennen Corinna Heßler?«, fragte Annemie.

»Natürlich.« Farin hob die letzte Kiste hoch, blieb aber stehen. »Was ist mit ihr?«

»Sie will ihr neues Konzept hier auf dem Weihnachtsmarkt durchsetzen.«

»Ich weiß.« Er ging zum Wagen, stellte die Kiste hinein und schloss die Ladeklappe. »Es ist unmöglich, das nicht zu wissen.«

»Aber nicht alle sind mit der Idee einverstanden.« Annemies Herz klopfte.

»Auch das ist richtig.« Farin kam zu ihr und lehnte sich mit einem Arm auf die Verkaufstheke. »Was ist los, Frau Engel? Was soll das Gerede um Corinna Heßler, das neue Konzept und die anderen?«

»Ich dachte, das könnten Sie mir erklären?«

»Ich?« Farin zeigte mit dem Finger auf seine Brust. »Wieso ich?«

»Weil Sie mit ihr gesprochen haben.« Annemie musterte ihn. Sie wollte seine Reaktion beobachten. Würde er es abstreiten?

»Das stimmt nicht«, widersprach Farin, und Annemie zuckte innerlich zusammen. »Also nicht ganz«, fuhr er fort. »Sie hat mit mir gesprochen. Sie wollte was von mir.«

Für einen kurzen Moment keimte in Annemie so etwas wie Hoffnung auf. Vielleicht war es ja wirklich so, und Corinna Heßler hatte einfach nur mit Farin flirten wollen, so wie viele der Kundinnen. Aber sie war gerade erst Witwe geworden. Selbst wenn sie ein Auge auf Farin geworfen hätte, wäre eine wie sie vermutlich nicht so dumm, in aller Öffentlichkeit mit ihm zu poussieren.

»Und was?« Ihre Stimme klang belegt.

»Sie hat mir ein Angebot gemacht.«

»Ein Angebot?«

»Ja. Ein Angebot.« Farin schob eine Hand in seine Hosentasche und blickte verlegen zu Boden. Annemie wartete stumm. Farin zögerte. Annemie merkte, wie ehrlich unangenehm ihm die ganze Sache war. Seine Finger spielten nervös mit einem kleinen Stück Papier, er trat von einem Bein auf das andere und setzte mehrfach zu einer Erklärung an. »Wenn das neue Konzept kommt, soll ich den Plätzchenstand übernehmen«, platzte er schließlich heraus. »Sie will dann nicht mehr mit Harald zusammenarbeiten.« Er schloss die Augen. »Sie sagte, so jemand wie Harald, der immer nur Ärger macht und aus der

Reihe tanzt, schade dem Erfolg des Projektes. Und sie sei der Überzeugung, dass meine eigenen Produkte ein großer Erfolg werden.«

»Ihre eigenen Produkte«, wiederholte Annemie tonlos. »Aber Sie sind kein Konditor. Sie können doch gar nicht —«

»Doch.« Farin sah sie mit gesenktem Kopf von unten herauf an. »Ich kann.« Er betrachtete eingehend seine Fingernägel. »Ich bin gelernter Bäcker. In meiner Heimat bin ich in diesem Handwerk ausgebildet worden. Und ich war nicht schlecht. Aber hier wird das nicht anerkannt, weil wir nur zwei Monate lang lernen und dort auch nicht diese Menge an unterschiedlichen Brotsorten haben. Trotzdem kann ich es gut, und ich habe eine Menge dazugelernt, seit ich hier bin.«

»Ja. Das meiste davon in den letzten Tagen von mir.« Annemie bedeckte ihre Augen mit beiden Händen. »Und ich Idiotin habe Ihnen auch noch meine Rezepte gezeigt.« Sie ließ die Hände sinken. »Vermutlich haben Sie alles gut aufgeschrieben, damit Sie auch ja nichts vergessen, bis Sie Ihren eigenen Stand aufmachen.« Ihr kam die Galle hoch. Sie verzog das Gesicht. »Ich kann einfach nicht glauben, dass Sie mich so hintergangen haben.« Sie spürte, wie ihr die Tränen kamen. Ob vor Wut oder vor Enttäuschung, konnte sie nicht sagen. »Weiß Harald davon?«

»Nein.« Farin senkte den Kopf. »Ich —«, setzte er an, doch Annemie unterbrach ihn.

»Wann wollten Sie uns denn darüber informieren? Bevor oder nachdem Sie uns unser Geschäft weggenommen hätten?«

»Wenn meine Ausbildung hier endlich anerkannt wird. Vorher ist sie doch sowieso nicht mehr wert als das Blatt Papier, auf dem es steht. Leider dauert das länger, als ich gedacht habe.«

»Wie schade, dass jetzt nichts mehr daraus wird. Es sei denn, Sie machen eine Ausbildung im Gefängnis. Denn dahin wird Kommissar Freudenruh Sie bringen, wenn er herausfindet, dass Sie es waren, der sich nachts aus dem Haus geschlichen, hier alles zerstört und die anderen zum Umdenken gebracht hat.«

»Was? Nein. Ich —«

»Ach, versuchen Sie erst gar nicht, es zu leugnen. Das macht es alles nur noch schlimmer. Ich habe Sie doch gehört.« Annemie funkelte Farin an. Ihre Wangen glühten.

Farin ließ die Schultern hängen. Verzweifelt begehrte er auf: »Ja, es stimmt. Ich bin nachts weg gewesen. Aber mit der Sache hier auf dem Markt habe ich nichts zu tun. Ganz sicher nicht.«

»Wo waren Sie denn dann?«

»Das kann ich Ihnen leider nicht sagen.«

»Warum nicht?«

»Weil ich dazu erst jemand anderen fragen muss, ob das okay ist.«

»Dann kann ich Ihnen leider auch nicht glauben.« Nun war es an Annemie, die Schultern hängen zu lassen. Sie fühlte sich leer und ausgewrungen wie ein alter Putzlumpen.

»Frau Engel.« Farin räusperte sich. »Ich arbeite seit einem halben Jahr für Ihren Bruder, der mir mehr Freund als Chef ist. Ich bin mit ihm auf die Wochenmärkte gefahren, habe Brot und Kuchen verkauft. Ihnen helfe ich, das Ganze hier am Laufen zu halten. Ich flirte mit den Kundinnen, damit sie mehr kaufen. Ich backe, ich schleppe, ich verkaufe, ich repariere den Marktstand. Ich singe mit Ihnen in der Backstube. Denken Sie wirklich, ich würde Sie oder Harald hintergehen? Haben Sie tatsächlich dieses Bild von mir?«

Annemie antwortete nicht.

»Wollen Sie nicht wenigstens wissen, was ich Corinna Heßler geantwortet habe?«

Annemie schwieg auch weiterhin. Sie wusste nicht, was sie sagen, was sie glauben sollte und was nicht. Farin nickte traurig.

»Es ist alles eingeladen. Das Geld habe ich Ihnen bereits gegeben.« Er drückte ihr den Schlüsselbund vom Transporter in die Hand, wartete einen Augenblick auf eine Reaktion. Als nichts geschah, drehte er sich um und ging davon. Annemie sah ihm nach, bis sie ihn nicht mehr erkennen konnte. Die Schlüssel in ihrer Hand fühlten sich eiskalt an.

Sie wandte sich ab, ging zum Transporter und öffnete die Tür. Sekundenlang starrte sie auf den Fahrersitz. Sie hatte zwar einen Führerschein, war aber seit Ewigkeiten nicht mehr selbst Auto gefahren. Nein. Das ging nicht. Auf keinen Fall würde sie sich hinter das Steuer setzen. Sie wäre eine Gefahr für alle Beteiligten.

»Brauchen Sie Hilfe? Wo ist denn Farin?«

Annemie drehte sich um und entdeckte Maike Assenmacher.

»Es geht mir immer noch gut, und es interessiert mich nicht, wo Herr Farin ist«, sagte sie und schlug mit Schwung die Tür des Transporters zu.

»Wieso? Was ist denn geschehen?« Maike Assenmacher schaute sie verwundert an.

»Er ist heute Nacht aus dem Haus geschlichen und hat hier alles zerstört. Wenn ihm jetzt etwas passiert, ist er selbst schuld. Ich will nichts damit zu tun haben.«

»Was?« Maike Assenmacher schüttelte ungläubig den Kopf. »Farin soll heute Nacht hier gewesen sein? Da müsste er aber ungeahnte Fähigkeiten besitzen und sich zweiteilen können.«

»Was reden Sie denn da?«

»Farin war bei mir.«

»Bei Ihnen?«

»Ja. Genauer: in meinem Bett. Es entwickelt sich was zwischen uns.« Maike Assenmacher lächelte wie ein kleines Mädchen, das gerade sein Lieblingseis bekommen hatte. »Aber deswegen bin ich nicht hier. Ich habe Dienstschluss und fahre jetzt wieder ins Krankenhaus zurück, um die Berichte zu schreiben. Auch wenn es eigentlich nicht erlaubt ist, einfach Leute im Krankenwagen mitzunehmen – der Kollege schuldet mir noch einen Gefallen. Und ich dachte, Sie wollen vielleicht mitkommen. Ihr Bruder freut sich sicher, wenn Sie ihn besuchen. Das Fieber setzt ihm ganz schön zu.«

»Fieber?«

»Ja. Wissen Sie nichts davon?«

»Nein.«

»Die Operationswunde hat sich entzündet, und die Infektion hat ein Fieber verursacht. Das kommt vor. Er bekommt Medikamente dagegen, es ist also alles unter Kontrolle.« Maike

Assenmacher zog die Mundwinkel nach unten. »Es hat Ihnen niemand Bescheid gegeben«, stellte sie fest.

»Nein, niemand.« Annemie knöpfte ihren Mantel zu, legte den Transporterschlüssel in ihre Handtasche und nickte. Es hatte niemand angerufen, um ihr davon zu berichten. Das stimmte. Aber sie hatte auch niemanden gefragt. Wenn sie ehrlich war, hatte sie bei all dem, was an Neuem in den letzten Tagen und Stunden auf sie eingeströmt war, kaum an Harald gedacht. Eine Entschuldigung war das natürlich nicht. Sie hätte sich die Zeit für einen Krankenbesuch einfach nehmen müssen. »Vielen Dank für das Angebot. Ich komme mit Ihnen, Frau Doktor.«

Vielleicht wusste Harald, wie sie mit der ganzen Situation umgehen sollte.

Kapitel 17

»Bei Ihrem Bruder ist sehr starkes Fieber aufgetreten.« Der diensthabende Arzt führte Annemie zu Haralds Behandlungsnische. Die Plastiküberzieher an ihren Füßen knisterten. Diesmal hatte die Krankenschwester sogar überprüft, ob sie alle Teile der Schutzkleidung richtig angelegt hatte. Sie hatte ihr erklärt, es sei eine Vorsichtsmaßnahme, die auf der Station immer getroffen wurde, wenn man es mit Infektionen zu tun hatte. »Wir mussten die Milz Ihres Bruders ja direkt nach dem Unfall entfernen. Leider hat sich an der Naht eine Wundheilungsstörung mit Eiterbildung ergeben.«

Der Arzt trat einen Schritt zur Seite und ließ Annemie den Vortritt, doch sie rührte sich nicht. Harald lag still inmitten der piepsenden Maschinen. Seine Augen waren geschlossen.

»Ihr Bruder ist bei Bewusstsein, aber sehr geschwächt. Wir geben ihm die entsprechenden Medikamente, und er hat eine zusätzliche Wunddrainage angelegt bekommen. Zurzeit ist er stabil.«

Annemie betrat zögernd die Nische und ging zu Harald. Der Arzt verließ den Raum und kehrte kurz darauf mit einem Stuhl zurück. Er stellte ihn neben Annemie ab. »Sprechen Sie mit ihm. Er hört Sie.«

Eine Weile blieb Annemie einfach stehen. Stumm lauschte sie den leisen Geräuschen der Maschinen, die Haralds Leben überwachten, und schaute aus dem Fenster, hinter dem die Nacht immer dunkler wurde. Ihr Magen knurrte, und sie erinnerte sich an die Pommes frites, die sie gemeinsam mit Leo Holtkamp auf dem Weihnachtsmarkt gegessen hatte. Es erschien ihr wie eine andere Zeit in einer anderen Welt.

»Farin hat mit Corinna Heßler gesprochen«, sagte sie leise und spürte den Kloß in ihrer Kehle. Bei ihrem letzten Besuch hatte sie sich mit Harald gestritten und am Ende wütend das Krankenhaus verlassen. Aber das zählte jetzt nicht. Harald glühte. Seine

Haut schimmerte rot, auf seiner Stirn standen Schweißtropfen. »Corinna hat ihm ein Angebot gemacht. Er soll unseren Stand bekommen, wenn sie das neue Konzept durchgesetzt hat. Ich bin so wütend deswegen. Er hat uns hintergangen. Wusstest du das?« Sie sah ihren Bruder an, aber der blieb stumm. Sein Atem ging unruhig, die Augen blieben geschlossen. »Und er ist ein gelernter Bäcker.« Sie schaute auf ihre Hände. »Damit hat er auch hinterm Berg gehalten.«

Annemies Augen brannten. Sie setzte sich auf den Stuhl, griff nach Haralds Hand, strich behutsam mit den Fingerspitzen darüber. Die Haut fühlte sich heiß und trocken an. »Ich habe mich von ihm täuschen lassen, Harald. Ich habe ihm vertraut, wie ich dir vertraut habe, und ihr habt mich beide enttäuscht und verletzt.«

Erschrocken hielt sie inne. Es war nicht richtig, ihm in dieser Situation Vorwürfe zu machen. Es ging hier nicht um sie. Jetzt zählte Harald. Wieder streichelte sie seine Finger.

»Er ist kein schlechter Mensch.« Harald war kaum zu verstehen. Seine Stimme krächzte, als hätte er lange schon nicht mehr gesprochen. Annemie hob den Kopf. Harald hatte die Augen geöffnet, aber sie sah, wie schwer es ihm fiel.

»Er hat mich hintergangen und ausspioniert. In den wenigen Tagen hat er eine Menge meiner Rezepte mitbekommen.«

»Er ist fleißig und sieht die Arbeit.«

»Das muss er auch sein, wenn er sein eigenes Geschäft führen will.«

»Reg dich nicht auf. Es wird sich alles aufklären. Du siehst die Sachen immer schlimmer, als sie in Wirklichkeit sind.«

Annemie wollte ihm widersprechen, schluckte die Bemerkung aber hinunter.

»Ich will mich nicht mit dir streiten, Harald«, sagte sie schließlich. »Nicht jetzt.«

»Du meinst, nicht jetzt, wo ich bald sterben werde?«

»Du stirbst nicht. Du hast nur eine Infektion, hat der Arzt gesagt. Und sehr hohes Fieber. Außerdem bist du mein kleiner Bruder. Es gehört sich nicht, dass du vor mir gehst.«

»Wann hast du jemals erlebt, dass es mich kümmert, was sich gehört?«

»Nie.«

»Na also.« Harald lachte leise. »Dann werde ich auf meine letzten Tage bestimmt nicht damit anfangen.« Er wurde ernst. »Ich weiß, wie ernst die Lage ist, und mache mir nichts vor. Ich merke ja selbst, dass in mir drin gerade einige Dinge so gar nicht rundlaufen.«

»Aber sie behandeln dich doch dagegen. Und es ist normal, wenn man sich mit Fieber fühlt, als würde gleich die Welt untergehen«, sprach sie ihm Trost zu.

»Ja.« Harald griff nach Annemies Hand und drückte sie leicht. »Es ist schön, dass du hier bist.« Er zögerte kurz. »Miemie«, sagte er dann.

»So hast du mich genannt, als du ganz klein warst.« Annemie lächelte versonnen bei dem Gedanken an den kleinen blonden Jungen, der sich an ihre Beine gedrückt hatte. »Und noch deutlich mehr Haare hattest als heute.« Sie musterte ihn. »Du hattest den ganzen Kopf voller Locken und fandest es ganz toll, wenn ich dir alles durchwuschelt habe.«

»Heute bräuchtest du eher ein Poliertuch.« Harald grinste und strich sich langsam über den fast kahlen Kopf. Annemie sah, welche Anstrengung ihn das kostete.

»Ruh dich aus.«

»Dazu habe ich später noch sehr viel Zeit, Miemie. Ich möchte dir gerne etwas sagen.« Er hustete und verzog das Gesicht.

»Aber …« Annemie sah sich nach dem Doktor um, doch der war längst fortgegangen.

»Kein Aber. Ich weiß nicht, was passieren wird, und du weißt es auch nicht. Ich will vorher ein paar Dinge mit dir geklärt haben.«

Annemie stand auf. Sie ging um sein Bett herum zum Fenster und sah hinaus. Die Zimmer der Intensivstation lagen auf der ruhigen Seite des Krankenhauses. Im Sommer hätte sie auf Felder und weiter hinten ein Stück Wald sehen können. Jetzt lag alles im Dunkeln. Der Lichtschein aus den Krankenzimmern malte orangefarbene Rechtecke auf die Schneedecke nahe der Mauer. In einem dieser Rechtecke erhob sich ihr Umriss. Annemies Herz setzte aus, stolperte und schlug dann unmerklich weiter. Sie wusste nicht, ob sie das, was Harald ihr jetzt vermutlich erzählen würde, hören wollte.

»Kannst du dich erinnern, wie wir nach Papas Beerdigung in der Backstube gesessen haben und du mir einen Kakao gemacht hast?«, fragte Harald.

»Natürlich.«

»Auch daran, was du damals gesagt hast?«

»Dass ich auf dich aufpassen würde.« Sie wandte sich ihm zu.

»Ja.« Er sah sie erwartungsvoll an.

»Dass wir jetzt nur noch uns haben.«

»Das auch.« Er schwieg wieder.

Annemie überlegte. Von diesem Tag erinnerte sie sich in der Hauptsache an viele Menschen auf dem Friedhof, die ihnen beiden, den hinterbliebenen Kindern des Konditormeisters Engel, ihr Beileid bekundet hatten. Und an den Beerdigungskaffee im Café, für den sie in der Nacht vorher selbst die Kuchen gebacken hatte.

»Ich meine noch etwas anderes. Du hast gesagt, du würdest nun dafür sorgen, dass wir genug zu essen hätten. Du würdest das Geld verdienen.«

»Ja.« Annemie erinnerte sich. Auch an die Last, die sie in diesem Moment auf ihren Schultern gefühlt hatte.

»Ich habe mir damals fest vorgenommen, dass ich irgendwann viel Geld nach Hause bringen würde.«

»Du warst zwölf Jahre alt.«

»Alt genug, um gute Vorsätze zu fassen und sie Jahre später auch umzusetzen.«

»Du meinst damit aber jetzt nicht den Banküberfall?« Annemie trat ans Fußende des Bettes und umklammerte mit beiden Händen die kalte Metallstange.

»Doch, den meine ich. Ich habe das für dich getan. Damit du nicht mehr so viel arbeiten musstest, Miemie.«

»Für mich?« Annemie fasste sich mit der Rechten an die Kehle. »Oh nein. Du wolltest doch unbedingt ein Motorrad kaufen. Das war dein großer Traum. Hast doch von nichts anderem mehr geredet.«

»Geredet schon. Aber das war nur ein Vorwand.« Harald verstummte und biss sich auf die Lippen. »Okay. Ich gebe zu, das Bike hat auch eine Rolle gespielt. Aber es stand nicht an erster Stelle.«

»Dachtest du etwa, ich würde das gut finden?«, fragte Annemie fassungslos. »Mein Bruder, der Bankräuber. Prima. Das war es, was ich mir für deine Karriere erhofft hatte. Schule, Ausbildung, Banküberfall.«

»Vergiss den Mordverdacht nicht, unter dem ich stehe«, warf er ein und versuchte ein Grinsen.

Annemie schnaubte genervt. »Hast du irgendwann mal darüber nachgedacht, wie das für mich war, als du ins Gefängnis kamst? Wie enttäuscht ich von dir war?«

»Du hast es mich deutlich spüren lassen«, sagte Harald leise. »All die Jahre hast du dafür gesorgt, dass ich keinen Moment vergesse, was ich getan habe. Deine stummen Zettel waren sehr beredt.«

Annemie biss sich auf die Lippen.

»Ich habe meinen Vorsatz zwar nicht ganz so erfüllt, wie ich es mir damals vorgestellt hatte, aber das ist vermutlich gut so. Immerhin habe ich dich dadurch mehr unterstützt, als ich es unter normalen Umständen gekonnt hätte«, fuhr Harald fort. »Bis heute. Und auch wenn ich tot bin, ist für dich gesorgt. Du musst nur —«

»Moment mal. Was meinst du mit ›Du hast mich mehr unterstützt, als du es unter normalen Umständen gekonnt hättest‹ und ›für mich sei gesorgt‹?« Annemie ging um das Bett herum, nahm den Stuhl und zog ihn nah ans Kopfende. Sie setzte sich und beugte sich zu Harald vor. »Was genau meinst du damit?«, wiederholte sie.

»Im Nachhinein sehe ich natürlich, dass es ein Fehler war. Vielleicht hätte es auch gereicht, wenn ich dich nur durch meine

Arbeit unterstützt hätte. Ohne das andere.« Er sah sie an und deutete ein unglückliches Lächeln an.

Annemie begriff und richtete sich auf. »Ich habe die Abrechnungen gefunden. Immerhin warst du ja sehr ordentlich in der Ablage.«

»Du hast in meinen Sachen gewühlt?« Harald versuchte verärgert, sich aufzurichten, gab aber mit einem Stöhnen auf und sank wieder zurück in das Kissen.

»Ich habe nach deiner Patientenverfügung gesucht. Nicht in deinen Sachen gewühlt. Gefunden habe ich allerdings etwas anderes, das vermutlich nicht für meine Augen bestimmt war.«

»Ich wollte nicht, dass du es weißt. Ich wollte, dass du denkst, du hättest jeden Pfennig selbst verdient.«

»Pfennig?«

»Jede Mark, jeden Pfennig, jeden Euro, jeden Cent.«

»So lange schon?«

»Seit ich aus dem Knast raus bin und du das Café geschlossen hast.« Harald schloss die Augen. Sein Atem ging schwerer. Er fasste mit der Hand an seine Schläfe und verzog das Gesicht.

»Du hast mich belogen. Hast mich in dem Glauben gelassen, ich stünde auf eigenen Füßen. Dabei habe ich von deinem Geld gelebt. Nein, schlimmer, ich habe von geraubtem Geld gelebt.« In Annemies Magen bildete sich ein Klumpen aus Wut und Enttäuschung. »Warum? Warum hast du das getan?«

»Weil ich wollte, dass es dir gut geht. Weil ich dir etwas zurückgeben wollte von all dem, was du für mich getan hast.«

»Mit gestohlenem Geld?«

Harald zuckte kaum merklich mit den Schultern. »Nur mit den Einnahmen aus den Wochenmärkten wären wir beide niemals über die Runden gekommen. Vor allem in den letzten Jahren nicht mehr. Der Lebensmittelmarkt ist durch das Preisdumping der Discounter komplett kaputt. Die Nebenkosten werden immer höher, die Margen kleiner und ich immer älter.«

Annemie stutzte. Sie benötigte einige Sekunden, bis sie ihre Erkenntnis auch begriffen hatte.

»Du hast die fehlende Beute aus dem Überfall«, stellte sie

verblüfft fest, um im nächsten Augenblick noch wütender zu werden. »Du machst dich immer noch strafbar deswegen.« Sie stand auf und rückte den Stuhl nach hinten.

»Ich glaube nicht, dass das noch jemanden interessieren wird, wenn ich tot bin.« Er sah nachdenklich hinaus in die Dunkelheit. »Ich habe nie darüber nachgedacht, wie Sterben wohl ist.«

»Du wirst nicht sterben. Nicht jetzt.« Annemie antwortete aus einem Reflex und ihrem tiefen Wunsch heraus. Wie unfair wäre es, wenn sie einander jetzt verlieren würden, nachdem sie gerade erst angefangen hatten, sich wiederzufinden.

»Meine Schwester, die Optimistin.« Harald schloss die Augen und atmete tief ein. »Dabei bist du sonst immer diejenige, die schwarzsieht.«

»Hast du Angst vor dem Tod?«, fragte Annemie. Es ging ihm wirklich nicht gut, und sie konnte verstehen, dass er sich fühlte, als hätte sein letztes Stündlein geschlagen.

»Ich weiß es nicht. Nicht vor dem Totsein. Eher vor dem, was ich bereue.«

»Hm«, machte Annemie, senkte den Kopf und betrachtete ihre Hände. Sie hatte sich diese Fragen auch schon gestellt, sie aber bisher immer wieder verdrängt.

»Es ist das Endgültige. Keine eigene Familie mehr gründen zu können. Keine Kinder zu haben, die sich an mich erinnern. Ich habe immer gedacht, später. Und über das Später das Heute vergessen. Ich bedaure es sehr, nicht versucht zu haben, mich mit dir zu versöhnen. Sonst hätten wir uns gehabt. Als Familie«, sagte Harald sehr leise.

»Das lag ja nicht nur an dir. Ich bin die, die stur sein kann. Das weißt du doch.« Sie tastete nach seiner Hand. »In den letzten Tagen hat sich so viel geändert, vielleicht schaffen wir zwei es ja auch noch, uns wieder zusammenzuraufen. Was meinst du?« Sie hob den Kopf und schaute ihn an. Harald hatte die Augen halb geschlossen. Für einen Moment war es sehr still im Raum. Dann sprang der Alarm an.

Annemie stand auf. Sie beugte sich über ihren Bruder. »Harald?« Sie schlug ihm auf die Wange, aber er reagierte nicht. »Harald!«

»Treten Sie bitte zur Seite, Frau Engel.« Zwei Ärzte standen mit einem Mal neben ihr und schoben sie in die Ecke. Annemie sah, wie der Arzt Harald mit einer Taschenlampe in die Augen leuchtete, sich zu der Schwester umdrehte, die angelaufen kam, und einige Befehle bellte. Eine weitere Schwester kam und legte ihren Arm um Annemies Schulter.

»Kommen Sie mit, Frau Engel. Ich bringe Sie in den Warteraum.«

»Was ist mit meinem Bruder?« Annemies Knie wurden weich.

»Die Ärzte kümmern sich um ihn.«

»Was hat er?«

»Das kann Ihnen der Arzt sicher gleich erklären.« Die Schwester drängte Annemie sanft vorwärts, bis sie im Warteraum angelangt waren.

Annemie setzte sich. Die Schwester goss ein Glas Wasser ein und reichte es ihr. Mechanisch nahm sie es, trank es aus und stellte es vor sich auf dem Tisch ab.

»Wir geben Ihnen Bescheid, sobald wir etwas wissen.« Die Schwester nickte ihr zu und eilte zurück. Annemie stand auf und wollte ihr hinterhergehen, blieb aber stehen, als ihr klar wurde, wie sinnlos ihr Verhalten war.

Harald war so still gewesen. Vollkommen reglos. Sie schüttelte den Kopf. Nein, das durfte sie noch nicht einmal denken. Aber was geschah mit ihm? Was passierte dort hinten mit ihrem Bruder? Ihrem kleinen Bruder, den sie ihr Leben lang kannte und doch sehr oft nicht mehr zu kennen geglaubt hatte. Annemie hielt es nicht mehr aus. Sie legte die Hand auf die Türklinke und erstarrte. Was würde sie dahinter erwarten? Sie schloss die Augen. Bilder ihres Vaters tauchten vor ihr auf. Wie dieser ehemals große, stattliche Mann eingefallen und aus hohlen Augen von seinem Sterbebett zu ihr aufgesehen hatte. Wie sie bei ihm gesessen und seine Hand gehalten hatte. Wie sie irgendwann nach Hause gefahren war, weil die Schwestern meinten, sie müsse etwas schlafen. Wie er dann wenig später gegangen war.

Leise und still. Als hätte er ihr sein Fortgehen nicht zumuten wollen.

Bis heute hatte sie sich nicht verziehen, nicht bei ihm gewesen zu sein, als er starb. Der unberührbare Arbeitskittel war nur eine der fixen Ideen, die danach entstanden waren. Die abgeschlossenen Räume etwas anderes. Dass sie die Backstube nicht renovierte, lag natürlich auch am fehlenden Geld. Aber nicht nur. Es lag auch an ihrer Weigerung, Dinge, die ihr Vater eingerichtet hatte, zu verändern. Dabei war sie wütend auf ihn gewesen, weil er gestorben war. Auch wenn er nichts dafürkonnte und sich seine Krankheit nicht ausgesucht hatte. Dass er sie als junge Frau mit der Verantwortung für den halbwüchsigen Harald zurückgelassen hatte.

Annemie zitterte am ganzen Leib. Jetzt lag Harald hinter dieser Tür und rang mit dem Tod. Sie sollte bei ihm sein. Sie drückte die Klinke nach unten, öffnete die Tür und ging in die Richtung, aus der sie gekommen war. Einer der beiden Ärzte kam ihr entgegen. Sein Gesicht war ernst.

»Ihr Bruder ist gerade verstorben. Es tut mir sehr leid, Frau Engel«, sagte er mit sanfter Stimme. Annemie schwankte, und er nahm ihren Arm.

»Was ist passiert?«

»Es hat eine Blutung in seinem Gehirn gegeben. Es ging alles sehr schnell. Wir konnten nichts mehr für ihn tun.«

»Ich will zu ihm«, sagte Annemie und hörte ihre eigene Stimme, als gehörte sie nicht zu ihr.

Der Arzt brachte sie zu Haralds Bett und setzte sie wieder auf den Stuhl, auf dem sie noch vor wenigen Minuten gesessen und mit ihm gesprochen hatte. Als der Schmerz kam, war er so überwältigend, dass er Annemie die Luft raubte und ihr den Boden unter den Füßen wegzog. Sie griff nach Haralds Hand, stand auf und beugte sich über ihn. Sie wollte ihn nicht gehen lassen, sie hatten doch gerade erst wieder zueinandergefunden. Sie strich über seine Wange, wie sie es früher gemacht hatte, als er geschlafen und sie nach ihm gesehen hatte. Sie küsste seine Stirn und erinnerte sich an seine Ideen, die sie so oft zum Lachen und noch öfter zur Verzweiflung gebracht hatten. Sie legte ihre Hand auf seine Brust, dort, wo sein Herz aufgehört hatte zu schlagen. Für immer. Er war fort. Und es war so endgültig.

»Sollen wir jemanden benachrichtigen?«, fragte der Arzt.

»Nein, ich habe niemanden.«

Kapitel 18

Die Ärzte waren gegangen. Eine Schwester hatte ein Rollo vor der Glasscheibe heruntergelassen. Eine andere war gekommen und hatte Harald von den Schläuchen und Kabeln befreit, die sein Leben überwacht und nun allen Sinn verloren hatten. Mit einer behutsamen Bewegung hatte sie ihm die Lider geschlossen.

Annemie war ruhig auf dem Stuhl neben dem Bett sitzen geblieben und hatte all das um sich herum geschehen lassen.

Harald lag still. Friedlich. Die steile Falte zwischen seinen Augenbrauen war verschwunden, der Mund leicht geöffnet. Im Dämmerlicht erschien seine Haut warm und lebendig. Annemie betrachtete ihn, ohne einen klaren Gedanken fassen zu können. Sie hörte nicht, wie die Schwester hinter ihr den Raum betrat.

»Wir müssen das Intensivzimmer jetzt frei machen, Frau Engel. Wir bringen Ihren Bruder in einen stillen Raum, in dem Sie von ihm Abschied nehmen können.«

Annemie stand auf. »Ich gehe jetzt nach Hause. Harald ist nie ein Freund von viel Tamtam gewesen.« Sie strich ihm ein letztes Mal über die Hand. »Auf Wiedersehen, Harald.«

Sie ging über den Flur, zog die Schutzkleidung aus, nahm Mantel und Handtasche. Die Eingangshalle des Krankenhauses war leer, nur am Pförtnertresen brannte Licht. Es war fast Mitternacht. Annemie ließ sich ein Taxi kommen, stieg ein und fuhr nach Hause.

Sie schloss die Tür auf, hängte den Mantel an den Haken, stellte ihre Tasche auf das Sideboard. Belmondo strich ihr um die Füße, maunzte und lief in Richtung Treppe. Annemie schaltete das Licht zur Backstube an und ging hinunter. Der Kater hatte Hunger.

Es war wie an jedem der letzten Abende, wenn sie nach Hause gekommen war. Die vertraute Gewohnheit tat ihr gut, und sie genoss die feste Wärme des kleinen Katzenkörpers. Hinter sich hörte sie das Geräusch einer sich öffnenden Tür.

»Herr Farin?«, rief sie, erhielt aber keine Antwort. »Hallo?«
Sie wandte sich um und entdeckte Engelbert von Adel, der
ihr mit hocherhobenem Schwanz entgegenlief. »Ein Türschloss
kann dich also nicht aufhalten«, murmelte sie. »Da machst du
deinem Herrchen ja alle Ehre.« Sie lächelte wehmütig und streichelte Engelbert über den Kopf. »Mal sehen, wie wir das alle
zusammen schaffen werden.«

Die Kater beäugten jeden ihrer Schritte und stürzten sich mit
neu gefundener Eintracht auf ihre Futterschalen. Als Annemie
sich wieder aufrichtete, entdeckte sie einen Briefumschlag und
ein Blatt Papier auf der Arbeitsfläche. Daneben lag ein einzelner
Schlüssel. Den Brief von der Bank legte sie zur Seite. Auf dem
Blatt standen nur wenige handgeschriebene Worte: »Liebe Frau
Annemie, es tut mir sehr leid, dass Sie von mir enttäuscht sind.
Ich habe sehr gerne mit Ihnen zusammengearbeitet und viel von
Ihnen gelernt. Das Café ist aufgeräumt, meine Sachen habe ich
alle mitgenommen. Danke, dass ich bei Ihnen wohnen durfte.
Alles Gute, Farin.«

Annemie starrte auf die Buchstaben. Harald war tot. Farin
Said war gegangen. Sie war allein. Müde griff sie nach dem
Brief der Bank und öffnete den Umschlag. Auch auf diesem
Blatt standen nur wenige Zeilen. Annemie überflog sie, faltete
den Brief wieder zusammen und steckte ihn in den Umschlag
zurück. Sie nahm den Schlüssel, ging hinauf bis zur Haustür
und schloss sie ab. Zögernd betrat sie das Café. Farin hatte den
Raum sehr gründlich sauber gemacht und aufgeräumt. Von der
wilden Katerhatz war keine Spur mehr zu entdecken.

Annemie achtete nicht auf die Kisten und Kartons, die er
ordentlich in einer Ecke zusammengestellt hatte. Sie ging zu den
Fenstern, die sie gestern erst von den Styroporplatten befreit und
gereinigt hatten, und ließ die Rollläden zur Straße hinunter. Sie
verließ den Raum, zog die Tür hinter sich zu und verschloss sie.
Den Schlüssel hängte sie an das Brett neben der Garderobe, an
dem auch die Schlüssel der oberen Zimmer hingen.

Sie hatte die letzten Jahrzehnte allein in zwei Zimmern des
Hauses gelebt, ohne mehr Kontakt zur Außenwelt als unbedingt

nötig. Sie würde das wieder können. Alles andere war ein Fehler gewesen.

Die Türklingel schrillte laut und penetrant. Annemie presste die Augen fest zusammen und drehte sich im Bett herum. Sie wollte ihre Ruhe haben. Zum ersten Mal seit fast vierzig Jahren war sie nicht von allein aufgewacht. Sie hatte tief und traumlos geschlafen und verspürte keinen Drang, diesen Zustand zu ändern. Wieder ertönte die Klingel. Erst kurz, dann in Abständen immer wieder. Wer immer dort draußen vor ihrem Haus stand, er würde keine Ruhe geben.

Missmutig richtete sie sich auf, griff nach einem der Morgenmäntel, ohne darauf zu achten, welcher es war, und schlüpfte in ihre Pantoffeln. Die Kater begleiteten sie auf ihrem Weg nach unten.

»Ist etwas passiert? Bist du krank? Ich habe mir große Sorgen um dich gemacht, Annemie. Ich habe extra eine Aushilfe angeheuert, damit ich zu dir fahren konnte. Wer weiß, welches Chaos sie in meinem Stand anrichtet und wie verwickelt die Situation sein wird, wenn ich wiederkomme.« Die Worte prasselten wie ein Wasserfall auf Annemie nieder. »Gott sei Dank geht es dir gut.« Gerburg Manderscheidt-Ziesemann raffte ihren weiten lilafarbenen Mantel und den grasgrünen Schal zusammen und drängte sich an Annemie vorbei in den Hausflur. Sie brachte eine kleine Wolke aus Schnee und Kälte mit herein. »Der Markt ist seit drei Stunden im Gange, doch euer Stand ist verriegelt und verrammelt. Ich hatte schon unzählige Nachfragen, was denn nun mit den Plätzchen sei.« Sie drehte sich um und musterte Annemie von oben bis unten. »Warum stehst du hier im Bademantel? Es ist bereits nach Mittag.«

»Harald ist tot.« Die Worte hörten sich genauso fremd an wie am Tag zuvor.

»Wie bitte?« Gerburg Manderscheidt-Ziesemann wurde blass. Haltsuchend ruderte sie mit der Hand in der Luft, bis sie die kleine Kommode neben der Garderobe fand und sich dagegenlehnte.

»Er ist gestern gestorben.«

»Aber es ging ihm doch besser?«

Annemie nickte stumm.

»Und warum dann?«

»Er hatte eine Hirnblutung, hat der Arzt gesagt. Es ging alles ganz schnell. Wir hatten uns gerade noch unterhalten, und im nächsten Augenblick war er nicht mehr da.« Annemie sah Harald wieder vor sich, erinnerte sich an die Stille im Raum.

»Du warst bei ihm?«

»Ja.«

»Das ist gut.« Gerburg Manderscheidt-Ziesemann kam einen Schritt auf sie zu. »Für ihn. Und für dich«, ergänzte sie. »Es tut mir so leid.« Sie nahm Annemie in die Arme und drückte sie an sich.

Annemie versteifte sich. Seit Ewigkeiten hatte sie niemand mehr in den Arm genommen.

Gerburg lockerte die Umarmung und hielt Annemie eine Handbreit von sich weg. »Wie geht es dir denn damit, meine Liebe?«

Annemie löste sich aus ihrem Griff und ging einen Schritt zurück.

»Es muss gehen. Alles geht immer irgendwie weiter.« Sie straffte den Rücken. Auch wenn sie um die Zuneigung dieser Frau nicht gebeten hatte, sie tat ihr gut.

»Stimmt. Du hast recht. Arbeit hilft sicher auch. Trotzdem solltest du heute zu Hause bleiben. Dich ausruhen. Brauchst du Hilfe bei den Vorbereitungen?«

»Welche Vorbereitungen?«

»Für die Beerdigung.« Gerburg Manderscheidt-Ziesemann musterte sie besorgt. »Bist du sicher, dass es dir gut geht?« Sie sah sich um. »Wo können wir denn hier mal einen Kaffee für dich herbekommen? Du siehst aus, als könntest du gerade etwas brauchen, das deine Lebensgeister weckt.«

»Jaja. Ich schaffe das schon.« Daran hatte sie noch gar nicht gedacht. Jemand musste sich um die Beerdigung kümmern. Und dieser Jemand war sie. Harald hatte keine Vorkehrungen für diesen Fall getroffen, sonst hätte sie Unterlagen dazu gefunden, als sie die Wohnung durchsucht hatten. Sie würde ein Beerdigungsinstitut anrufen müssen.

Annemie zeigte auf die Treppe, die hinunter zur Backstube führte. Gerburg Manderscheidt-Ziesemann ging voran, Annemie folgte ihr.

»Wo ist Farin?« Gerburg schaltete das Licht an und sah sich um, als erwartete sie, Farin hinter der nächsten Ecke zu entdecken. »Er hätte doch heute den Stand öffnen können.«

»Herr Farin ist weg.« Annemie schob die Vorderteile ihres Bademantels fester übereinander und zog den Gürtel enger zusammen.

»Warum?«

»Er hat sich mit Corinna Heßler zusammengetan. Sie hat ihm angeboten, den Plätzchenstand zu übernehmen, wenn das neue Konzept läuft.«

»Tatsächlich? Und du? Was ist mit dir?«

»Ich komme in dem Szenario nicht vor.« Annemie setzte sich auf ihren Frühstücksstuhl. Gerburg Manderscheidt-Ziesemann ging zur Kaffeemaschine und suchte im Regal nach Kaffee und Filtertüten.

»Hat er dir das so gesagt? Das kann ich mir gar nicht vorstellen.« Sie füllte großzügige Mengen Kaffeepulver in die Maschine.

»Er hat mir von dem Angebot erzählt, nachdem ich ihn überführt hatte, mit Corinna Heßler gesprochen zu haben.«

»Du hast ihn überführt? Wie einen Schwerverbrecher? Ist es denn verboten, mit anderen Menschen zu sprechen?« Sie drehte sich zu Annemie um, den Maßlöffel in der Hand. Braunes Pulver rieselte auf den Boden.

»Nein, natürlich nicht, aber …«

»Was, aber? Hat er gesagt, er hätte das Angebot angenommen?« Sie nahm die leere Kanne, trug sie zum Spülbecken und ließ Wasser hineinlaufen.

»Nicht direkt.«

»Du hast ihn aber gefragt?« Geschäftig eilte sie zurück, füllte die Maschine und schaltete sie ein.

»Nein.«

»Woher weißt du dann, dass er eingewilligt hat?« Gerburg Manderscheidt-Ziesemann verschränkte die Arme vor der Brust.

»Das tut doch jetzt alles nichts zur Sache. Er hat mich hintergangen und damit basta.« Annemie stand auf und rückte den Stuhl zurecht. Sie starrte Gerburg Manderscheidt-Ziesemann an. Was hatte diese Nervensäge in Frauengestalt eigentlich hier verloren? Sie wollte ihre Ruhe haben. Allein sein. Sie wollte um Harald trauern. Sie musste wegen des Briefes eine Entscheidung treffen. »Bitte gehen Sie, Frau Manderscheidt-Ziesemann«, sagte Annemie betont sachlich. »Ich komme allein zurecht.«

Sie ging zur Treppe, um ihrer Besucherin den Weg zu weisen, aber Gerburg ignorierte sie. Ohne Scheu suchte sie nach zwei Tassen. Sie wartete noch einen Moment, bis genug Wasser durch die Maschine gelaufen war, goss in beide einen guten Schluck Kaffee und hielt Annemie eine der beiden unter die Nase. Der Dampf brannte in ihren Nasenlöchern, und Annemie fragte sich, ob Gerburg ihr damit einen Gefallen tun oder ihre Magenschleimhaut auf Dauer schädigen wollte. Mit einer knappen Geste lehnte sie ab und wies stattdessen erneut auf den Ausgang. Gerburg Manderscheidt-Ziesemann setzte sich und trank einen Schluck.

»Oi, der kann Tote aufwecken.« Sie verzog das Gesicht und schlug sich mit der Hand auf den Mund. »Entschuldige bitte, Annemie. Das war nicht so gemeint.« Sie trank ein weiteres Mal und stellte die Tasse auf dem Tisch ab.

Nachdenklich betrachtete sie die Backstube. Annemie folgte ihrem Blick. Sah die schäbigen Ecken, die kaputten Fliesen, die Spuren der Abnutzung überall. Sie holte tief Luft. Das alles war vielleicht sowieso bald Vergangenheit.

»Weiß Kommissar Freudenruh schon von Haralds Tod?«, wollte Gerburg Manderscheidt-Ziesemann wissen. »Vielleicht stellt er die Nachforschungen jetzt ein.«

»Wieso sollte er?«

»Harald war sein Hauptverdächtiger in dem Fall. Ist es nicht logisch, dass die Ermittlungen nach seinem Tod eingestellt werden?«

»Aber dann findet er den Mörder doch nicht«, widersprach Annemie. Der Gedanke daran regte sie auf. Wenn Freudenruh dachte, mit Harald sei der Täter gestorben, wäre das in der Tat das Ende der Suche. Und das wiederum bedeutete, dass an Harald für immer der Ruf eines Mörders haften würde. Das konnte sie nicht zulassen. Sie nahm ihre Tasse, trank nun ebenfalls einen Schluck Kaffee und spie ihn sofort wieder aus. Der schmeckte wie verbrannte Mandelsplitter. Würden die Ermittlungen eingestellt, bedeutete das auch, dass der wahre Mörder ungestraft davonkommen würde. Das musste sie verhindern. Sie musste mit Freudenruh sprechen und herausfinden, was er plante. Und im Zweifelsfall selbst aktiv werden. Aber wie sollte sie das anstellen? Sie war allein, hatte Farin Said vergrault, und in dem Brief drohte ihr die Bank mit Pfändungen und Zwangsmaßnahmen, wenn sie ihre Schulden nicht bezahlte. Was sollte sie nur tun? Ganz sicher konnte sie keinen Mörder fangen, wenn sie sich wieder in ihren vier Wänden verkriechen und die Welt ausschließen würde. Aber allein würde sie es ebenso wenig schaffen.

Sie musste mit Farin sprechen und hören, was er zu sagen hatte. Und sie musste sich bei ihm entschuldigen.

»Ich brauche deine Hilfe, Gerburg«, sagte sie und lächelte ihrer unverhofften Besucherin zaghaft zu. »Ich muss den Mörder meines Bruders finden.«

Kapitel 19

»Mein Beileid zum Tod Ihres Bruders, Frau Engel. Das Krankenhaus hat uns schon informiert. Ich wollte Ihnen allerdings etwas Zeit geben, ehe ich mich bei Ihnen melde.« Kommissar Freudenruh seufzte, und Annemie hörte, wie er den Telefonhörer in die andere Hand nahm. »Auch wenn ich es lieber von Angesicht zu Angesicht mit Ihnen besprochen hätte …« Er verstummte und räusperte sich. »Da Sie mich nun mal angerufen haben, möchte ich Ihnen sagen, dass es für uns jetzt keine Anhaltspunkte mehr gibt, um weiterzuermitteln. Es haben sich keine Spuren ergeben, die auf einen anderen Täter als Ihren Bruder hindeuten.«

»Was ist mit Georg Feger? Sie haben ihn doch überwachen lassen.«

»Wir haben Georg Fegers Schwester überwacht. Das ist ein Unterschied. Und auch nur, um die alte Geschichte nicht unberücksichtigt zu lassen. Es gibt keine Indizien, dass Herr Feger sich zum Zeitpunkt der Explosion in der Nähe des Tatortes aufgehalten hat. Und auch nicht in Niedelsingen oder Glimberg. Es tut mir leid, Frau Engel, aber die Akte wird geschlossen.«

»Sie geben also auf?«

»Wir geben nicht auf. Wir schließen die Akte, weil die Prüfung der Sachlage keine neuen Anhaltspunkte für weitere Ermittlungen bietet.«

»Mein Bruder war kein Mörder. Sie können nicht einfach aufhören.«

»Ich kann verstehen, wenn Sie das Ansehen Ihres Bruders in Ehren halten wollen, Frau Engel. Aber es ist mir wirklich nicht möglich, unter den gegebenen Umständen –«

»Welche Umstände brauchen Sie denn, um den Fall weiterzuverfolgen?«, unterbrach Annemie Kommissar Freudenruh. Sie wollte nicht lockerlassen.

»Neue Umstände. Neue Fakten. Neue Erkenntnisse. Und

solange wir die nicht haben ...« Er machte eine Pause, und Annemie hörte, wie er tief ein- und sehr langsam wieder ausatmete. »So lange ist eine Wiederaufnahme durch nichts zu rechtfertigen, Frau Engel. Bitte verstehen Sie das. Und jetzt muss ich weitermachen. Es wartet eine Menge Arbeit auf mich.«

»Aber —«

»Auf Wiederhören, Frau Engel.« Er klang genervt. »Und noch einmal mein tief empfundenes Beileid zu Ihrem Verlust.« Es klackte in der Leitung.

»Er hat einfach aufgelegt.« Annemie schaute zuerst den Hörer in ihrer Hand und dann Gerburg Manderscheidt-Ziesemann fassungslos an. »Er wird nichts weiter unternehmen. ›Die Akte schließen‹ nennt er das.« Sie legte den Hörer zurück auf das Telefon. Automatisch rückte sie das Brokatdeckchen zurecht, das unter dem grünen Apparat auf dem Telefonschränkchen in der Diele lag.

»Was hast du jetzt vor?« Gerburg Manderscheidt-Ziesemann wühlte sich durch diverse Kleiderschichten an ihrem Unterarm und schaute auf ihre Armbanduhr. »Ich muss wieder los. Ich kann meinen Stand nicht den ganzen Tag der Aushilfe überlassen.«

Annemie nickte und schaute an sich hinab. »Ich vermute, niemand wird eine alte Frau in einem lindgrünen Rüschenbademantel mit Rosenmuster und Filzpantoffeln ernst nehmen. Also werde ich mich zuerst einmal anziehen.«

»Sehr gute Idee. Soll ich warten?«

»Nein. Fahr zum Markt zurück und löse deine Vertretung ab.« Annemie überlegte kurz. »Kannst du ein Schild an meinem Stand anbringen, dass heute geschlossen ist? Und deine Aushilfe fragen, ob sie vielleicht morgen anstatt Wolle auch Plätzchen verkaufen würde? Ich werde so oder so Hilfe brauchen.«

»Das mache ich gerne, Annemie.« Gerburg Manderscheidt-Ziesemann breitete die Arme aus und umfing Annemie erneut in einer bunten, wolligen Umarmung. Diesmal ließ Annemie es geschehen und erlaubte sich sogar, sie zu erwidern.

»Danke, Gerburg«, sagte Annemie und hielt ihr die Hand hin, nachdem sie sich von ihr gelöst hatte.

»Da nicht für.« Gerburg Manderscheidt-Ziesemann winkte ab. »Wozu hat man denn Freunde?« Sie raffte ihren Mantel an der Vorderseite zusammen, schlang den Schal zweimal um ihren Hals und ging zur Haustür. Die Hand schon an der Klinke, drehte sie sich noch einmal zu Annemie um. »Diesmal bleiben wir aber endgültig beim Du, oder? Dieses ewige Hin und Her macht mich ganz kirre.«

»Ja, Gerburg. Sehr gerne.« Annemie Engel lächelte. »Freunde«, murmelte sie leise, nachdem Gerburg die Tür hinter sich zugezogen hatte. »Freunde.«

Das Wort fühlte sich fremd für sie an, gefiel ihr aber ausgesprochen gut.

Zehn Minuten später hatte sie sich angezogen. Die Kater waren ihr auf Schritt und Tritt gefolgt, hatten sie und sich gegenseitig beobachtet, dabei aber immer einen gebührenden Abstand zueinander gehalten. Sobald sie die Tür zum Café öffnete, flitzten sie hinein und verschwanden im Möbelgewirr.

»Bildet euch aber nicht ein, dass das hier jetzt euer neuer Spielplatz sein wird«, rief Annemie den beiden nach und zuckte zusammen, als zur Antwort ein Stuhl zu Boden krachte. Kurz überlegte sie, ob sie einschreiten sollte, entschied sich aber dagegen. Vielleicht war es ja gar nicht so verkehrt, wenn die beiden sich in dem großen Raum austoben konnten. Sie selbst war aus einem ganz anderen Grund hier. Sie hoffte, irgendetwas zu finden, das ihr verriet, wohin Farin gegangen war.

Sie ging zu den Kartons, die er sorgfältig in einer Ecke aufgestapelt hatte, nahm einen nach dem anderen und schaute hinein. Aber außer diversen Dekosachen, die er von den Regalen eingesammelt hatte, hatten die Kartons nichts zu bieten. Annemie suchte den Boden ab, untersuchte jedes Regal, zog Schubladen auf und kletterte sogar auf einen Stuhl, um die oberen Borde kontrollieren zu können. Vorsichtig stieg sie von dem Stuhl wieder hinunter und setzte sich. Was hatte sie auch erwartet?

Dass er einen großen Zettel mit sämtlichen Adressen und Telefonnummern hinterließ, unter denen sie ihn würde erreichen können, wenn sie es sich anders überlegte? Sah er ihren Sinneswandel überhaupt als Möglichkeit an? Oder war für ihn die Sache erledigt und sie nur die verrückte alte Schwester seines Chefs? Er war ein junger Mann. Er hatte von einem Kumpel gesprochen, bei dem er vielleicht Unterschlupf finden könnte, als sie ihn zunächst abgewiesen hatte, jedoch keinen Namen genannt. Er hatte auch eine Ex-Freundin erwähnt, doch zu der war er bestimmt nicht gegangen, die wollte ihn nicht mehr sehen. Aber er hatte doch jetzt eine neue Freundin – oder wie immer man Maike Assenmacher im Zusammenhang mit Farin auch bezeichnen konnte. Am besten versuchte sie es bei ihr. Sie hatte ihr gestern erzählt, dass sie heute einen freien Tag hatte, und vielleicht war Farin ja sogar bei ihr.

Sie ging in den Flur zur Garderobe, öffnete ihre Handtasche und wühlte darin herum. Sie war sich sicher, den Zettel mit der Telefonnummer der Intensivstation dort hineingetan zu haben. Schließlich fand sie ihn klein zusammengefaltet in einem Reißverschlussfach. Annemie ging zum Telefon und wählte die Nummer der Intensivstation.

»Es tut mir leid, aber ich darf die Kontaktdaten unserer Mitarbeiter nicht an Fremde weitergeben«, erklärte ihr die diensthabende Schwester.

»Aber Maike kennt mich, und ich muss sie sehr dringend erreichen.«

»Das mag sein, Frau Engel, aber trotzdem muss ich mich an die Vorschriften halten.« Sie schwieg, legte aber nicht auf. Annemie hörte sie am anderen Ende der Leitung atmen. »Rufen Sie am besten die Auskunft an und fragen Sie dort nach der Telefonnummer von Frau Dr. Assenmacher.« Sie nannte die Nummer der Auskunft, wünschte Annemie viel Erfolg und legte auf.

Nachdem ihr die freundliche Dame von der Auskunft Maike Assenmachers Telefonnummer genannt und das Gespräch beendet hatte, versuchte Annemie ihr Glück.

»Hallo?«

»Ja, hallo, Frau Dr. Assenmacher. Hier ist Annemie Engel. Ich wollte sie fragen, ob —«

»Hallo?«, unterbrach Maike Assenmachers Stimme sie.

»Oh, entschuldigen Sie bitte, hier ist Engel. Annemie Engel, ich wollte Sie etwas fragen.«

»Hallo«, sagte Maike Assenmacher wieder und sprach sofort weiter. »Wenn du jetzt auch das dritte Hallo gehört hast, bin ich anscheinend wirklich nicht zu Hause oder schaffe es gerade aus einem anderen Grund nicht, mit dir zu sprechen. Wenn es wichtig ist, sprich mir bitte aufs Band. Ansonsten kann es sicher warten, bis wir uns das nächste Mal persönlich sehen. Das ist sowieso viel schöner.« Etwas klackte in der Leitung, dann piepste es.

Annemie war verwirrt. Was sollte sie sagen? Wenn Maike Assenmacher nicht zu Hause war, hatte sie vielleicht doch Dienst im Krankenhaus. Annemie drückte auf die Gabel, um das Ge- spräch mit Maike Assenmachers Anrufbeantworter zu beenden, wählte erneut die Nummer der Auskunft und ließ sich direkt mit dem Krankenhaus verbinden.

»Frau Dr. Assenmacher ist heute nicht im Dienst«, verkün- dete der junge Mann an der Zentrale gut gelaunt, nachdem er seinen Computer befragt hatte. »Möchten Sie, dass ich ihr eine Nachricht von Ihnen übermittele, oder möchten Sie mit der Station verbunden werden?

»Nein.« Annemie bedankte sich und legte auf. Ein drittes Mal bat sie die freundliche Frauenstimme der Auskunft um eine Nummer, wählte und brauchte eine Weile, bis sie begriff, dass der Anschluss besetzt war.

»Jungs, ihr müsst jetzt ohne mich klarkommen«, rief sie in Richtung Café, zog Mantel, Schal und Mütze an und klemmte ihre Handtasche unter den Arm. Mit Schwung ließ sie die Haustür hinter sich ins Schloss fallen. Dichtes Schneetreiben empfing sie, und ein kalter Wind blies die Straße entlang. Annemie wandte sich entschieden in Richtung Innenstadt und marschierte los. Der Gegenwind machte ihr sehr zu schaffen, aber sie wollte sich nicht von ihrem Entschluss abbringen lassen, Maike Assenmacher zu finden. Denn die würde wissen, wo Farin war. Und wenn sie Farin erst gefunden hatte, würde sie sich bei ihm für ihr vorschnelles Urteil entschuldigen und ihm die Gelegenheit geben, ihr zu erklären, was es denn nun genau mit Corinna Heßlers Angebot an ihn auf sich hatte. Vielleicht tat sie ihm in dieser Sache genauso unrecht wie mit ihrer Vermutung, er sei für die Schäden an den Marktständen verantwortlich gewesen. Farin hatte ihr Vertrauen verdient. Als ein Freund. Als ein Teil ihrer Familie. Sie blieb stehen und wunderte sich über sich selbst. Wie schnell ihr dieses neue Wort geläufig wurde. Sie horchte in sich hinein. Und wie schnell ihr dieses neue Gefühl gefiel.

Sie wollte nicht wie Harald eines Tages erkennen müssen, dass sie das Heute nicht genutzt hatte. Dass sie keinem Menschen vertraut und keine Familie um sich hatte. Zusammen mit Farin würde sie es schaffen, genügend Geld zu verdienen, um ihre finanziellen Probleme zu lösen, neues Vertrauen in die Menschen zu entwickeln und ihr Schneckenhaus zu verlassen. Und sie würde es schaffen, ihr Versprechen, für ihren kleinen Bruder zu sorgen, doch noch einzulösen, indem sie seinen Mörder fand.

Annemie knotete den Schal fester und stemmte sich gegen den Wind. Obwohl sie wegen Haralds Tod traurig sein müsste, fühlte sie sich so gut wie lange nicht mehr. Mit diesem Bewusstsein würde sie die hohe Hürde, die sie jetzt zu nehmen hatte, auch meistern.

Vor der Buchhandlung blieb sie stehen. Durch die Schaufenster fiel warmes Licht auf den Bürgersteig. Die Auslagen quollen über von bunten Büchern, die, in Stapeln und Gruppen sortiert, die Kundschaft hineinlocken sollten. Das alte Backsteinhaus hatte sich nicht verändert, seit sie das letzte Mal mit klopfendem Herzen hier gestanden und durch die Schaufenster ins Innere geblickt hatte. Drei Stufen führten zur Eingangstür hinauf. Damals hatte sie es nicht geschafft, diese drei Stufen zu erklimmen, weil sie ihr vorgekommen waren wie ein unbezwingbarer Berg. Heute durfte sie nicht weglaufen. Annemie atmete tief die kalte Winterluft ein, nahm ihre Mütze ab und betrat die Buchhandlung Assenmacher.

Im Inneren empfing sie geschäftiges Treiben. Kunden standen vor den Regalen, lasen mit schief gelegten Köpfen die Titel auf den Buchrücken oder schlenderten von Auslage zu Auslage, um mal hier, mal dort ein Buch aufzunehmen und darin zu blättern. Annemie lockerte den Schal und öffnete die Knöpfe ihres Mantels. Ein älterer Herr kam auf sie zu. »Kann ich Ihnen helfen?«, fragte er freundlich. Dann blinzelte er und musterte Annemie irritiert.

»Hallo, Werner«, sagte Annemie und räusperte sich. Sie hatte ihn sofort erkannt. Auch wenn das ehemals flammende Rot seiner Haare einem hellen Grau gewichen war, kleidete er sich immer noch auf die gleiche Art wie vor mehr als vierzig Jahren: Hemd, Krawatte und Pullunder zu anständigen Hosen, die Haare kurz, gescheitelt und gekämmt, die Schuhe geputzt.

»Annemie? Annemie Engel?« Werner Assenmacher wirkte zunächst verblüfft. Dann wechselte sein Gesichtsausdruck in kurzer Zeit von Schmerz über Zorn hin zu einem wehmütigen Lächeln.

»Es ist lange her.« Annemie erwiderte sein Lächeln und sah sich um. Wenn sie damals den Mut gefunden und die Buchhandlung betreten hätte, wäre ihr Leben womöglich anders verlaufen. Mit Kindern und einer Familie. Dann wäre Maike Assenmacher jetzt vielleicht ihre Tochter. Aber sie hatte sich für ihren Bruder Harald und gegen Werner entschieden und auf der Schwelle kehrtgemacht. Zumindest er hatte eine neue Liebe gefunden, sie geheiratet und eine Familie gegründet. »Weißt du, wo deine Tochter ist?«

»Maike?« Werner Assenmacher schüttelte den Kopf. Er wirkte immer noch irritiert. Sie hatten sich seit damals nicht mehr gesehen. Niedelsingen war zwar eine Kleinstadt, aber wenn man es wollte, konnte man sich aus dem Weg gehen. Vor allem, wenn man sich in seinem Haus verkroch und niemanden mehr hineinließ. »Nein. Ich vermute, sie ist im Krankenhaus. Sie arbeitet dort.«

»Ich weiß, aber da ist sie nicht. Sie hat heute frei. Und in ihrer Wohnung ist sie auch nicht, sie geht jedenfalls nicht ans Telefon.«

»Und was möchtest du nun von mir?«

»Maike kann mir vielleicht helfen, jemanden zu finden, mit dem ich dringend sprechen muss. Herr Farin Said.«

»Ihren neuen Freund? Diesen netten jungen Mann, der für Harald auf dem Markt gearbeitet hat?« Werner Assenmacher trat einen Schritt zur Seite und machte eine einladende Geste in Richtung einer Ecke des Buchladens, in der zwei kleine Bistrotische zum Verweilen einluden. »Darf ich dich auf einen Kaffee einladen? Wir bieten diesen Service unseren Kunden an.«

»Gerne.« Annemie nickte. Sie folgte Werner Assenmacher, setzte sich und schaute ihm zu, wie er der Maschine zwei Tassen Kaffee entlockte und sie auf dem Tischchen abstellte. Auf beiden Untertassen lag ein Keks, der Annemie sehr bekannt vorkam.

»Deinen Backkünsten bin ich all die Jahre treu geblieben.« Werner Assenmacher schmunzelte. »Ich habe regelmäßig bei Harald eingekauft.« Dann wurde er ernst. »Dein Bruder ist gestorben. Meine Angestellte, die heute Morgen Nachschub an eurem Stand holen wollte, hat mir erzählt, was passiert ist. Das tut mir leid.«

Annemie nickte. Sie rührte in ihrem Kaffee.

»Deswegen muss ich Farin Said finden. Ich brauche seine Hilfe. Und ich bin ihm noch etwas schuldig.«

Werner Assenmacher stand auf, ging hinter die Theke und kam mit einem kleinen Büchlein und einem schnurlosen Telefon zurück.

»Hier, bitte.« Er schob ihr alles über den Tisch hinweg zu. »Maike schimpft immer mit mir, weil ich mich weigere, mir eines dieser neumodischen Handys zu kaufen. Aber ich will nicht alle meine Daten irgendeiner ominösen Wolke im Internet anvertrauen. Mein Motto ist immer noch ›Wer schreibt, der bleibt‹, und ich bin damit bisher gut gefahren.« Er zwinkerte ihr zu, und Annemie hatte mit einem Mal wieder das Bild des jungen Werner Assenmacher vor sich. Das des hochgewachsenen Rotschopfs, in den sie sich damals verliebt hatte. »Natürlich kann ich die Handynummer auch auswendig.« Er deutete auf das Telefon. »Los, ruf sie an.«

Annemie tat wie ihr geheißen, wartete auf die Verbindung und lauschte gespannt.

»Da hebt auch nur eine Antwortmaschine ab.« Enttäuscht gab sie Werner Assenmacher das Telefon zurück. Der überlegte kurz, ging zur Kasse und kam mit einem Zettel und einem Stift zurück. Er notierte die Adresse und die Handynummer seiner Tochter auf dem Notizzettel und reichte ihn Annemie.

»Versuch es später noch einmal. Die jungen Leute sind eigentlich immer und ständig erreichbar. Womöglich hast du in einer halben Stunde schon mehr Erfolg.«

»Hast du in deinem schlauen Buch vielleicht auch die Nummer von Herrn Farin?«, fragte Annemie. Werner Assenmacher schüttelte den Kopf.

»Nein. Ich bin froh, dass Maike mir überhaupt von ihm erzählt hat. Es ist ja noch ganz frisch, und normalerweise kriege ich so etwas gar nicht mehr mit. Sie ist eine erwachsene Frau und ihrem Vater keine Rechenschaft schuldig.« Er hob in einer bedauernden Geste die Schultern.

»Danke schön. Auch für den Kaffee.« Annemie trank den letzten Schluck aus der Tasse, stand auf und griff nach Mantel, Schal und Mütze.

»Schade«, sagte Werner Assenmacher. Er schaute sie nachdenklich an, und Annemie war sich nicht sicher, was genau er bedauerte. Dass er ihr nicht hatte helfen können, oder dass sie damals die Treppe nicht hinaufgestiegen war.

»Ja. Sehr schade. Alles«, antwortete sie und reichte ihm die Hand.

»Komm doch einfach mal wieder vorbei, wenn du Zeit hast, Annemie. Auf einen Kaffee und einen Plausch. Seit meine Frau gestorben ist, fehlen mir die kleinen Gespräche zwischendurch.« Werner Assenmacher ging vor ihr her und hielt ihr die Tür auf. »Und hab keine Angst, einfach hereinzukommen. So steil ist der Anstieg nicht.«

Vor dem Buchladen blieb Annemie stehen, drehte sich um und winkte Werner Assenmacher zu, bevor sie quer über den Marktplatz ging. Sie nahm sich fest vor, seine Einladung anzunehmen, sobald sie Zeit dafür fand. Kein Später mehr, sondern ein Heute. Oder zumindest ein Morgen.

Die Uhr am Rathausturm zeigte eine Viertelstunde nach drei an. Was sollte sie jetzt tun? Bisher waren all ihre Versuche, Farin Said zu finden, vergeblich gewesen. Wo konnte sie noch nach ihm suchen? Was, wenn sie auf den Weihnachtsmarkt gehen und dort die Standnachbarn befragen würde? Aber dann würde sie die Fragen zu Haralds Tod und die Beileidsbekundungen über sich ergehen lassen müssen, wonach ihr gerade gar nicht der Sinn stand. Und welchen Grund sollte Farin haben, sich auf dem Weihnachtsmarkt aufzuhalten? Vermutlich hatte Werner Assenmacher recht, wenn er ihr riet, einfach später noch mal bei seiner Tochter anzurufen. In der Zwischenzeit konnte sie den Beerdigungsunternehmer aufsuchen, eine Aufgabe, die sie seit Gerburgs Erwähnung derselben bewusst vor sich hergeschoben und aus ihren Gedanken verdrängt hatte.

Zum zweiten Mal an diesem Tag betrat sie ein Ladenlokal, und auch wenn das Bestattungsinstitut nichts mit Werner Assenmachers gemütlichem Buchladen gemeinsam hatte, fühlte sie sich auch hier freundlich aufgenommen. Sie entschied sich für eine Feuerbestattung und eine einfache, aber sehr schöne Urne, von der sie vermutete, dass sie Harald auch gefallen hätte, und der Bestatter versprach, sich um alles Weitere zu kümmern. Zum Schluss bat sie ihn darum, sein Telefon benutzen zu dürfen, um es erneut bei Maike Assenmacher zu versuchen. Als sie das Besetztzeichen hörte, beschloss sie, ins Krankenhaus zu fahren und sich ein letztes Mal von ihrem Bruder zu verabschieden.

Der kleine Raum der Stille, in dem Harald aufgebahrt lag, befand sich in einem Gang neben der Krankenhauskapelle. Eine ganze Reihe Türen ging von diesem Flur ab, und Annemie erkannte im Vorbeigehen, dass die dahinterliegenden Räume alle auf die gleiche Weise eingerichtet waren. Dezentes Licht,

Bilder von Wäldern und dem Meer, einige Sessel und ein Tischchen neben dem Platz für den Toten. Annemie blieb an der Tür stehen, bedankte sich bei der Schwester und wartete, bis diese gegangen war. Dann betrat sie den Raum. Sie legte Mantel, Schal und Mütze auf einen der Sessel und ging zu Harald. Er trug ein weißes Totenhemd. Seine Hände waren über der Decke locker ineinander verschränkt. Sie legte ihre Hand auf seine und erschrak über die fehlende Wärme der Haut.

»Heute sind eine Menge Dinge mit mir passiert, Harald«, sagte sie leise. »Ich habe eine Freundin gefunden, und ich habe es geschafft, aus dem Haus zu gehen, obwohl ich mich am liebsten darin verkrochen und alle Türen hinter mir verschlossen hätte. Ich habe eingesehen, dass ich einen Fehler gemacht habe und mich bei Herrn Farin entschuldigen muss.« Sie lachte kurz auf. »Wenn ich den Kerl denn endlich finden kann. Und stell dir vor, ich habe Werner Assenmacher aufgesucht und nach fast vierzig Jahren zum ersten Mal wieder mit ihm gesprochen. Erinnerst du dich an ihn? Vermutlich nicht. Du warst damals ein unausstehlicher Halbwüchsiger. Unser Vater war gerade gestorben, und ich hatte alle Hände voll mit dir zu tun. Hast du überhaupt mitbekommen, dass ich verliebt war? Werner hat sich sehr gefreut, mich wiederzusehen. Er hat mich zu einem Kaffee eingeladen.« Sie lächelte. »Und das Wichtigste zum Schluss: Ich habe beschlossen, weiter nach dem zu suchen, der für die Explosion verantwortlich ist. Der Horst Heßler getötet hat.« Sie räusperte sich, um den Kloß in ihrer Kehle loszuwerden. »Und dich«, ergänzte sie. »Das ist überhaupt der Grund für alles.«

Sie betrachtete Haralds Gesicht. Es hatte sich verändert. Gestern Abend, kurz nachdem er gestorben war, hatte sie ihren Bruder in den Zügen des Toten erkannt. Jetzt erschien es ihr, als wäre etwas verschwunden, was zu ihm gehört hatte. Etwas Wesentliches, das ihn ausgemacht hatte. Der Leichnam vor ihr war nicht mehr ihr Bruder. Er war nur noch eine leere Hülle. Annemie stand auf, beugte sich über Harald und küsste ihn auf die Wange. Dann wandte sie sich von ihm ab. Es war Zeit, zu gehen. Sie nahm ihre Kleidung vom Stuhl auf, ging zur Tür und griff zur Klinke, als die Tür sich öffnete. Ein junger Mann in abgewetzter Lederjacke stand vor ihr.

»Hallo, Herr Farin. Da sind Sie ja. Ich habe Sie gesucht.«

Kapitel 20

Farin Said blieb an der Türschwelle stehen. Annemie sah, dass er geweint hatte. Sie trat zur Seite, ließ ihn ein und schloss die Tür des Raumes hinter ihm. Einige Meter weiter standen drei Stühle auf dem Gang. Annemie ging dorthin und setzte sich. Sie würde warten, bis auch Farin sich von Harald verabschiedet hatte. Es tat ihr gut, sich einige Minuten auszuruhen. Die Ereignisse des gestrigen Tages steckten ihr in den Knochen, und sie spürte, wie müde sie war.

»Ist alles in Ordnung mit Ihnen, Frau Annemie?«

Annemie schreckte hoch. Farin hielt ihr die Handtasche entgegen. Sie musste auf den Boden gefallen sein, während sie kurz eingenickt war.

»Ja. Danke.« Annemie nahm ihre Tasche und stand auf. Ihr Rücken schmerzte von dem unbequemen Sitzen. Sie sah zu Farin Said hoch, der ihrem Blick auswich.

»Ich wollte Harald noch einmal sehen und mich bei ihm bedanken. Es tut mir leid, wenn ich Sie gestört habe. Ich bin sofort wieder weg.« Er wandte sich zum Gehen.

»Bleiben Sie bitte. Ich möchte mit Ihnen reden.«

Farin blieb stehen und drehte sich wieder zu Annemie um. »Weswegen?«

»Weil ich mich bei Ihnen entschuldigen will. Ich habe Ihnen unrecht getan.«

»Sie haben mich nicht ausreden lassen.«

»Ich habe Sie nicht ausreden lassen.«

»Sie wollten mir nicht glauben, dass nicht ich es war, der die Schäden am Markt angerichtet hat.«

»Wollte ich nicht. Weil ich so wütend war.«

»Und jetzt sind Sie das nicht mehr?«

»Nein.« Annemie setzte sich wieder. Mit der Hand klopfte sie auf den freien Stuhl neben sich. Farin Said zögerte kurz, dann zog er seine Lederjacke aus und nahm neben Annemie Platz.

»Maike Assenmacher hat mir erzählt, dass Sie neulich Nacht bei ihr waren. Sie können diese Schäden also gar nicht verursacht haben.«

»Maike hat Ihnen davon erzählt?«, fragte Farin Said verblüfft.

»Sie hat zugegeben, mit mir zusammen gewesen zu sein?«

»Ja. Das hat sie. Stimmt das etwa nicht?« Annemie sah Farin Said prüfend an.

»Doch. Klar stimmt das. Aber dass sie es erzählt, wundert mich.«

»Warum sollte sie nicht zu Ihnen stehen?«

»Weil ...« Er beugte sich vor, stützte die Ellenbogen auf die Knie und verschränkte seine Hände ineinander. »Weil sie eine Ärztin ist und ich nur ein ...« Er brach ab und räusperte sich. »Weil mir das noch nicht so oft passiert ist.«

»Sie hat es sogar ihrem Vater erzählt, der von Ihnen als einem netten jungen Mann spricht.« Annemie nickte und sah Farin von der Seite aus an. »Womit er ja auch recht hat. Nur hatte ich das vergessen. Bitte entschuldigen Sie, dass ich mich Ihnen gegenüber so misstrauisch verhalten habe. Ich habe Sie verdächtigt, ohne darüber nachzudenken. Selbst als Maike Assenmacher mir erzählt hatte, wo Sie in der Nacht gewesen sind, war ich noch böse auf Sie, wegen des Angebots von Corinna Heßler.«

»Sie haben mir nicht vertraut.« Farin lehnte sich an die Wand.

»Nein. Das habe ich nicht.«

»Und jetzt?«

»Jetzt vertraue ich darauf, dass es eine Erklärung gibt.«

»Die gibt es.« Er lächelte Annemie zu und sah dann über sie hinweg den Gang entlang. Ein Strahlen breitete sich auf seinem Gesicht aus.

»Hallo, Frau Engel«, sagte Maike und kam mit ausgestreckter Hand auf sie zu. Sie trug keinen Arztkittel, sondern ihre private Kleidung und wirkte wesentlich jünger, als sie wirklich war. Ihre Haare flammten in einer roten Wolke um ihr Gesicht, und Annemie hätte schwören können, dass sie deutlich mehr Metall an den sichtbaren Stellen ihres Körpers angebracht hatte als im Dienst. »Es tut mir leid, dass Sie Ihren Bruder verloren haben.

Ich habe Farin hergefahren, damit er sich von ihm verabschieden kann.« Sie deutete auf die Tür. »Ist er noch im Raum der Stille?«

»Ja.« Annemie ergriff die ausgestreckte Hand und erwiderte den Druck. »Aber er und ich sind jetzt bereit dafür, dass er geht. Der Bestatter kommt sicher bald, um ihn abzuholen.« Sie sah Farin Said an. Der nickte und stand auf.

»Vielleicht gehen wir irgendwohin, wo wir besser reden können«, schlug er vor.

»Sehr gute Idee.« Annemie erhob sich ebenfalls. »Wir fahren zu mir und setzen uns ins Café. Irgendjemand hat da sehr gründlich aufgeräumt und sauber gemacht. Und einen Kaffee haben wir dort sicher auch schnell gemacht.« Sie nickte Maike Assenmacher zu. »Möchten Sie auch mitkommen?«

Eine gute Stunde später saßen sie zu dritt in Annemies Café. Die Kater waren Farin wie einem lange vermissten Freund um die Beine gestrichen und hatten auch Maike mit hocherhobenen Schwänzen gnädig gestattet, sie zur Begrüßung zu streicheln. Statt des Kaffees gab es Tee und Wasser. Zum einen, weil Annemie befürchtete, heute Nacht sonst kein Auge zuzukriegen, und zum anderen, weil Farin und Maike Tee sowieso viel lieber mochten. Maike hatte kurzerhand für alle eine Pizza geordert, weil sie, wie sie sagte, komplett ausgehungert war.

»Corinna Heßlers Angebot habe ich abgelehnt.« Farin legte Messer und Gabel auf seinen leeren Teller. Er hatte die Pizza mit einer Geschwindigkeit in sich hineingeschaufelt, die Annemie vermuten ließ, dass er schon länger nichts mehr zwischen die Zähne bekommen hatte. »Ich habe ihr gesagt, entweder mit Harald und Frau Annemie oder gar nicht.«

»Wie hat sie darauf reagiert?«, wollte Annemie kleinlaut wissen. Sie machte sich immer noch Vorwürfe, die Sache nicht direkt mit Farin geklärt zu haben.

»Erst hat sie meine Ablehnung schlicht ignoriert. Dann sagte sie, wir würden das Finanzielle schon in den Griff bekommen.«

»Was meinte sie damit?«

»Ich glaube, sie denkt, dass ich nur deswegen nicht mitmachen will, weil mir das Startkapital fehlt.«

»Sie kann sich vermutlich nicht vorstellen, dass Menschen sich solidarisch zu ihren Freunden verhalten«, warf Maike Assenmacher ein. »Hat diese Frau überhaupt Freunde?«

»Ich weiß es nicht, und es ist mir auch egal.« Annemie schnitt sich ein kleines Stück Pizza ab und pikste es mit der Gabel auf. »Zu meiner großen Überraschung scheine ich aber Freunde zu haben. Gerburg Manderscheidt-Ziesemann war bei mir und hat mir Hilfe angeboten.«

»Wir sind auch hier.« Maike griff nach Farins Hand. Annemie sah von einem zum anderen. Sie lächelte.

»Ein paar Jahrzehnte lang habe ich gedacht, ich wäre besser dran, wenn ich für mich allein bliebe. Wenn ich niemanden ins Herz schließe, kann mich auch niemand verletzen. Mein Bruder musste sterben, damit ich begreife, wie wichtig es ist, andere Menschen in sein Leben zu lassen.«

»Vor Verletzungen ist man nie geschützt. Aber das Risiko lohnt sich.« Maike musterte Farin mit einem ironischen Blick. »Meistens jedenfalls.«

Farin grinste und stieß sie gespielt von sich. Annemie lachte laut auf. Ihre Empfindung dabei erstaunte sie noch mehr als die ungewohnte Reaktion selbst. Wie lange hatte sie nicht mehr laut gelacht? Wie lange sich nicht mehr so befreit gefühlt? Trotzdem durfte sie darüber nicht die drängenden Dinge in ihrem Leben vergessen. Sie wurde wieder ernst. Aber selbst das fühlte sich nun anders an. Leichter und zuversichtlicher.

»Es gibt einige Probleme, die ich lösen muss, wenn es hier überhaupt weitergehen soll. Mein Kredit auf der Bank ist ausgereizt, hier müssen dringend einige Reparaturen durchgeführt werden, sonst schließt mir das Ordnungsamt irgendwann meine Backstube. Und die Rechnung des Bestatters wird ein noch größeres Loch in meine Kasse reißen, als es ohnehin schon der Fall ist.« Sie sah Farin an. »Ich muss Ihnen außerdem einen anständigen Lohn zahlen für Ihre Arbeit. Sie sehen also, es ist nicht einfach.«

»Machen Sie sich darüber keine Sorgen. Als Lohn für meine

Arbeit könnte ich doch wieder hier wohnen, und wir essen ja auch zusammen. Darüber hinaus brauche ich nicht viel Geld. Machen wir am besten einfach weiter wie bisher. Es sind nicht mehr viele Tage bis Weihnachten. Solange der Weihnachtsmarkt geöffnet hat, verdienen wir gutes Geld. Und danach?« Farin sah sich im Café um. »Warum eröffnen wir das Café nicht wieder? Ihre Konditorei könnte eine Menge Laufkundschaft anlocken, und Stammkundschaft aufzubauen dürfte bei Ihren Backkünsten doch kein Problem sein. Den Stand können wir außerdem auf den Märkten weiterbetreiben, die uns bisher gute Umsätze eingebracht haben.« Er stand auf, ging durch das Café, verschob einen Tisch und stellte drei Stühle daran. »So viel wäre hier gar nicht zu machen. Ich könnte die Wände streichen und die Einrichtung um ein paar interessante Stücke ergänzen. Die Möbel und das Geschirr sind total vintage; wenn wir alles ein bisschen neu arrangieren, wird das bei den Leuten gut ankommen«, begeisterte er sich. »Ich habe immer davon geträumt, einmal ein eigenes Café zu haben.« Er verstummte und sah Annemie an. »Wenn ich Ihnen helfe, ist es fast, als ob es mein eigenes wäre.«

Er kehrte zu den beiden Frauen zurück und setzte sich. Annemie betrachtete ihn nachdenklich. Er hatte recht. Zusammen könnten sie es schaffen. Auch wenn er in seinem jugendlichen Elan ihr Alter vergaß und die Zipperlein, die sie immer mehr ärgerten, vermutlich noch nicht einmal kannte.

»Mit Ihrer Energie bestehen wir sogar gegen Corinna Heßler«, sagte Annemie zufrieden. »Wobei ich mich frage, warum sie Ihnen gegenüber so vehement gegen Harald und mich agiert.«

Maike Assenmacher antwortete anstelle von Farin. »Ihr Bruder hat sich für diejenigen starkgemacht, die gegen das neue Konzept waren. In Corinna Heßlers Augen machte ihn das vermutlich zu einem Störer. Er hätte nicht aufgehört, laut seine Meinung zu sagen, und sich nicht von ihr beeinflussen lassen. So jemanden holt man sich nicht freiwillig ins Boot. Mit Farin hätte sie jemand Neuen im Team gehabt, den sie aber trotzdem schon kennt. Und der ihr etwas schuldig wäre für die Chance, die sie ihm gibt.«

Alle drei schwiegen für einen Moment. Belmondo kam, sprang auf Maikes Schoß und widmete sich intensiv den Resten ihrer Pizza, ohne dass irgendwer auf ihn achtete.

»Aber reicht das, um einen solchen Anschlag zu verüben?«, fragte Annemie. »Wäre Corinna Heßler eine Verdächtige in dem Fall? Ihr Mann war doch auf ihrer Seite, sie wollten das Marktkonzept gemeinsam durchdrücken.«

»Immerhin ist ihr Mann dabei umgekommen. Man sagt doch, dass die meisten Morde Beziehungstaten sind. Würde also passen. Corinna Heßler hätte in dem Fall ihren Mann umgebracht, es aber so aussehen lassen, als ob es ein anderer gewesen wäre.« Farin trank einen großen Schluck Tee.

»Aber das hat die Polizei sicher geprüft.« Maike sah Annemie fragend an. »Hat sie doch, oder?«

»Freudenruh sagte nur etwas von fehlenden weiteren Anhaltspunkten. Mehr weiß ich nicht.« Annemie kam eine Idee. »Sie haben doch so ein mobiles Telefon, Frau Doktor.«

»Maike. Bitte nennen Sie mich Maike.« Sie lächelte und reichte Annemie das Handy. »Ich komme mir sonst komisch vor. Immerhin hätten Sie und mein Vater sich fast einmal verlobt. Das hat er mir jedenfalls so erzählt«, ergänzte sie, als sie Annemies überraschten Blick sah. Die entgegnete nichts darauf, sondern stand auf und ging in den Hausflur. Als sie wiederkam, hielt sie eine Visitenkarte in den Händen.

»Wir fragen ihn einfach«, sagte sie und tippte Freudenruhs Nummer ein. Während sie auf das Freizeichen wartete, betrachtete sie Maikes Handy. »Meinen Sie, ich könnte auch so eines haben? Diese mobilen Telefone sind doch sehr praktisch.«

»Frau Engel.« Kommissar Freudenruh klang hörbar genervt. Maike hatte Annemie geholfen, den Lautsprecher des Handys anzuschalten, und nun lag das Telefon auf einem Stapel leerer Pizzakartons mitten auf dem Tisch.

»Guten Tag, Herr Kommissar Freudenruh. Haben Sie eigentlich auch Frau Heßler überprüft bei Ihren Ermittlungen?«, fragte Annemie ohne Umschweife. Aus dem Lautsprecher drang ein tiefer Seufzer, den Annemie ignorierte. »Sie ist die Ehefrau, und laut Statistik —«

»Natürlich haben wir das, Frau Engel«, unterbrach Freudenruh sie in scharfem Tonfall. »Ich kenne die Kriminalstatistiken. Ich weiß auch, wen man zuerst überprüfen, wen man genauer unter die Lupe nehmen sollte. Kurz, Frau Engel: Ich weiß, wie ich meine Arbeit zu tun habe, und ich möchte nicht von Ihnen darüber belehrt werden. Einen schönen Tag noch.« Es wurde still in der Leitung.

»Ich traue ihr trotzdem nicht«, murmelte Annemie. »Auch wenn der Kommissar sagt, er habe sie überprüft.«

»Nach dem Motto ›Wer ein Ei stiehlt, stiehlt auch ein Kamel‹?«

»Bitte?« Maike hob eine Augenbraue und sah Farin fragend an.

»Das pflegte der vierte Bruder meines Großvaters väterlicherseits immer zu sagen. Ich glaube, er hatte dabei vor allem den ältesten Sohn der zweiten Schwester im Sinn. Mit dem ist es nicht gut ausgegangen.« Farin verneinte bedauernd.

»War es nicht die Schwester der Mutter deiner Mutter, die das gesagt hatte?«, erkundigte sich Annemie schmunzelnd.

»Bei der ganzen Verwandtschaft verliert man schnell mal den Überblick.« Farin grinste.

Annemie zwinkerte ihm zu und scheuchte Belmondo von der Pizza fort. »Ich traue Corinna Heßler einiges zu. Aber ihren eigenen Mann umzubringen? Ich weiß nicht. Wozu hätte sie das machen sollen? Nach dem, was man so hört, war sie diejenige, die die Hosen anhatte. Sie hatte das Geld, sie hatte den Einfluss.«

»Was gäbe es sonst noch für ein Motiv?« Maike lehnte sich auf ihrem Stuhl zurück, fuhr sich mit beiden Fingern durch die Haare und ergänzte dann selbst: »Vielleicht sollte der Anschlag Harald ursprünglich nur einschüchtern? Vielleicht hoffte sie, er würde aufgeben, wenn er seinen Stand verloren hätte.«

»Oder jemand wollte an die verschollene Beute. Aber so weit war ich schon mal und bin nicht weitergekommen«, gab Annemie zu.

»Was ja nicht bedeuten muss, dass es nicht stimmt«, warf Maike ein.

»Meinst du, wir sollten da noch einmal ansetzen?«, fragte Farin. Maike nickte.

»Irmchen Schwarz, die Schwester des Dritten im Bunde, Georg Feger, glaubt, dass ihr Bruder von Harald und Horst übers Ohr gehauen wurde, dass die beiden damals das Geld beiseitegeschafft haben.«

»Was denken Sie, Frau Annemie?«, wollte Farin wissen.

»Bevor er gestorben ist, hat Harald mir gesagt, er hätte immer für mich gesorgt. Und auch nach seinem Tod müsste ich mir keine Sorgen machen. Ich glaube, er hat das Geld wirklich irgendwo versteckt. Zumindest einen großen Teil davon.«

»Bliebe die Frage, wo es jetzt ist.«

»Auf seinem Konto vermutlich«, warf Maike ein. Annemie betrachtete nachdenklich ihr Stück Pizza.

»Das glaube ich nicht. Es würde doch bestimmt auffallen, wenn auf dem Konto eines ehemaligen Bankräubers eine Summe auftaucht, die dem entspricht, was an Beute noch vermisst wird.«

»Nicht, wenn er es über die Jahre hinweg peu à peu eingezahlt hat«, gab Farin zu bedenken.

»Ich kann mir schon vorstellen, dass die Polizei auch langfristig ein Auge auf einen Bankräuber hat, bei dem sie noch Beute vermutet. Ich hätte es an der Stelle Ihres Bruders nicht darauf angelegt«, sagte Maike.

»Mir ist noch eine Frage eingefallen.« Farin stellte sein Wasserglas zu Seite, aus dem er gerade getrunken hatte. »Wer weiß noch von dem Geld? Wenn Georg Feger nicht im Lande ist, könnte doch ebenso ein anderer auf der Jagd danach sein.«

Annemie zuckte mit den Schultern. »Es ist gar nicht gesagt, dass Georg Feger wirklich nicht da ist. Die Besitzerin der Bäckerei gegenüber von Irmchen Schwarz' Bistro meinte ja, sie hätte ihn gesehen. Aber Sie haben recht, Herr Farin, es könnte auch ein anderer sein. Dass die Beute nicht vollständig gefunden wurde, ist kein Geheimnis. Es hat damals in der Zeitung gestanden. So gesehen weiß es ganz Niedelsingen. Und die Leute in Glimberg vermutlich auch.«

»Der Banküberfall ist Jahrzehnte her. Der ein oder andere wird es vermutlich vergessen haben.«

»Aber eben nicht alle.«

»Die Heßlers ganz bestimmt nicht.«

»Wie gehen wir denn nun vor?«, wollte Maike wissen. »Ich muss erst morgen Abend wieder zum Dienst, bin dann aber für sechsunddreißig Stunden ans Krankenhaus gefesselt.« Sie schaute sich im Raum um. »Als junges Mädchen habe ich immer davon geträumt, einmal ein eigenes Café oder Restaurant zu betreiben. Aber als dann meine Mutter so krank geworden ist und ich die Arbeit der Ärzte gesehen habe, wollte ich das Gleiche können wie sie. Auch wenn sie meine Mutter nicht heilen konnten, sie haben ihr trotzdem sehr geholfen.«

»Sie sind eine gute Ärztin, Maike.« Annemie legte zögernd eine Hand auf Maikes Arm. »Sie haben Harald geholfen. Und mir.« Sie wollte der jungen Frau ihre Verbundenheit und Zustimmung zeigen, wusste aber nicht genau, wie sie das anstellen konnte. Also zog sie ihre Hand zurück, aber Maike griff danach und hielt sie fest.

»Danke. Ich bin mir nur nicht mehr so sicher, ob ich das wirklich will. Das Krankenhaus ist eine Mühle; auch wenn wir ein kleines Haus sind und uns noch viel mehr persönlich um unsere Patienten kümmern können als anderswo, ist trotzdem zu wenig Zeit da.« Sie richtete sich auf. »Aber wie dem auch sei. Jetzt geht es darum, herauszufinden, wer noch hinter dem Geld her sein und ein Mordmotiv haben könnte.«

»Ich werde Georg Fegers Schwester morgen einen Besuch abstatten und ein wenig mit ihr plaudern. Vielleicht weiß sie ja etwas, das uns weiterbringen könnte«, entschied Annemie. »Für heute haben wir genug getan.« Sie stand auf, stellte die Teller zusammen und sammelte das Besteck ein. »Morgen früh um drei in der Backstube?«, fragte sie Farin im Hinausgehen.

»Ich werde pünktlich wie die Bäcker sein.«

Kapitel 21

Maike und Farin mussten noch eine Weile sitzen geblieben sein und dann auf der schmalen Matratze aus einem der oberen Betten, die noch von Farins erstem Aufenthalt bei ihr im Café gelegen hatte, geschlafen haben, denn Annemie hatte in der Nacht keine Haustür klappen gehört, und Farin war bereits vor Annemie in der Backstube und hatte alles vorbereitet. Sie arbeiteten schnell und konzentriert, und Annemie brachte, während sie Blech um Blech aus dem Ofen zogen, Farin zwei weitere Weihnachtslieder bei. Um halb sieben konnte er sowohl »O Tannenbaum, o Tannenbaum« als auch »In der Weihnachtsbäckerei« von der ersten bis zur letzten Strophe singen. Dem von Annemie zuerst vorgeschlagenen »Süßer die Glocken nie klingen« hatte er sich in Anbetracht von Corinna Heßlers Marktkonzept strikt verweigert und gemeint, er sei noch nicht so weit. Um Viertel nach sieben tauchte Maike pünktlich zum Frühstück in der Backstube auf. Sie war verschlafen und ihre Kleidung so verknittert, als trüge sie sie nicht erst seit gestern, sondern mindestens schon seit einer Woche.

»Ich gehe noch bei mir zu Hause vorbei und ziehe mich um, bevor ich zum Markt komme«, murmelte sie in ihre Kaffeetasse, als sie Annemies kritischen Blick bemerkte.

»Das will ich wohl hoffen«, antwortete Annemie. »Nur weil wir jetzt Freunde sind, bedeutet das nicht, dass hier Lottersitten einziehen.« Sie griff nach einem Marmeladenglas und bestrich ihr Brot. Erst beim Hineinbeißen merkte sie, dass heute Mittwoch war und eigentlich die Kirschmarmelade an der Reihe gewesen wäre, was ihr aber vollkommen egal war.

»Hier. Das leihe ich Ihnen für heute.« Maike legte ihr Handy neben Annemies Teller. »Wenn Sie nach Glimberg wollen, ist es besser, wenn wir Sie erreichen können, falls etwas ist.«

»Ich brauche kein geliehenes Handy. Ich bin sehr wohl in der Lage, mir selbst eines anzuschaffen. Was ich im Übrigen sowieso vorhatte«, entgegnete Annemie schroff und bemerkte im selben Augenblick ihren unfreundlichen Tonfall. »Aber wenn ihr euch Sorgen um mich macht, nehme ich es natürlich gerne mit«, ergänzte sie schnell. Sie packte das Handy mit spitzen Fingern, zog es näher zu sich heran und drückte versuchsweise auf den Bildschirm. Ein Röntgenbild eines Schädels erschien. Kleine weiße Flecken waren an einigen Stellen zu sehen. »Was ist das?«, wollte Annemie wissen und legte das Handy zurück auf den Tisch. Maike lachte.

»Ein Scherz aus dem Studium. Das bin ich mit meinen kompletten Piercings.« Sie presste ein zweites Mal auf den Knopf und drückte Annemie das Telefon wieder in die Hand.

»Und was nun?«, fragte Annemie, als ein Tastenfeld erschien.

»Sie müssen einen Code eingeben, damit Sie damit telefonieren können. Er lautet 2204. Vergessen Sie ihn nicht.«

»Das ist leicht. Wie beim Grundrezept für ein Blech meiner Makronen. Zweihundertzwanzig Gramm Kokosraspeln und vier Eiweiße. Man braucht zwar auch noch zweihundertzwanzig Gramm Puderzucker und eine Prise Salz, aber das macht ja nichts. Die Nummer kann ich mir gut merken.« Sie tippte die Zahlen auf dem Bildschirm an, und die Benutzeroberfläche des Handys erschien.

»Hier wählt man die Nummer.« Maike tippte auf ein Zeichen mit einem Telefonhörer darauf. »Alles verstanden?«

»Natürlich.«

Annemie stand erneut vor verschlossener Tür, obwohl Irmgard Schwarz' Bistro seit einer halben Stunde hätte geöffnet sein müssen. Sie drückte sich die Nase an den Scheiben platt, versuchte den Vorder- und den Seiteneingang, ohne Kommissar Freudenruh über den Weg zu laufen, und kontrollierte mehrfach das Schild mit den Öffnungszeiten. Vergeblich. Warum war hier niemand? Sie sah zu der kleinen Bäckerei hinüber. Hinter der Schaufensterscheibe erkannte sie die Frau, die ihr vorgestern schon so nützliche Informationen gegeben hatte.

»Ich bin extra wegen Ihres wunderbaren Ingwerbrots wieder

hergekommen«, sagte sie, als sie den Laden betrat und freundlich begrüßt wurde. Annemie hoffte, dass die Bäckersfrau sie nicht beim Herumlungern auf der anderen Straßenseite beobachtet hatte. »Macht das Bistro heute gar nicht auf?«, erkundigte sie sich beiläufig, nachdem der letzte Kunde außer ihr bedient worden war und das Ladenlokal verlassen hatte.

»Wie es aussieht, nicht.« Die Bäckersfrau schob den Vorrat an Brötchentüten gerade und sah auf. »Wundert mich aber auch nicht.«

»Wieso?«

»Vorgestern, als Sie zuletzt hier waren, hat sie schon nicht geöffnet. Und gestern auch nicht. Ich habe versucht, sie anzurufen. Ich muss ja wissen, wie viel Ware wir für sie bereithalten müssen, aber sie ist nicht rangegangen.« Sie trat hinter ihrer Verkaufstheke hervor, ging zum Fenster und betrachtete das unbeleuchtete Bistro. »Es gibt Gerüchte bei den anderen Geschäftsleuten hier im Viertel.«

»Was für Gerüchte?«

»Irmgard steht mit ihrem Bistro kurz vor der Pleite, heißt es. Oder sogar schon mit beiden Beinen mittendrin.« Sie drehte sich zu Annemie um. »Ich weiß nicht, ob das stimmt; was uns betrifft, hat es bisher keine Zahlungsschwierigkeiten gegeben. Aber das muss ja nicht für alle ihre Lieferanten gelten und auch nicht für das Personal. Hoffentlich kommt da nicht so ein Ein-Euro-Laden hin. Dann ist mit unserem schönen Nebengeschäft nämlich Sense, und hübsch ist ja auch was anderes.«

»Das ist aber schade.« Annemie überlegte, wie sie jetzt am besten vorgehen konnte, ohne zu neugierig zu wirken. »Dabei ist es ein so schön eingerichtetes Lokal.« Sie trat neben die Bäckersfrau und schaute ebenfalls auf das Bistro. »Sagen Sie ...« Sie bemühte sich darum, es so klingen zu lassen, als wäre ihr diese Idee gerade frisch gekommen. »Haben Sie die Telefonnummer von Frau Schwarz?«

»Warum? Was wollen Sie damit?«

»Oh, eine Freundin meiner Tochter sucht schon lange nach einem passenden Ladenlokal. Ich gebe ihr die Nummer, dann kann sie sich selbst bei Frau Schwarz melden. Oder haben Sie vielleicht eine Adresse? Dann kann die Freundin meiner Tochter direkt zu ihr gehen und sich erkundigen.«

»Ich weiß nicht, ob das so eine gute Idee ist. Was ist, wenn das mit der Pleite doch nur ein Gerücht ist …?« Sie schüttelte den Kopf und ging um Annemie herum wieder hinter ihre Ladentheke. »Das wäre doch zu peinlich.«

»Ja. Sicher haben Sie recht.« Annemie nickte. Erwartungsvoll schaute sie auf das Regal mit den Plätzchen. »Wenn Sie dann noch so nett wären, mir eine Packung Ihrer wunderbaren Ingwerplätzchen zu verkaufen?«

»Natürlich.« Die Bäckersfrau verharrte einen Moment lang nachdenklich vor dem Regal. Dann reichte sie Annemie das gewünschte Päckchen, nannte den Preis und wartete geduldig, bis Annemie das Geld abgezählt hatte. »Ist die Freundin Ihrer Tochter auch Bäckerin?«

»Nein.«

»Auch keine Konditorin?«

»Nein. Auch keine Konditorin.« Annemie ahnte, worauf dieses Frage-Antwort-Spiel hinauslief, und beschloss, aus der ausgedachten Freundin ihrer ausgedachten Tochter eine Restaurantfachfrau zu machen, um keinen noch so leisen Konkurrenzverdacht bei der Bäckersfrau aufkommen zu lassen.

»Glauben Sie, die Freundin Ihrer Tochter würde ebenfalls bei uns ihre Backwaren einkaufen?«

»Wenn ich ihr sage, wie großartig die schmecken, kann ich mir das sehr gut vorstellen. Ich habe einen großen Einfluss auf die jungen Frauen.« Einen Moment lang dachte Annemie, sie hätte es jetzt übertrieben und keine junge Frau würde sich von ihrer Mutter so ins Geschäft reden lassen, aber die Bäckersfrau reagierte nicht darauf. Entweder hatte sie selbst auch keine Kinder, oder sie war so in ihren Gedanken gefangen, dass es nicht ganz bis zu ihr durchdrang.

»Ich gebe Ihnen die Nummer und die Adresse.« Sie schrieb beides auf eine leere Brötchentüte und reichte sie Annemie. »Hier, bitte schön.« Dann drehte sie sich um, nahm eine weitere prall gefüllte Cellophantüte aus dem Regal und legte diese auf den Verkaufstresen. »Ich gebe Ihnen noch unseren X-Mas-Mix mit. Glimberger Mini-Stollen, Nusseckchen und Schwiegermutter-Plätzchen. Dazu noch die Rosmarin-Taler. Alle sehr beliebt bei den Kunden. Dann kann die Freundin Ihrer Tochter sich einen Eindruck von unserem Angebot verschaffen.«

Annemie nahm die Tüte an sich, verstaute sie in ihrer Handtasche und bedankte sich sehr herzlich, bevor sie die Bäckerei verließ.

Unschlüssig stand Annemie vor dem schmucken Einfamilienhaus in einer ruhigen Wohngegend am Rande von Glimberg. Alles hier strahlte einen gediegenen Wohlstand aus. In den Vorgärten waren die Buchsbaumkugeln mit schlichten weißen Lichterketten geschmückt, die trotz des Tageslichts durch die Schneedecke blinkten. Auf den Fensterbänken hinter den blank geputzten Fenstern schimmerten mehrarmige silberne Kerzenleuchter und anderer Weihnachtsschmuck, den die »Bäckerblume« in ihrem letzten Weihnachtsdeko-Tipp als »geschmackvoll« bezeichnet hätte. Auch Irmgard Schwarz' Haus fügte sich perfekt in diese Reihe ein. Hinter einem der Fenster brannte Licht. Sie war also zu Hause.

Annemie zögerte. Wollte sie wirklich mit ihr sprechen? Sie erinnerte sich, wie wütend sie damals auf die Frau gewesen war, als ihr eigener Bruder ins Gefängnis musste, Georg Feger aber flüchten konnte. Sie hatte sich nie gefragt, wie viel Irmgard Schwarz wohl dazu beigetragen hatte, dass ihr Bruder nicht erwischt worden war, weil sie Angst vor der Antwort gehabt hatte. Könnte Irmchen, seine Schwester, ihm geholfen haben? Weil man das eben tat als Schwester? Dem Bruder helfen, zu ihm stehen, egal, was war? Ganz im Gegensatz zu ihr, der Schwester, die sich von ihrem Bruder abgewandt hatte. Aber vielleicht war es auch ganz anders gewesen? Vielleicht hatte Irmgard Schwarz genauso Abstand von der ganzen Sache und von ihrem Bruder genommen.

»Nun kommen Sie schon rein. Sie holen sich ja noch den Tod.«

Annemie sah erschrocken auf. In der geöffneten Haustür lehnte Irmgard Schwarz mit vor der Brust verschränkten Armen und betrachtete sie.

»Ich weiß, wer Sie sind. Ich war auf dem Weihnachtsmarkt. Sie sehen Ihrem Bruder sehr ähnlich. Mein Beileid zu seinem Tod.« Sie machte einen Schritt nach hinten und lud Annemie mit einer knappen Geste ins Haus ein. Annemie folgte ihr.

An der Schwelle trat sie sich sorgfältig den Schnee von den Schuhen, bevor sie den Hausflur betrat. Ein Rollstuhl stand in einer Ecke. Im Inneren setzte sich der Stil des Vorgartens fort. Glänzender Holzboden, weiße und graue Wände, sparsam, aber gut platzierte Dekorationen, gerahmte Schwarz-Weiß-Fotografien von Landschaften, Pflanzen und Menschen. Annemie erkannte ein Porträt der Hausherrin in deutlich jüngeren Jahren.

»Mein verstorbener Mann war ein sehr guter Fotograf. Auch wenn es nur ein Hobby war. Das Geld, mit dem er uns das hier ermöglicht hat, stammte aus seiner Autowerkstatt.« Sie musterte Annemie. »Und bevor Sie fragen: Es war unser eigenes, redlich verdientes Geld.« Annemie nickte. »Möchten Sie einen Kaffee?«

»Ja. Danke.«

Irmgard Schwarz ging voraus in die Küche und schaltete einen Kaffeeautomaten an. Annemie setzte sich an den Küchentisch. Hier waren alle Flächen auf Hochglanz poliert, aber je länger sie sich umsah, umso mehr Abnutzungserscheinungen entdeckte Annemie. Kratzer und Macken an den Ecken der Schränke, eine Schublade hing schief. Mit routinierten Griffen füllte Irmgard Schwarz Wasser in die Maschine, schüttete Kaffeebohnen in eine Öffnung und bediente verschiedene Hebel, deren Sinn und Zweck sich Annemie nicht erschloss. Es zischte, brodelte und dampfte, bis Irmgard Schwarz schließlich zwei Tassen Kaffee und eine kleine Schale mit Plätzchen auf den Tisch stellte und ebenfalls Platz nahm.

»Danke.« Annemie zog eine der Tassen näher zu sich heran. »Ihr Café ist geschlossen.«

»Ja.« Irmgard Schwarz versenkte den Löffel in ihrem Getränk und rührte heftig. Annemie überlegte, sie direkt auf die

Gerüchte anzusprechen, entschied sich aber dagegen. Es war immer besser, Informationen aus erster Hand zu bekommen.

»Warum?«

»Ich wüsste nicht, was Sie das angeht, Frau Engel.« Der Löffel landete klirrend auf der Untertasse.

»Nein. Natürlich geht es mich gar nichts an. Entschuldigen Sie bitte. Ich wollte nicht neugierig sein.«

»Nicht? Warum sind Sie dann hier? Wollten Sie mich nicht über meinen Bruder Georg ausfragen?« Sie fixierte Annemie mit festem Blick. »Sie und ich. Die Schwestern der Bankräuber, an einem Tisch in trauter Runde. Weil Sie zufällig vorbeigekommen sind? Wie nett.«

»Sie haben mich hineingebeten«, erinnerte Annemie sie freundlich. Sie betrachtete Irmgard Schwarz. Georgs Schwester musste etwa in ihrem Alter sein, und sie teilte mit ihr die Erfahrung, einen Bankräuber zum Bruder zu haben. Aber sie beide unterschieden sich voneinander wie ein Schwarzbrot von einer Mokka-Sahne-Torte. Wobei sie, Annemie, definitiv auf der Seite des Schwarzbrotes zu finden war. Klein, kompakt und unscheinbar. Irmgard Schwarz hingegen war groß und schlank. Ihr Haar schimmerte in einem satten Braun, bei dem nur der schmale graue Ansatz am Scheitel verriet, dass sie nachgeholfen hatte.

»Ja, das habe ich. Weil Sie mir leidtaten, wie Sie da draußen so stoisch vor sich hin gefroren haben.« Irmgard Schwarz griff nach einem Keks und biss hinein.

Annemie überlegte. Das würde nicht leicht werden. Sollte sie einfach aufstehen und nach Hause gehen? Nein. So hätte die alte Annemie gehandelt. Die neue Annemie würde sich der Sache stellen.

»Sie haben recht. Ich bin hierhergekommen, um mit Ihnen zu reden.«

»Um mich auszufragen.«

»Wenn Sie es so nennen möchten. Ja. Um Sie über Ihren Bruder auszufragen.«

»Warum?«

»Weil die Polizei glaubt, mein Bruder wäre für die Explosion auf dem Weihnachtsmarkt und den Tod von Horst Heßler verantwortlich.«

»Wieso glauben die dann, dass er etwas damit zu tun hat?«

»Es war sein Stand, und sie haben wohl keine Spuren finden können, die etwas anderes zeigen.«

»Und wieso glauben Sie, dass mein Bruder etwas damit zu tun hat?«

»Ich weiß nur, dass Harald es nicht getan hat. Und ich suche den Verantwortlichen. Vielleicht war es Ihr Bruder. Vielleicht auch nicht.«

»Woher wissen Sie, dass Ihr Bruder unschuldig ist?«

»Weil er es mir gesagt hat.«

Irmgard Schwarz zog eine Augenbraue hoch und schob die Kaffeetasse von sich fort. »Und das haben Sie ihm geglaubt?«

»Ja.«

»Warum?«

»Weil er mich noch niemals angelogen hat. Und weil ich nach all den Jahren endlich gelernt habe, ihm zu vertrauen. Auch wenn es jetzt zu spät dafür ist.«

Irmgard Schwarz schwieg. Sie wandte das Gesicht ab und schaute aus dem Fenster. In ihr arbeitete es.

»Georg war ein paar Tage hier. Letzte Woche«, sagte sie schließlich, ohne Annemie anzusehen.

»Als die Explosion war?«

»Er kam schon vorher. Er wollte auch nicht lange bleiben.«

»Aber?«

»Er ist an dem Tag wieder weggefahren, an dem es passiert ist.«

»Warum?«

»Warum?« Irmgard Schwarz lachte bitter. »Das fragen Sie noch? Was, glauben Sie, hätte die Polizei wohl gemacht? Die suchen doch nur nach einem Grund, ihn doch noch hinter Gitter zu bekommen.«

»Weswegen war er hier?«

»Er wollte mich besuchen.« Irmgard Schwarz stand auf. Es

fiel ihr sichtlich schwer. Ihr rechtes Bein knickte weg, aber sie fing sich. »Deswegen.« Sie deutete auf das Bein. »Ich bin krank. Haben Sie den Rollstuhl im Hausflur gesehen?«

»Ja.«

»Das ist es, was mich nun erwartet. Ein Leben im Rollstuhl. Darum ist auch das Café geschlossen. Ich schaffe es einfach nicht mehr.«

»Was haben Sie?«

»MS. Multiple Sklerose. Meine Muskeln machen nicht mehr das, was ich will, ich bekomme immer häufiger Schübe, und manchmal habe ich heftige Sehstörungen.«

»Wollte er Ihnen helfen?«

»Auf seine Art. Irgendwie schon. Ja.« Irmgard Schwarz lächelte müde. »Nachdem mein Mann gestorben war, ist er das erste Mal wieder bei mir aufgekreuzt. Aber ich wollte seine Hilfe nicht. Nicht auf diese Weise, nicht, indem er mir Geld gibt.«

»Ich wollte Haralds Hilfe auch nie. Weil ich ihm nicht verzeihen konnte, dass er damals diese große Dummheit begangen hatte.«

»Aber im Gegensatz zu Ihnen mit einem Bruder, der nach der Haft einen anständigen Job hatte und mit seinem Marktwagen anständiges Geld verdiente, wusste ich bei meinem Bruder genau, dass die Hilfe aus fragwürdigen Quellen kommen würde. Er hat die Kurve nicht bekommen. Auch wenn die Polizei ihn nie erwischt hat.«

»Aber Sie haben es trotzdem geschafft.«

»Ja. Das habe ich. Es gab eine große Summe aus der Lebensversicherung. Damit und mit dem Café ging es einigermaßen, das Haus und unseren bisherigen Lebensstandard zu halten.« Sie strich nachdenklich über die Tischplatte. »Aber damit ist jetzt Schluss. Ich werde das Haus verkaufen müssen.«

»Haben Sie denn einen Ort, wo Sie hinkönnen? Jemanden, der für Sie da ist?«

»Es gibt jemanden. Er weiß Bescheid und mag mich trotzdem.« Sie lächelte. »Er strengt sich sogar besonders an, seitdem ich nicht mehr so belastbar bin. Dabei ist er selbst nicht ganz auf der Höhe. Er arbeitet auf dem Weihnachtsmarkt, obwohl er allergisch gegen alle möglichen Gewürze ist.«

»Wie genau wollte Ihr Bruder Ihnen diesmal helfen? Wieder mit Geld?«

»Ich nehme es an.«

»Woher wollte er es nehmen?«

»Hören Sie, Frau Engel. Ich verstehe, wenn Sie nicht aufgeben wollen. Aber Georg hat nichts damit zu tun.«

»War er nicht auf der Suche nach der vermissten Beute?«

»Doch, das war er. Er wollte sich deswegen mit Horst Heßler und Ihrem Bruder treffen. Wir haben uns gestritten, weil ich keinen Sinn darin sah. Er wollte, dass sie ihm seinen Anteil am Rest des Geldes geben, aber ...«

»Aber was?«

»Er hat definitiv nichts mit der Explosion zu tun.«

»Sind Sie da sicher?«

»Ganz sicher. In der Nacht, als es passiert ist, war er mit mir in der Notaufnahme des Krankenhauses, weil es mir sehr schlecht ging.«

Kapitel 22

Annemie rutschte ungeduldig auf dem Sitz in der vordersten Reihe des Busses von Glimberg nach Niedelsingen hin und her. Kommissar Freudenruh mit der Bitte zu behelligen, ihr Irmgard Schwarz' Aussage zu bestätigen, würde keinen Sinn machen. So gereizt, wie er bei ihrem letzten Kontakt reagiert hatte, würde er ihr noch nicht einmal ein Rezept für einfache Pfannkuchen verraten. Irmgard Schwarz hatte ihr nämlich versichert, dass sie das alles natürlich auch der Polizei gesagt und damit noch ein Steinchen in Freudenruhs »Der Fall ist gelöst«-Puzzle eingefügt hatte. Annemie glaubte ihr aber auch so. Sie wusste nicht genau, warum, doch sie fühlte sich Georg Fegers Schwester verbunden. Der Grund dafür war weniger das Fehlgeleitete-Brüder-Schicksal, das sie teilten, sondern die Tatsache, dass auch Irmgard Schwarz versucht hatte, irgendwie mit der Situation klarzukommen und ihr Leben weiterzuleben. Sie hatte zwar einen komplett anderen Weg mit erfolgreichem Mann und schickem Einfamilienhaus gewählt, aber auch sie hatte gekämpft und am Ende allen Umständen zum Trotz zu ihrem Bruder gehalten. Vor allem hatte Annemie große Achtung davor, wie sie ihre Krankheit annahm. Blieb nur zu hoffen, dass ihr neuer Verehrer ihr half, ein gutes Leben zu führen. Und dass sie selbst aus dieser Sackgasse wieder herauskam, in die sie mit ihren Nachforschungen geraten war. Wenn es nicht Georg gewesen war, wer konnte es sonst sein? Wer hätte ein Motiv? Also wieder einmal zurück auf null. Denn dass Freudenruh recht hatte und Harald sie doch angelogen hatte, konnte und wollte sie nicht glauben.

»Sehr erfolgreich bist du als selbst ernannte Hobbydetektivin ja nicht gerade«, murmelte sie ihrem Spiegelbild zu, das ihr aus der Scheibe des Busses entgegensah. Ihr Sitznachbar warf ihr einen misstrauischen Seitenblick zu und wechselte auf einen anderen Platz. Annemie biss sich auf die Lippen. Miss Marple würde sich im Grabe umdrehen. Wobei deren Passion ja auch das Stricken und nicht das Backen gewesen war, wie sie aus den Filmen wusste. Vielleicht konnte man dabei einfach besser über Ermittlungen nachdenken. Allerdings eigneten sich Busfahrten auch sehr gut dafür.

Was, wenn sie die ganze Sache von einer anderen Seite aus betrachten musste? Was war mit dem Vandalismus auf dem Markt? Gab es einen Zusammenhang zwischen der Explosion und den Zerstörungen? Die Polizei hatte in der Vandalismus-Sache Beweise gesichert, war aber noch zu keinem vorzeigbaren Ergebnis gelangt.

Nachdenklich starrte sie aus dem Fenster und schreckte schließlich hoch. Der Bus war zum Stehen gekommen. Zischend öffneten sich die Türen. Niedelsingen. Sie musste aussteigen. Hastig stand sie auf, schaute ihren ehemaligen Sitznachbarn mit rollenden Augen an und beeilte sich auszusteigen. Sollte er doch denken, was er wollte.

Es hatte aufgehört zu schneien, die Gehsteige waren frei. Die kurze Strecke zum Markt würde sie zu Fuß schaffen.

»Annemie?«

Annemie blieb stehen. Hatte sie da jemand gerufen?

»Annemie! Warte.«

Diesmal hörte sie es deutlicher. Sie drehte sich um. Gerburg Manderscheidt-Ziesemann kam schwer bepackt hinter ihr hergelaufen. Schnaufend holte sie sie ein.

»Ich komme aus«, sie schnappte nach Luft, »aus der Reinigung.« Triumphierend hielt sie die Tüten hoch. »Die versauten Sachen, du erinnerst dich. Alles mit dieser Drecksbrühe überschüttet.« Sie blieb stehen, holte wieder tief Luft und schnaufte. »Die in der Reinigung meinten, sie würden es versuchen, auch wenn sie nichts garantieren könnten, und ich habe zugestimmt. Mehr als schiefgehen konnte das ja nicht. Auch wenn es mich einen schönen Batzen Geld gekostet hat und ich bezweifle, dass die Versicherung mir die ganze Summe erstattet, aber was soll's – ta-dahh ...« Wieder rang sie nach Luft, und Annemie fragte sich, ob sie in den nächsten Sekunden Erste Hilfe würde leisten müssen, weil Gerburg Manderscheidt-Ziesemann zusammenbrach.

»Geht es dir gut?«, fragte sie besorgt.

»Mir geht es phantastisch. Denn bis auf einige Pullover, bei denen ich es jetzt noch mal selbst versuchen will, hat es wunderbar geklappt. Hier, guck mal.« Sie öffnete eine der vier Tüten und hielt sie Annemie unter die Nase. Die erkannte darin nur ein Gewirr bunter Farben. »Oder hier.« Sie hielt die nächste Tüte auf, und Annemie schaute hinein. Diesmal erkannte sie, dass es Mützen und Handschuhe waren. Ein feiner Geruch stieg ihr in die Nase. Sie schnupperte angestrengt. »Was hast du?«, wollte Gerburg wissen, zog die Tüte an sich heran und schnüffelte ebenfalls daran. »Sind die doch nicht okay?«

»Doch, doch.« Annemie lächelte sie an. »Mir ist nur der Geruch aufgefallen. Sie duften nach Kardamom. Sehr weihnachtlich.«

»Würdest du mir vielleicht einen Gefallen tun?« Gerburg Manderscheidt-Ziesemann ließ die Arme mit den schweren Tüten sinken. »In der Reinigung sind noch zwei Tüten.« Sie hob ächzend einen Ellenbogen und zeigte in die Richtung, aus der sie gekommen war. »Bezahlt sind sie schon. Kannst du sie für mich abholen? Dann muss ich nicht extra noch einmal hin- und herlaufen.«

Annemie entdeckte das Schild der Reinigung etwa hundert Meter weiter. Auf die paar Minuten, die sie später kommen würde, kam es nun auch nicht mehr an. Farin, Maike und die Aushilfe hatten sicher alles gut im Griff. Sonst hätte er sie angerufen. Sicherheitshalber holte sie Maikes Handy aus der Tasche und drückte auf den Knopf. Außer dem Röntgenbild war nichts darauf zu sehen. Maike hatte ihr erklärt, dass das Telefon ihr anzeigen würde, wenn sie einen Anruf verpasst hätte.

»Selbstverständlich helfe ich dir.« Sie nickte Gerburg zu, drehte sich auf dem Absatz um und marschierte in Richtung der Reinigung davon.

»Was genau benutzen Sie, damit die Sachen so gut riechen?«, fragte sie den Mitarbeiter der Reinigung wenige Minuten später.

Sie hatte direkt an den Tüten geschnuppert. Auch hier strömte ihr der sehr aromatische und leicht süßliche Duft des Kardamoms entgegen.

»Wir benutzen keine extra Duftstoffe.« Der Mitarbeiter schüttelte verwundert den Kopf, steckte seine Nase aber bereitwillig in die Tüte mit den Pullovern, die Annemie ihm entgegenhielt.

»Und was ist das dann?«

»Keine Ahnung.« Er zuckte mit den Schultern. »Die Sachen waren feucht und haben ziemlich gestunken, als wir sie bekommen haben. Vielleicht ist das davon übrig geblieben. Wir hatten Frau Manderscheidt-Ziesemann gesagt, dass wir keine Garantie geben können.«

»Schon gut. Es ist kein Problem. Jetzt duften die Sachen ja und stinken nicht mehr.« Annemie nahm einen Pullover aus der Tüte, schnupperte daran und betrachtete ihn genauer. Zwischen den Fasern hatten sich ein paar kleine schwarze Kügelchen verfangen. »Da haben wir ja den Übeltäter.« Sie pickte eines der Kügelchen heraus. »Ein Kardamomsamen.« Sie packte den Pullover wieder in die Tüte. »Da wird Gerburg noch ein bisschen zupfen müssen, bis die Sachen wirklich rein sind.«

Auf dem Weihnachtsmarkt herrschte großer Trubel. Allem Anschein nach machten sämtliche umliegenden Firmen gleichzeitig Mittagspause. Die Mitarbeiter fielen über die Essensstände her, gönnten sich einen oder vielleicht auch zwei Glühwein, um den Büroalltag etwas beschwingter angehen zu können, und versorgten sich mit Naschwerk für die spätere Kaffeepause. Farin hatte alle Hände voll zu tun, und so lud Annemie die vollen Tüten aus der Reinigung lediglich bei Gerburg ab und eilte dann Farin und Maike zu Hilfe, damit die Aushilfe zu Gerburg gehen und dort die Kardamomsamen aus den Stricksachen pulen konnte. In Windeseile packte sie neue Makronentütchen, wog Vanillekipferl ab und füllte die Spekulatius- und Printenvorräte auf. Besonders die Lebkuchenherzen fanden heute großen Anklang bei den Kunden. Als das letzte mit der Aufschrift »Du Weihnachtsmann« verkauft war, strahlte Farin sie an.

»Morgen machen wir mehr davon«, versprach sie und setzte in Gedanken die Zutaten dafür auf ihre Einkaufsliste.

Als gegen halb drei der Strom der Besucher endlich abebbte, setzte sie sich erschöpft auf den kleinen Hocker in der Ecke der Hütte. Farin griff nach der Thermoskanne, goss ihnen beiden einen Becher dampfenden Tee ein und lehnte sich an die Seitenwand. Annemie schloss die Augen und genoss für einen Moment den warmen Tee und die Stille, bis ihr auffiel, was fehlte. Etwas, das sie die ganze Zeit schon vermisst hatte, ohne dass sie hätte sagen können, was es war.

»Warum singt Friedebert nicht?« Sie beugte sich vor und blinzelte zu dem Rentier über dem Eingang hoch. Friedebert stand auf seinem Platz, die Nase glühte, aber er gab keinen Ton von sich. »Hat es ihm die Sprache verschlagen?«

»Keine Ahnung. Er ist schon den ganzen Morgen über stumm gewesen. Arno Wächter hat angekündigt, zur Not schon heute Nachmittag die Niedel-Singers zusammenzutrommeln, damit den Besuchern wenigstens ein bisschen Unterhaltung geboten wird.« Er verdrehte die Augen. »Warum kann es nicht umgekehrt sein? Die Niedel-Singers verstummen, und Friedebert springt ein?«

»Man kann nicht alles haben im Leben.« Annemie zeigte auf eine kleine Gruppe von Menschen, die sich langsam näherten. »Da kommen sie schon.« Sie erkannte Friedrich-Thomas Pölken, Arno Wächter, Dora Senne und Christine Gießer, die im Gänsemarsch hinter Corinna Heßler herliefen wie Küken hinter der Gänsemutter. Vor Gerburg Manderscheidt-Ziesemanns Stand blieben sie stehen.

»Wir sind nicht nur hier, um zu singen«, sagte Friedrich-Thomas Pölken mit wichtiger Miene zu Gerburg Manderscheidt-Ziesemann. Annemie stand auf, presste kurz ihre Fäuste in den Rücken und streckte sich. Sie wollte hören, was die fünf von ihrer neuen Freundin wollten. Vermutlich war es nichts Gutes. »Wir möchten auch etwas Grundsätzliches mit dir besprechen.« Friedrich-Thomas Pölken betonte jedes Wort, als ginge es um die Unabhängigkeitserklärung der Vereinigten Staaten.

Annemie schob Farin ein Stück zur Seite, öffnete die Seitentür des Standes und trat hinaus. Sie würde Gerburg nicht alleinlassen. Langsam umrundete sie die kleine Gruppe, bis sie zwischen Gerburg und Arno Wächter stand. Der würdigte sie keines Blickes, nur Corinna Heßler musterte sie abschätzig.

»Hat das nicht Zeit bis heute Abend?« Konzentriert drapierte Gerburg einen Schal neu um einen Mützenkopf aus Styropor. Dem folgte ein mehrfacher Austausch der Mützen.

»Nein. Hat es leider nicht.« Friedrich-Thomas Pölken zeigte anklagend auf Friedebert. »Der Platzhirsch ist stumm.«

»Friedebert kann sicher repariert werden.« Mit kritischem Blick begutachtete Gerburg Manderscheidt-Ziesemann ihr Werk und bemühte sich, dem Blick Pölkens auszuweichen.

»Er muss weg. Das alte Ding hat ausgedient. Es wäre Verschwendung von Vereinsmitteln, wenn da noch mehr Geld reingesteckt würde.«

Annemie sah, wie Gerburg sich versteifte, und schob sich noch ein Stück näher. Ein Duft stieg ihr in die Nase, der ihr sofort das Wasser im Mund zusammenlaufen und den Magen knurren ließ. Erst jetzt fiel ihr auf, dass sie seit dem Morgen nichts Richtiges mehr gegessen hatte. Sie schnupperte. Es roch wirklich sehr verlockend. Sie versuchte herauszufinden, woher der Geruch kam.

»Wir werden sehen, welche Kosten dadurch auf uns zukommen oder auch nicht. Und als Vereinsvorsitzende entscheide immer noch ich über die Verwendung der Gelder.« Sie hob die Hand und stoppte Friedrich-Thomas Pölken mit einer knappen Geste. »Natürlich immer unter der Maßgabe der Verhältnismäßigkeit. Ich habe jemanden beauftragt, der Friedebert morgen in Augenschein nehmen und uns einen Kostenvoranschlag machen wird. Danach können wir entscheiden, was mit ihm geschehen soll.«

»Ich glaube, das ist nicht notwendig«, mischte sich Corinna Heßler ein. »Ich habe mir erlaubt, eine neue Figur für den Eingang zu bestellen. Eine große Glocke.«

»Sie haben was?« Gerburg Manderscheidt-Ziesemann starrte

Corinna Heßler an. »Wie kommen Sie dazu?« Fassungslos ließ sie ihre Hände sinken und riss dabei die Mütze vom Styroporkopf, der nun nackt und weiß dastand. Annemie atmete tief durch die Nase ein. Dieser Geruch. Er irritierte sie wirklich. Und das nicht allein, weil sie sich dadurch ihres leeren Magens bewusst wurde, sondern vor allem, weil er sie zwar an den Kardamomduft von Gerburgs Pullovern erinnerte, aber definitiv nicht aus deren Richtung kam. Sie schnupperte erneut und stutzte. Es war Arno Wächter, den sie ausnahmsweise gut riechen konnte. Annemie beschlich eine Ahnung. Aber konnte das wirklich sein?

»Benutzen Sie bei irgendetwas Kardamom?«, fragte sie ihn.

»Was?« Arno Wächter schaute Annemie verständnislos an. Er lauschte aufmerksam dem Disput zwischen Corinna Heßler und Gerburg Manderscheidt-Ziesemann und hatte augenscheinlich keine Ahnung, was sie von ihm wollte.

»Benutzen Sie Kardamom in einem Ihrer Rezepte?«, wiederholte sie.

»In der Orientalischen Pilzpfanne. Ja. Aber das interessiert doch jetzt wirklich niemanden.« Genervt drehte er sich von ihr weg.

Annemie starrte auf die Rückansicht seiner Jeansjacke, und einige Erinnerungen rückten zusammen wie Hefeteilchen, die im Ofen zu sehr aufgingen.

»*Sie* haben hier randaliert«, brach es aus ihr heraus. Alle verstummten. Arno Wächter fuhr zu ihr herum.

»Was reden Sie da?« Mit rotem Gesicht schnauzte er sie an. Annemie zuckte zurück, fasste sich aber und richtete sich zu ihrer vollen Größe auf. Was hatte sie nur getan? Wie konnte sie so unüberlegt handeln? Sie spürte, wie Farin hinter sie trat.

»Sie waren es, der die Schäden hier an den Ständen verursacht hat.« Ihre Stimme klang nun fester, auch wenn ihr die Knie schlotterten.

»Wie kommen Sie dazu, so etwas zu behaupten?« Arno Wächter baute sich drohend vor ihr auf.

»Keine Angst. Ich bin direkt hinter Ihnen, Frau Annemie«, flüsterte Farin und legte ihr eine Hand auf die Schulter.

»Ich kann es beweisen. Ich habe in den letzten Tagen beobachten können, wie Sie Ihre Pfannen reinigen. Das Wasser sammeln Sie in großen Kanistern, die Sie wie alles andere aus Ihrem Stand am Abend in Ihrem Auto verstauen. Um den Inhalt am nächsten Morgen zu entsorgen und frisches Wasser hinzufüllen.«

»Weil ich meine Pfannen spüle, randaliere ich durch die Gegend und zerstöre das Eigentum anderer Leute? Das ist absolut albern. Sie sind eine kleine verrückte Frau. Genauso verrückt, wie Ihr Bruder es war.«

»Nein. Nur weil Sie Ihre Pfannen spülen, sicher nicht. Aber in dem Spülwasser schwimmen manchmal noch Reste aus der Pfanne. Unter anderem die Kardamomsamen, die sich in Gerburgs Pullis festgesetzt haben, nachdem Sie neulich Nacht Ihr Spülwasser über ihre Waren geschüttet hatten.«

»Ich? Das kann jeder gewesen sein.«

»Keineswegs. Sie sind schließlich der Einzige, der den Schlüssel zu Ihrem Wagen hat. Den geben Sie nie aus der Hand, das haben Sie mir selbst gesagt.« Annemie reckte das Kinn. Die Sache begann, ihr Spaß zu machen. Arno Wächter funkelte sie wütend an, ehe er sich überheblich über ihren Kopf hinweg an die anderen wandte.

»Wenn Sie nicht mehr zu bieten haben …«, höhnte er.

Annemie betrachtete einen nach dem anderen in der Runde aus schmalen Augen. Sie durfte jetzt nicht klein beigeben.

»Die Schäden am Wagen Ihrer Hähnchenbraterei, Herr Pölken, haben sich doch sehr in Grenzen gehalten. Nur ein paar Schmierereien an der Außenwand. Die hatten Sie im Handumdrehen abgewaschen. Genau wie die Schäden an Ihren beiden Ständen leicht zu beseitigen waren.« Sie nickte Dora Senne und Christine Gießer zu. »Nichts, was einer wirklichen Reparatur bedurft oder einen finanziellen Verlust bedeutet hätte, dabei lagern Sie darin zerbrechliche Waren.« Sie zeigte auf Gerburgs Stand. »Bei Frau Manderscheidt-Ziesemann und mir hat das schon ganz anders ausgesehen. Und ebenso bei etlichen anderen Standbesitzern, die, wenn ich es recht bedenke, genau wie Gerburg und ich *gegen* das neue Konzept waren.«

»Sie unverschämte kleine –«, polterte Arno Wächter los, wurde aber von Corinna Heßler unterbrochen.

»Wie konntest du nur, Arno?«, fragte sie mit hoher Stimme und schüttelte entsetzt den Kopf. Sie hielt eine Hand flach auf ihre Brust gepresst und schaute mit ziellos wanderndem Blick von Arno Wächter zu Annemie und dann wieder auf Gerburgs Auslage mit den wollenen Pullovern, als könnte sie das soeben Gehörte nicht fassen.

»Bitte?« Er riss die Augen auf.

»Das hätte ich nie von dir erwartet.« Corinna Heßler trat einen Schritt zurück. Mit Abscheu musterte sie Arno Wächter. In dessen Gesicht spiegelten sich nacheinander Wut, Erkenntnis und Enttäuschung.

»Nicht von mir erwartet? Nein, natürlich nicht, liebe Corinna. Du hast mir ja nur gesagt, dass ich es tun soll, um mal ein bisschen Bewegung in die Sache zu bringen!« Arno Wächter schrie jetzt. Auf seiner Stirn bildete sich eine dicke Ader. Alle Umstehenden verstummten. Sie schauten zwischen Corinna Heßler und Arno Wächter hin und her. Die eine kreidebleich, der andere hochrot.

»Ich weiß nicht, wie Sie dazu kommen, so etwas zu behaupten, Herr Wächter. Ich distanziere mich sehr deutlich davon.«

»Du distanzierst dich? Na, das ist ja spannend.« Er ballte die Fäuste, machte einen Schritt auf sie zu, blieb aber vor ihr stehen und sah wütend auf sie hinab. »Dann distanziere ich mich mal ganz schnell von dem Alibi, das ich dir für die Zeit gegeben habe, in der dein Mann in die Luft geflogen ist.« Er lachte keckernd. »So, schauen wir doch mal, was nun passiert.«

Kapitel 23

Kommissar Freudenruh war nicht lange nach Farins Anruf auf dem Weihnachtsmarkt eingetroffen und hatte sowohl Corinna Heßler als auch Arno Wächter zu einem Besuch in seinem Büro eingeladen. Ob daraus ein längerer Aufenthalt in der Glimberger Haftanstalt werden würde, musste sich erst noch herausstellen. Zumindest hatten die Marktbetreiber für den Rest des Nachmittags eine Menge Gesprächsstoff.

»Meinst du, sie hat wirklich ihren Mann umgebracht?«, fragte Gerburg Manderscheidt-Ziesemann Annemie eine halbe Stunde vor Feierabend. Sie war herübergekommen, um für zu Hause eine Tüte Plätzchen zu erstehen. »Zuzutrauen wäre es ihr ja.«

»Ich weiß nicht. Warum sollte sie das tun?«

»Das herauszufinden ist ja nun nicht mehr deine Aufgabe, liebe Annemie. Das wird Kommissar Freudenruh sicher in Erfahrung bringen.« Sie schaute zu Friedebert hinauf. »Aber selbst wenn sie es nicht war. Ich würde lügen, wenn ich sagte, sie täte mir leid. Sie hat mein Leben in den letzten Wochen ganz schön anstrengend gemacht.«

»Nach der Angelegenheit mit Arno Wächter ist das neue Konzept für den Weihnachtsmarkt wohl vom Tisch.«

Gerburg Manderscheidt-Ziesemann grinste. »Nun ja. Nicht ganz. Einiges von dem, was sie vorgeschlagen hat, ist gar nicht schlecht. Um nicht zu sagen, ganz gut. Wir müssen uns nur Möglichkeiten zur Finanzierung überlegen. Das können wir als Verein ja durchaus angehen. Ich werde auf der Hauptversammlung darüber abstimmen lassen.«

»Und Friedebert?«, wollte Annemie wissen.

»Wenn es sich lohnt, ihn zu reparieren, wird er im nächsten Jahr wieder singen, vielleicht sogar mit samtweicher Stimme. Es wird wirklich langsam Zeit. Dein Bruder war ja immer dagegen, ihn zu reparieren. Er hat das Gekrächze mit stoischer Ruhe ertragen und gesagt, für ihn gehöre das einfach dazu. Solange

Friedebert dort oben wache, gehe es uns gut, hat er gemeint. Tief in seinem Herzen war er wohl ein ziemlicher Nostalgiker.« Sie lächelte Annemie zu. »Wie dem auch sei. Die Glocke werde ich auf jeden Fall sofort zurückgehen lassen, wenn sie geliefert wird. Corinnas Auftrag, Corinnas Problem.« Sie schaute auf die Uhr, klatschte in die Hände und wandte sich wieder ihrem Stand zu. »Dann wollen wir mal einpacken.«

»Meinen Sie, ich könnte heute etwas früher gehen?« Farin schaute Annemie mit einem zerknirschten Blick an. »Ich möchte Maike überraschen und sie zum Essen einladen, ehe sie zum Dienst ins Krankenhaus muss.« Er zeigte auf die Vorratskisten. »Wir haben so gut verkauft, dass ich fast nichts mehr einpacken muss. Das wird schnell gehen. Ich kann Sie nur dann allerdings nicht nach Hause fahren.«

»Das werde ich schon schaffen, Herr Farin. Führen Sie Ihre Maike chic zum Essen aus.« Annemie schaute zu Farin hoch und nickte. Sie freute sich für die beiden. Sie würden ein schönes Paar abgeben. Spontan breitete sie die Arme aus, umschloss ihn in einer Umarmung und drückte ihn fest, bevor sie ihn wieder losließ. »Danke, Herr Farin«, sagte sie gerührt. »Danke, dass Sie mir mit allem hier geholfen haben. Sie sind ein sehr feiner Kerl.«

»Ich muss mich bei Ihnen bedanken, Frau Annemie. Es ist mir eine Ehre.« Farin lächelte und deutete eine kleine Verbeugung an.

»Nun wollen wir es mal nicht übertreiben.« Annemie räusperte sich. »Nur weil wir uns sympathisch sind, müssen wir ja noch lange nicht gefühlsduselig werden.« Werner Assenmacher fiel ihr wieder ein. Die Einladung zu einem Kaffee würde sie nicht vergessen. Sie deutete auf die leeren Vorratskisten. »Jetzt packen Sie schon ein und machen Sie sich auf den Weg. Sonst verpassen Sie Ihre Maike noch.«

Farin nickte, hob drei Kisten auf einmal hoch und verstaute sie im Transporter. Um Punkt halb acht hatte er alles verladen, die vordere Klappe des Marktstandes heruntergelassen und den Müll weggebracht.

»Den Rest schaffe ich gut allein«, sagte Annemie und machte sich daran, die letzten Handgriffe zu erledigen. Die Theke musste noch gereinigt und die Hütte ausgekehrt werden. Sie hob ihre Handtasche hoch und stellte sie in das Regal unter der Theke. Dabei kippte sie um, und einige Sachen fielen heraus.

»Herrje«, murmelte sie, nahm Maike Assenmachers Handy und betrachtete es. »Jetzt habe ich über die ganze Umarmerei vergessen, es ihnen mitzugeben.« Mit einem Seufzer legte sie es wieder in die Tasche, sammelte die restlichen Dinge ein und verstaute die Tasche diesmal ordentlich im Regal. Hoffentlich brauchte Maike es heute Abend nicht.

Auf dem Markt war jetzt fast nichts mehr los. Die meisten Besucher hatten das Gelände verlassen, und nur noch ein paar Übriggebliebene hielten sich an den letzten Resten in ihren Glühweinbechern fest, bevor sie nach Hause torkeln würden.

»Hohoho«, tönte es von draußen, und jemand klopfte an die geöffnete Seitentür. »Noch fleißig?« Leo Holtkamp stand in voller Montur am Eingang zum Stand und steckte breit lächelnd den Kopf zur Tür hinein. Annemie hob die Hand mit dem Putzlappen und winkte ihm zu.

»Ich bin ja nicht die Einzige, wie es scheint.«

»So wie der Kapitän als Letzter das sinkende Schiff verlässt, geht der Weihnachtsmann als Letzter vom Markt.« Leo Holtkamp lüpfte kurz seine Mütze. »So oder so ähnlich steht es jedenfalls in meinem Dienstvertrag.« Er betrat den Marktstand. »Aber deswegen bin ich nicht gekommen.« Er lächelte verlegen unter seinem falschen Bart. »Eigentlich wollte ich Sie fragen, ob Sie vielleicht Lust hätten, ein bisschen mit mir zu plaudern. Bei einem Glas Wein oder Bier? Je nachdem, was Sie lieber mögen?« Den letzten Satz betonte er wie eine Frage.

»Oh.« Annemie ließ verdutzt den Putzlappen sinken. Damit hatte sie nun gar nicht gerechnet. Gleich die zweite Einladung eines netten Herrn innerhalb weniger Tage. »Ich weiß nicht.« Sie sah an sich hinab und zupfte an ihrem Kittel.

»Ach was.« Leo Holtkamp schmunzelte und wies auf sein Weihnachtsmannkostüm. »Neben dem hier fallen Sie sowieso nicht auf, ganz egal, was Sie tragen. Selbst wenn Sie in eine Abendrobe gewandet wären.«

»Also gut. Aber vorher mache ich das hier noch fertig. Dann können wir gehen.« Sie zeigte auf den Hocker in der Ecke. »Wenn Sie möchten, können Sie gerne solange Platz nehmen.« Annemie wischte weiter.

»Was hat das Ganze jetzt eigentlich ergeben?«, fragte Leo Holtkamp, während er es sich auf dem Hocker gemütlich machte.

»Was?«

»Na, es war ja ein ziemlicher Aufstand heute Mittag hier.«

»Ich habe noch nichts Neues gehört.«

»Aber die Polizei wird Sie doch auf dem Laufenden halten.«

»Wenn sich herausstellt, dass sie Harald nicht mehr verdächtigen, wird Herr Freudenruh mir sicher Bescheid geben.«

»Weiß man denn schon mehr über die möglichen Motive?«, fragte Holtkamp weiter.

»Nein.« Annemie ließ den Wischlappen sinken und wandte sich Holtkamp zu. »Warum interessiert Sie das alles so?« Sie stellte ein schmutziges Verkaufsblech zur Seite, das von Farin unter der Theke übersehen worden war.

»Es ging doch sicher um die fehlende Beute.« Leo Holtkamp richtete sich in seiner Ecke auf. Mit einem Mal hatte Annemie das Gefühl, die Wände der Markthütte würden näher an sie heranrücken.

»Wie kommen Sie darauf?« Sie richtete ihre Aufmerksamkeit wieder auf die Theke und putzte intensiv eine Stelle, die sie vorher schon blank poliert hatte. Sie hörte, wie Leo Holtkamp aufstand. Über ihre Schulter hinweg beobachtete sie ihn. Er zog seinen Bart unters Kinn. Das freundliche Lächeln von vorhin war verschwunden. Er machte einen Schritt auf Annemie zu.

»Sie wissen, wo das Geld versteckt ist.« Ein weiterer Schritt.

»Nein.« Annemie wich zurück.

»Lügen Sie mich nicht an.« Seine Stimme klang heiser. »Ich will, dass Sie mir sagen, wo es ist.«

Annemies Knie wurden weich. Was sollte sie jetzt tun? Tastend suchte sie hinter sich nach Halt, geriet aber mit den Händen nur in das Gemisch aus Puderzucker und Gewürzen auf dem verdreckten Blech. Leo Holtkamp rückte noch dichter an sie heran. Sie roch die Ausdünstungen des künstlichen Bartes.

»Ich weiß, dass das Geld noch irgendwo sein muss. Horst Heßler, Georg Feger und Ihr Bruder wollten sich deswegen treffen. Also los, sagen Sie schon, bevor ich böse werden muss.« Er hob beide Hände und legte sie neben ihrem Hals auf Annemies Schultern. Annemie erstarrte. Ruhig bleiben, ganz ruhig bleiben, dachte sie. Panik bringt dir jetzt gar nichts. Denk nach. Sie atmete tief ein, hob den Kopf und schaute Leo Holtkamp ins Gesicht. Er war ihr körperlich weit überlegen. Zu versuchen, sich aus seinem Griff zu befreien, wäre von vorneherein hoffnungslos. Sie musste eine andere Möglichkeit finden.

Er fixierte sie mit kaltem Blick. Annemie ignorierte das Herzrasen, das auf einmal bei ihr einsetzte, und überlegte. Woher wusste er von der Verabredung der drei ehemaligen Komplizen? Sie selbst hatte erst bei ihrem Gespräch mit Irmgard Schwarz davon erfahren. »Wir haben uns deswegen gestritten«, hatte Irmgard Schwarz gesagt und auch erzählt, dass es einen neuen Mann in ihrem Leben gäbe. Dass dieser Jemand auf dem Weihnachtsmarkt arbeiten und alles für sie tun würde. Was, wenn Irmgard Schwarz mit »wir« nicht nur sich und ihren Bruder, sondern auch ihren Freund gemeint hatte? Was, wenn dieser Freund der Leo Holtkamp war, der jetzt hier vor ihr stand und sie bedrohte?

Was konnte sie nur tun, um sich aus dieser Lage zu befreien? Es musste etwas geben. Sie tastete vergeblich hinter ihrem Rücken nach etwas, das sie als Waffe verwenden könnte. Alle Zangen, Tortenheber und Messer lagen ordentlich von Farin verpackt in einer der Kisten. Sie rieb ihre Finger aneinander, um die klebrige Gewürzmischung abzustreifen, und hielt mitten in der Bewegung inne. Hatte Irmgard Schwarz nicht gesagt, ihr Freund reagiere allergisch auf alle möglichen Gewürze? Und hatte Leo Holtkamp nicht die Zimtsterne mit dem Hinweis, er vertrage keinen Zimt, dankend abgelehnt? Sie hatte bei Dora Senne gesehen, wie schnell eine Allergie einen Menschen außer Gefecht setzen konnte. Das war ihre Chance. Ihre Finger wühlten über das Backblech. Sie schob so viel von der Gewürzmischung zusammen, wie sie konnte, und griff danach. Allein der Puderzucker in den Augen würde ihn hoffentlich so lange beschäftigen, dass sie aus der Hütte fliehen konnte. Mit etwas Glück war auch noch genügend loser Zimt darin, um ihm mehrere kräftige Niesanfälle zu bescheren.

»Ich bin selbst auf der Suche nach der Beute«, log sie Leo Holtkamp vor, reckte ihren Hals und nahm die geballten Fäuste nach vorne, ohne den Blickkontakt abreißen zu lassen. Sie war viel kleiner als er. Um sein Gesicht zu erreichen, musste sie ihn überrumpeln. »Wenn Sie möchten, sage ich Ihnen, was ich weiß«, begann sie lockend, schob gleichzeitig und so schnell sie konnte ihre Hände zwischen seinen Armen durch und rieb ihm die Mischung aus Gewürzen und Puderzucker in die Augen, die Nase und den Mund.

Leo Holtkamp schrie auf und schlug nach ihr. Seine Faust traf sie an der Schläfe. Annemie taumelte. Leo Holtkamp rieb sich die Augen, blind schlug er weiter um sich. Annemie duckte sich unter ihm weg, erreichte die Seitentür und stolperte ins Freie. Sie stürzte und schrie auf. Ihr Knöchel schmerzte höllisch. Hinter sich hörte sie ihn fluchen. Vorsichtig zog sie sich am Türknauf hoch und versuchte, das Bein zu belasten. Es ging einigermaßen. An der Stelle, an der seine Faust sie getroffen hatte, pochte ein dumpfer Schmerz. Sie musste fort. Annemie sah sich um. Der Markt war leer. Niemand war mehr da, der ihr zu Hilfe kommen konnte, die letzten Glühweintrinker hatten das Feld geräumt. Sie wandte sich in Richtung Ausgang und humpelte los.

»Oh nein, das wird nichts.« Leo Holtkamp griff nach ihrem Arm und zog sie zurück. Annemie wollte schreien, aber er legte seine Hand über ihren Mund und presste sie an sich. »Sag mir jetzt, wo das Geld ist«, zischte er dicht an ihrem Ohr, während er sie in Richtung des Marktstandes schob. Sein Gesicht war weiß vom Puderzucker, seine Augen tränten.

»Ich weiß es nicht.« Annemie wurde schlecht. Sie zitterte am ganzen Körper. Leo Holtkamp gab ihr einen Stoß, und sie stürzte bäuchlings in die Hütte hinein. Holzsplitter bohrten sich in ihre Hände, und sie spürte, wie ihre Knie aufgescheuert wurden. Hinter ihr fiel die Tür ins Schloss. Annemie hörte, wie Leo Holtkamp von außen den Riegel vorschob und das Vorhängeschloss einrasten ließ. Er hatte sie eingesperrt. Mühsam rappelte sie sich auf. In der Hütte wurde es dunkel. Leo Holtkamp musste die Stromversorgung unterbrochen haben. Annemie tastete sich langsam vorwärts, versuchte, sich in der Dunkelheit zu orientieren.

»Wenn Sie mir sagen, wo das Geld ist, geschieht Ihnen nichts«, hörte sie seine Stimme dicht an der Wand sagen. »Wenn nicht …« Er verstummte. Stattdessen vernahm Annemie ein metallenes Geräusch. Etwas wurde über den Boden hinter der Hütte gezogen. Die Tür ruckelte hin und her, etwas quietschte, und dann hörte Annemie ein zischendes Geräusch. Ihr Herz raste. Gas. Leo Holtkamp hatte die Gasflasche ihres Heizöfchens neben die Tür gerollt, den Schlauch durch den unteren Schlitz geschoben und den Gashahn aufgedreht. Jetzt zischte das Gas in die Hütte. Sie musste etwas tun, sonst würde sie ohnmächtig werden und ersticken oder von Leo Holtkamp in die Luft gejagt werden.

Zuerst den Zufluss stoppen. Wo war die Außentür? Sie fand sie, bückte sich und tastete nach dem Schlauch. Sie presste den Daumen auf die Öffnung, aber das Gas zischte an den Seiten vorbei. Sie zerrte an den Ärmeln ihres Kittels, zog ihn aus, rollte ihn fest zusammen und drückte den Kittel fest an die Stelle. Das würde ihr ein wenig Zeit verschaffen, und sie hatte die Hände frei, um für Frischluft zu sorgen. Die Hütte hatte zwar zwischen den Holzbohlen winzige Schlitze, aber Annemie bezweifelte, dass das ausreichen würde. Das Astloch fiel ihr ein. Es befand sich auf halber Höhe gegenüber der Eingangstür und hatte bei ihr am ersten Tag für einen steifen Nacken gesorgt, ehe Farin es provisorisch gestopft hatte. Sie hatte nicht mehr daran gedacht. Jetzt hoffte sie, dass Farin einmal etwas vergessen hatte zu erledigen. Mit beiden Händen fuhr sie über die Wand. Da war es. Und sie hatte Glück. Farin hatte das Loch nur mit Klebeband zugeklebt. Sie fasste das Tape mit spitzen Fingern und zog daran, stieß einen kleinen Schrei aus, als ein Splitter sich unter ihren Nagel bohrte. Egal. Das Loch war frei. Und jetzt: Maikes Handy. Die Polizei. Farin.

Sie hörte Leo Holtkamp husten. Hastig tastete sie sich vorwärts. Das war die Rückwand mit den Regalen. Jetzt die Querwand. Wo hatte sie ihre Tasche abgestellt? Ihre Finger glitten über die Theke. Langsam gewöhnten sich ihre Augen an das dunkle Dämmerlicht im Inneren. Da stand die Tasche im Regal. Sie nahm das Handy heraus, drückte auf den Knopf. Der Bildschirm leuchtete auf und tauchte das Innere des Marktstandes in ein graues Licht. Der Schädel hinter der Tastatur grinste sie an. Der Zahlencode. Maike hatte ihn ihr gesagt, und sie hatte gemeint, sie könne ihn sich einfach merken, weil er wie ein Rezept war. Aber welches? Was brauchte man für die Zimtsterne? Zwei Eier, zwei Teelöffel Zimt, zwei Esslöffel Likör und ein Ei. Fieberhaft tippte sie die Zahlen ein. Das Handy vibrierte. »Falscher Code«, erschien in großen Buchstaben. Annemie versuchte, sich zu konzentrieren. Es war etwas mit Zweien. Zwei Eier, fünfhundert Gramm gemahlene Mandeln. Zwei, fünf, null, null. Falscher Code.

Trotz der Kälte brach Annemie der Schweiß aus. Sie hustete und spürte, wie ihr Puls raste. War es wirklich das Rezept für die Zimtsterne gewesen? Nein. Jetzt erinnerte sie sich. Die Makrönchen. Zweihundertzwanzig Gramm Kokosraspeln, vier Eier, zweihundertzwanzig Gramm Puderzucker, eine Prise Salz. Welche Kombination war nun die richtige? Sie hatte nur noch einen Versuch. Warum erinnerte sie sich so genau daran, wie Maike ihr das erklärt hatte, aber nicht an den vermaledeiten Zahlencode? Annemies Finger zitterten. Es half nichts. Sie musste es versuchen. Zwei, zwei, null. Die letzte Zahl. Eine Vier oder eine Eins? Ihre Finger schwebten über dem Display.

Ein Poltern an der Tür.

»Ist Ihnen mittlerweile eingefallen, wo Ihr Bruder das Geld versteckt hat?« Leo Holtkamps Stimme klang heiser, er hatte hörbar Mühe, laut zu sprechen. Seine Allergie schien ihm sehr zuzusetzen. Sie musste ihn hinhalten.

»Wieso wollen Sie das Geld überhaupt?« Annemie starrte auf das Display. Vier oder eins? Holtkamp lachte.

»Ich wüsste nicht, was Sie das angeht. Aber gut. Vielleicht hilft es Ihnen auf die Sprünge, wenn Sie es wissen.« Er hustete wieder. »Irmgard, Sie kennen sie. Sie muss ihr Haus verkaufen, weil sie nicht genug Geld hat. Sie ist krank. Ihrem Bruder gehörte ein Anteil, den wollte er für sie einfordern. Und ich wollte ihn für sie holen. Dafür brauche ich das Geld. Es ist das, was ihr zusteht.«

»Das Geld gehört der Bank. Nicht denen, die es gestohlen haben«, antwortete Annemie. Vier oder Eins? Sie drückte die Vier, schloss die Augen und hielt den Atem an. Als sie sie wieder öffnete, war das Display mit kleinen Quadraten bedeckt, die alle ein anderes Symbol trugen. Ganz unten fand sie das grüne Kästchen mit dem Telefonhörersymbol. Sie drückte darauf, und ein Tastenfeld erschien. Sie wählte den Notruf der Polizei.

»Das Geld gehört denen, die es brauchen.« Leo Holtkamp polterte wieder gegen die Außentür. »Ich habe die beiden belauscht an dem Morgen. Sie waren meiner Meinung, auch wenn sie ›brauchen‹ anders auslegten. Heßler hat Ihren Bruder bedroht.«

»Schnell. Kommen Sie«, flüsterte sie, als die Zentrale sich meldete. »Mein Name ist Annemie Engel. Ich bin auf dem Weihnachtsmarkt in Niedelsingen. Ich bin in meinem Stand eingesperrt und werde bedroht. Gas dringt ein. Er will mich hier drin in die Luft jagen.« Dann legte sie auf.

Hoffentlich schaffte die Polizei es schnell genug hierher. Sie hustete, das Atmen fiel ihr schwer. Langsam ging sie rückwärts, bis sie an dem Astloch stand, und presste Nase und Mund hinein. Sie atmete tief durch, spürte, wie die Frischluft ihre Lungen füllte, und starrte dann wieder auf das Handy. Sie kannte Farins Nummer nicht. Wie sollte sie ihn in dem Handy finden? Wenn ich hier heil rauskomme, werde ich mir ein eigenes Handy zulegen und lernen, wie man es bedient, schwor sie sich und drückte wieder auf das grüne Kästchen mit dem Telefonhörersymbol.

Erneut erschien das Tastenfeld. Unten in der Leiste stand: »Anrufliste«. Annemie drückte darauf. Diverse Telefonnummern leuchteten ihr entgegen, dreimal war daneben der Name Farin zu lesen. Erleichtert presste sie ihren Finger darauf.

»Haben Sie mich gehört?« Leo Holtkamp schlug krachend gegen die Wand des Marktstandes und hustete. »Heßler hat Ihren Bruder bedroht, weil er nicht nur seinen Anteil verprasst hatte, sondern auch das, was eigentlich Georg zustand. Er wollte Harald zwingen, ihm den Rest der Beute zu geben, um es in das neue Konzept zu stecken. Aber Ihr Bruder hat sich geweigert und gemeint, eher bringe er das Geld zur Polizei.« Annemie ließ das Handy sinken.

»Was sagen Sie da?«

»Ja, da staunen Sie, was? Ihr Brüderchen wollte auf seine alten Tage noch anständig werden. Es hat mich selbst überrascht.« Wieder lachte Leo Holtkamp heiser. »Als Georg mich mitten in der Nacht anrief und sagte, er werde mit Irmgard ins Krankenhaus fahren, war klar, dass ich zu dem verabredeten Treffen hier in Ihrem Stand gehen würde. Alle Klappen waren unten. Eigentlich wollte ich die beiden nur belauschen und erfahren, wo das Geld versteckt ist. Dann kam mir die Idee mit dem Gas. Damit kann man Leute betäuben. Ich wollte das Geld abholen und verschwinden, bevor sie wieder wach geworden wären.« Annemie hörte, wie Leo Holtkamp nach Luft schnappte. »Ich konnte doch nicht ahnen, dass Heßler sich eine Zigarette anzünden würde. Alles ist in die Luft geflogen. Ein Wunder, dass Ihr Bruder da überhaupt lebend rausgekommen ist.«

»Ist er nicht«, rief Annemie. »Er ist tot.«

»Richtig. Und deswegen werden Sie mir jetzt sagen, wo das Geld ist, damit Sie nicht auch in die Luft fliegen.« Leo Holtkamp krächzte mühsam, er war kaum noch zu verstehen.

»Herr Holtkamp. Ich weiß wirklich nicht, wo das Geld ist«, sagte Annemie und rechnete mit einem weiteren Schlag gegen die Seitenwand. Doch außer dem Zischen des Gases blieb alles still. Sie atmete durch das Loch in der Wand und lauschte ange-strengt in die Stille hinein. Vor der Tür entstand ein schleifendes Geräusch, so als rutschte etwas die Wand entlang. Dann gab es einen dumpfen Aufprall. »Herr Holtkamp?«, rief Annemie und holte noch einmal tief Luft. Sie ging zur Tür, klopfte und drückte dagegen. Nichts.

»Frau Annemie?«, hörte sie eine sehr leise Stimme sagen. »Frau Annemie!«

Irritiert sah sie auf das Handy, das sie immer noch in der Hand hielt, und hob es an ihr Ohr. »Herr Farin?«

»Frau Engel?« Jetzt erkannte sie Maike Assenmachers Stimme. »Ja.«

»Dem Himmel sei Dank. Geht es Ihnen gut?«

»Ich bin in der Hütte eingesperrt, und Gas strömt ins Innere. Leo Holtkamp ist der Mörder, er war das, aber jetzt rührt er sich nicht mehr. Ich glaube, er hat so einen Allergieschock wie Dora Senne. Ich höre gar nichts mehr von ihm.«

»Wir sind im Auto und in drei Minuten bei Ihnen. Ich wähle den Notruf.«

»Ja, ich ...« Weiter kam Annemie nicht. Sie hatte zu viel geredet und nicht mehr daran gedacht, durch das Loch in der Wand zu atmen. Ihr wurde schwarz vor Augen. Das Letzte, was sie spürte, war der Hocker, auf den sie sank, ehe sie ganz zu Boden glitt.

Kapitel 24

Annemie öffnete die Augen, drehte den Kopf und lächelte Belmondo zu, der neben ihr auf dem Kopfkissen schnarchte. Sie strich mit der Fingerspitze langsam von seiner Nasenspitze bis zur Stirn und kitzelte ihn an den Ohren. Aus dem Schnarchen wurde ein Schnurren. Der schwarze Perserkater atmete tief ein und aus, ohne die Augen zu öffnen. Annemie setzte sich auf, schob die Füße aus dem Bett und suchte mit den Zehen ihre Filzpantoffeln, während sie mit der Linken nach dem Morgenmantel griff. Sie hatte ihn am Vorabend sorgfältig bereitgelegt. Heute war der lindgrüne Bademantel mit dem Rosenmuster an der Reihe, denn heute war Sonntag. Doch statt in weiches Frottee griff sie in warmes Fell. Engelbert von Adel maunzte vorwurfsvoll, erhob sich von dem Bademantel und machte einen ausgiebigen Buckel. Dann sprang er vom Bett, maunzte wieder und lief zur Tür. Als Annemie ihm nicht direkt folgte, sondern zum Fenster ging, um hinauszuschauen, kam er zu ihr zurück, strich um ihre Beine und rannte wieder zur Tür.

»Ich komme ja schon.« Sie warf einen Blick auf die Uhr. Drei Uhr. Genügend Zeit, um neue Ware zu backen, bevor es auf den Markt ging. Zum letzten Mal in diesem Jahr. Heute war der 24. Dezember, und der Markt schloss um vier Uhr am Nachmittag seine Pforten.

Im Flur roch es nach Kaffee, sie hörte gedämpfte Stimmen. Farin war wieder vor ihr auf den Beinen. Und Maike, die in den letzten Tagen immer hier übernachtet hatte, wenn sie keinen Dienst im Krankenhaus hatte, schien ebenfalls bereits wach zu sein. Sie zog den Bademantel enger zusammen, verknotete den Gürtel und ging langsam zur Treppe. Stufe für Stufe stieg sie hinauf, wanderte durch den Flur. Am Garderobenständer mit dem Arbeitskittel ihres Vaters blieb sie stehen. Behutsam strich sie über den Stoff. Zum ersten Mal kam er ihr porös und brüchig vor. Alt und ausgeblichen. Vorsichtig nahm Annemie ihn vom Haken, faltete ihn behutsam zusammen und kehrte in ihr Schlafzimmer zurück. Sie öffnete den Kleiderschrank und legte den Kittel in das oberste Fach. Dass sie ihn jemals würde wegwerfen können, bezweifelte sie. Es hingen zu viele Erinnerungen daran. Aber sie musste ihn nicht mehr jeden Tag anschauen, um das Gefühl zu haben, nicht allein zu sein. Ihr Vater war schon lange tot, die Trauer um Harald noch längst nicht verwunden, aber ihr Leben hatte sich verändert. Ohne dass sie damit gerechnet oder es wirklich bemerkt hatte, war etwas in und mit ihr vorgegangen, das ihr gefiel. Auch wenn sie nicht wusste, wohin es sie bringen würde. Energisch drückte sie die Schranktür zu.

Ihr Spiegelbild in dem großen Spiegel am Kleiderschrank lächelte sie an. Eine dreiundsechzigjährige Frau mit grauen Locken, die sie sich bis vor Kurzem mit der Schere alle halbe Jahre selbst geschnitten hatte. Jetzt hingen sie ihr nicht mehr bis zum Kinn, sondern zeigten etwas, das man tatsächlich eine Frisur nennen konnte. Maike hatte sie mehr oder minder gezwungen, zu einem Friseur zu gehen, und wider Erwarten gefiel ihr das Ergebnis. Besonders nachdem Walter Assenmacher ihr bei dem versprochenen Kaffee mehr als ein Kompliment dafür gemacht hatte. Vielleicht würde sie sich sogar noch dazu durchringen, ihre alten Rollis und Hauskittel gegen ein oder zwei von Gerburg Manderscheidt-Ziesemanns Pullovern auszutauschen. Aber das hatte Zeit. Nur weil sie sich erlaubte, sich zu verändern, musste sie es nicht gleich übertreiben. Außerdem hing sie an ihren Hauskitteln.

»Kommt, meine Lieben«, rief sie den Katern zu und ging hinunter in die Backstube, wo das Frühstück, die Arbeit und Farin und Maike auf sie warteten.

Farin hatte schon alles vorbereitet. Die Knetmaschine wälzte einen Teig vor sich hin, die Bleche standen bereit. Farin wog die Zutaten für Niedelsinger Schnittchen ab. Maike hockte in kurzen Shorts und einem viel zu weiten T-Shirt auf einem der beiden Stühle. Sie hielt eine Kaffeetasse in den Händen und wirkte nicht nur verschlafen, sondern auch eindeutig verfroren. Kein Wunder. Annemie beschloss, ihr einen Bademantel zu besorgen. Ein bisschen Anstand musste schließlich gewahrt bleiben.

»Guten Morgen, Maike. Guten Morgen, Herr Farin.« Annemie ging zur Kaffeemaschine, goss sich die erste Tasse des Tages ein und setzte sich auf den freien Stuhl.

»Guten Morgen, Frau Annemie«, rief Farin über seine Schulter hinweg und widmete sich dann wieder seiner Arbeit.

»Haben Sie frei heute?«, fragte sie Maike. Die schüttelte den Kopf.

»Nein, leider nicht. Ein Kollege ist krank geworden, und ich muss einspringen. Arbeitsbeginn ist um neun, dann habe ich vierundzwanzig Stunden Dienst. Zu Weihnachten trifft es immer die, die keine Familie haben.« Sie warf Farin einen Blick zu. »Aber wir können es uns ja auch morgen noch gemütlich machen. Mein Vater hat uns zum Essen eingeladen. Und er lässt ausrichten, er würde sich freuen, wenn Sie auch mitkommen, Annemie.«

»Danke.« Annemie freute sich. »Ich überlege es mir.« Sie zögerte kurz und entschied dann. »Ach was. Sagen Sie ihm, ich komme gern.«

»Schön, das wird bestimmt nett. Leo Holtkamp ist übrigens für heute zur Abschlussuntersuchung angemeldet. Sie bringen ihn aus der Haftanstalt ins Krankenhaus, und ich werde ihn untersuchen.«

»Wie geht es ihm?«

»Er hat den Allergieschock gut überstanden. Es war ein großes Glück, dass die Krankenwagen rechtzeitig vor Ort waren.«

Annemie senkte den Kopf. »Ich hatte nicht vor, ihn ernsthaft zu gefährden. Ich musste mich nur wehren, und das war das Einzige, was mir zur Verfügung stand.«

»Sie brauchen sich nicht zu entschuldigen. Die Polizei hat doch schon bestätigt, dass es Notwehr war.« Maike nahm über den Tisch hinweg Annemies Hand und drückte sie.

»Das stimmt. Trotzdem tut er mir leid. Er wollte die vermisste

Beute nicht für sich, sondern für Irmgard Schwarz haben. Für seine kranke Freundin. Seine Familie.«

»Der Richter wird darüber entscheiden, was mit ihm passiert. Genau wie mit Arno Wächter und Corinna Heßler. Die beiden haben sich für die Schäden zu verantworten, die bei Arnos nächtlicher Zerstörungsaktion entstanden sind. Aber ein Gutes hat das Ganze wenigstens.« Maike grinste.

»Was meinst du?«

»Die X-Mas-Niedel-Singers sind nunmehr Geschichte und werden uns niemals mehr mit ihren Sangeskünsten quälen.«

»Dann ist Friedebert endlich der unangefochtene Star auf dem Markt«, warf Farin von seinem Platz aus ein. »Bis zum nächsten Jahr ist er sicher wieder voll funktionsfähig, und dieser Ersatzlautsprecher, den Gerburg hat anbringen lassen, kommt wieder weg.«

»Harald würde sich sehr darüber freuen. Er hat Friedebert anscheinend wirklich gemocht«, sagte Annemie und lächelte wehmütig, als sie daran dachte, wie vehement er laut Gerburg für den Verbleib des Rentieres auf dem Markt gefochten hatte. Dann stutzte sie. Ihr war vage etwas eingefallen. Sie kniff die Augen zusammen und versuchte sich zu erinnern. Aber … Wenn das stimmte, dann …

Sie stand auf. »Los. Zieht euch an. Wir müssen zum Markt. Lassen Sie alles stehen und liegen, schalten Sie die Maschinen aus und packen Sie die lange Leiter ein, Herr Farin.«

»Ich mache gerne immer alles, was Sie sagen, Frau Annemie. Also, fast alles«, korrigierte Farin sich, als sie zu dritt im Transporter saßen und durch das nächtliche Niedelsingen fuhren. »Aber ich fände es super, wenn Sie uns erklären könnten, was wir gerade im Begriff sind zu tun.«

»Ich denke, dass ich weiß, wo Harald die restliche Beute versteckt hat. Und das werden wir jetzt überprüfen.«

»Aha. Woher kommt dieses Wissen auf einmal?«

»Friedebert.« Annemie ruckelte an ihrem Sicherheitsgurt und rutschte unruhig auf dem Beifahrersitz hin und her. »Als wir eben darüber sprachen, ist mir eingefallen, dass Harald mir vor Ewigkeiten mal erzählt hat, er würde Friedebert auch im Sommer gelegentlich einen Besuch in seinem Lager abstatten, weil er ihn so vermissen würde. Ich habe ihm nicht wirklich zugehört, weil es einer seiner Versuche war, mich wieder dazu zu bringen, mit ihm zu sprechen. Außerdem dachte ich, es sei ein Scherz. Aber jetzt glaube ich, dass es keiner war. Ich denke, er hat die Beute in Friedebert versteckt.«

Farin schaute sie verdutzt an. »Aber wenn das Geld in Friedebert versteckt wäre, hätte es der Monteur doch sicher entdeckt. Der hat Friedeberts gesamtes Innenleben bereits zum wiederholten Mal aus seinem Bauch geholt.«

»Schon. Aber erinnern Sie sich an die Art und Weise, wie und wo Harald seinen Ersatzschlüssel versteckt hat?« Annemie legte eine Hand auf das Armaturenbrett und fuhr mit dem Finger eine der Trennnähte entlang.

»In der Mauerritze, hinter dem losgelösten Putz«, sagte Farin und bog in die Zufahrt zum Weihnachtsmarkt ein.

»Richtig. So in dieser Art wird er es auch bei Friedebert gemacht haben. Wir müssen nur herausbekommen, wie.«

Farin hielt neben dem Eingangstor und schaltete den Motor aus. Der Markt lag im Dunkeln. Um diese Uhrzeit sparte die Stadt Strom und Geld und betrieb nur die allernötigsten Straßenleuchten.

»Wir hätten eine Taschenlampe mitnehmen sollen«, murmelte Annemie und stieg aus dem Transporter. Sie sah zu Friedebert hoch. Das Weihnachtsmarktmaskottchen thronte wie eh und je über allem und schaute auf die jetzt leeren Gänge und geschlossenen Stände.

Farin holte die Leiter aus dem Wagen und lehnte sie an das Tor. Er betrat die erste Sprosse, aber Maike hielt ihn zurück. »Lass mich das machen. Meine Hände sind kleiner, und ...«, sie grinste, »ich bin Ärztin und habe Erfahrung im Wühlen in Eingeweiden anderer Leute.«

Farin gab ihr einen Kuss und ließ ihr den Vortritt. Annemie stellte sich dicht neben die Leiter.

»Hier ist eine Klappe mit einem Schiebeverschluss unter dem Bauch«, rief Maike, löste den Riegel und öffnete die Klappe. Ein Kabelgewirr fiel ihr entgegen. »Aber das scheint nur die Technik zu sein.«

»Friedeberts Bauch als Versteck zu wählen wäre nach Haralds Denkweise ohnehin zu einfach.« Annemie schüttelte den Kopf. »Wo ist in Friedebert noch genügend Platz, um Geldscheine zu verstecken?«

»In seinem Kopf? Der ist auch anständig groß«, schlug Farin vor.

»Aber sind darin nicht die Drähte, die die Nase zum Leuchten bringen?«, gab Maike zu bedenken.

»Dann fällt der Kopf als sicherer Platz für die Beute ebenfalls aus.« Farin verzog das Gesicht und fuhr mit der Hand durch seine Haare. Er und Annemie starrten nachdenklich zu Maike und Friedebert empor.

»Die Beine.« Annemie berührte aufgeregt die Leiter. »Versuchen Sie es mit den Beinen«, rief sie.

Maike beugte sich zu einem der Hinterläufe hinüber und tastete ihn ab. Danach fuhr sie mit den Fingerspitzen über die anderen Beine.

»Ich kann nichts finden.« Sie klang enttäuscht. Ratlos stieg sie die Leiter hinunter und hob frustriert die Schultern.

»Da muss etwas sein.« Annemie umklammerte die Seitenteile der Leiter. Dann setzte sie ihren linken Fuß auf die unterste Sprosse, den rechten auf die darüber. »Halten Sie die Leiter gut fest, Herr Farin. Ich heiße zwar Engel, aber fliegen kann ich nicht.« Sie kletterte langsam nach oben und vermied es angestrengt, nach unten zu sehen. Harald war ihr Bruder gewesen. Sie musste versuchen, sich in seine Denkweise hineinzuversetzen.

Nachdenklich betrachtete sie Friedeberts Beine. Maike hatte sie abgetastet und nichts gefunden. An den Stellen, wo sie in den Bauch übergingen, war das Risiko zu groß, dass das Geld bei Reparaturen durch die Klappe unten am Bauch entdeckt werden würde. Unten. War das die Lösung? Der Zugang von unten? Annemie legte ihre Hand an den Huf des Hinterlaufs und ruckelte daran. Nichts. In der Mitte der Hufe stachen die Schrauben heraus, mit denen Friedebert am Torgestell befestigt war. Sie presste gegen die Unterseite des Hufes und drückte in eine Richtung. Etwas bewegte sich, stockte. Annemie drückte in die andere Richtung. Die Unterseite des Hufes gab nach und drehte sich. Etwas fiel heraus und plumpste nach unten. Annemie tastete erneut. Ein Spalt in Form eines Halbmondes war entstanden. Sie schob die Finger hinein und öffnete ihn weiter. Nacheinander rutschten kleine Rollen heraus und stürzten zu Boden. Annemie sah nach unten zu Farin und Maike, wo Farin eine der Rollen aufhob und sie öffnete. Ein Bündel Geldscheine fächerte sich auf.

»Die Geduld ist der Schlüssel zur Freude«, pflegte der Oheim meines Vaters mütterlicherseits zu sagen, wenn er die Linsen sortierte«, rief Farin. »Und er hatte recht. Sie haben das Versteck gefunden, Frau Annemie!«

Annemie kletterte die Leiter wieder hinunter.

»Die anderen Beine kontrollieren nun aber Sie, Herr Farin. Sie können das sicher besser als ich alte Frau.« Sie schmunzelte. »Auch wenn ich gerade sehr stolz auf mich bin.«

»Und was machen wir jetzt damit?« Maike schob den Stapel mit den Geldscheinen, den sie gerade abgezählt hatte, in die Mitte des Tisches, wo schon weitere lagen. »Das ist sehr viel Geld.« Sie fuhr mit den Fingern an den Scheinen entlang. »Eine Menge Probleme könnten damit gelöst werden.« Sie schaute erst Farin und dann Annemie an. »Aber wir sind ja anständige Menschen, nicht wahr?«

»Absolut, Maike. Das sind wir.« Annemie stand auf, ging zum Schrank und nahm eine Papiertüte heraus. »Das sind achtzigtausend Mark und etwas mehr als zwanzigtausend Euro. Harald muss das Geld portionsweise umgetauscht haben. Und er hat nicht viel davon verbraucht.« Sie stapelte die Scheine in die Tüte und stellte sie in die Mitte des Tisches. »Wir bringen das Geld zu Kommissar Freudenruh. Er wird wissen, was damit zu geschehen hat.«

»Gibt es dafür eigentlich Finderlohn?« Farin hob eine Augenbraue.

»Wenn die Schwester des Bankräubers die Beute zurückgibt, wohl kaum.« Annemie hob resigniert die Schultern. »Eher werde ich mich darauf einstellen müssen, von Freudenruh noch mal ins Kreuzverhör genommen zu werden.«

»Dann bringen Sie das Geld eben nicht zu ihm.« Maike grinste.

»Natürlich bekommt er es.« Annemie stemmte entrüstet die Arme in die Hüften. Maike hob beschwichtigend die Hand.

»So habe ich es nicht gemeint. Nur dass nicht Sie das machen sollten, Annemie.« Sie griff nach der Tüte. »Ich werde es tun. Und dann vielleicht doch den Finderlohn bekommen. Was meint ihr?«

Annemie zögerte. Dann nickte sie. Es wäre weder falsch noch gelogen, wenn Maike der Polizei erklärte, das Versteck gefunden zu haben. Keiner von ihnen hatte bis heute gewusst, wo die Beute versteckt gewesen war. Und nur weil Freudenruh das eventuell anders sehen würde …

»In Ordnung. Das machen wir.« Sie lächelte. Dann wurde sie wieder ernst. Auch wenn sie die Beute gefunden und geholfen hatten, Arno Wächter und Leo Holtkamp zu überführen, so hieß das nicht, dass immer alles so bleiben würde, wie es jetzt war. Schon morgen würde alles anders sein. Der Markt schloss, und sie musste sehen, wie sie danach weitermachen würde. Annemie schaute Farin fragend an. »Wie sind Ihre Pläne für die Zukunft?«

Farin wechselte einen Blick mit Maike. Die nickte ihm aufmunternd zu.

»Ich möchte gerne hierbleiben, Frau Engel, und weiter für Sie arbeiten. Wenn Sie damit einverstanden sind, heißt das.«

»Ich würde Sie liebend gern weiterbeschäftigen, aber ich konnte Ihnen ja schon in den letzten Wochen kaum ein richtiges Gehalt bezahlen. Selbst mit einem Anteil vom Finderlohn wüsste ich nicht, ob ich auf Dauer ein Geschäft betreiben und das Haus halten kann. Und dass Sie fast umsonst für mich arbeiten, möchte ich auf keinen Fall.«

»Maike und ich haben uns etwas überlegt.« Farin stand auf, ging zu Maike und stellte sich hinter sie. »Worüber wir neulich schon gesprochen haben. Das Café. Wir möchten unsere Träume verwirklichen und es wiedereröffnen. Auf unser eigenes, gemeinsames Risiko. Sie brauchen mich nicht zu bezahlen. Maike wird weiter im Krankenhaus arbeiten, so lange, bis wir die Sache zum Laufen gebracht haben. Sie und ich backen, und ich kümmere mich um die Kundschaft.«

»Ich könnte meine Wohnung kündigen, hier mit einziehen und Ihnen Miete zahlen, wenn Sie einverstanden sind.« Maike lehnte sich vor und stützte sich mit den Ellenbogen auf dem Tisch ab. »Meinen Sie, dass Sie es schaffen, die oberen Räume für uns freizugeben? Damit wir uns darin eine eigene Wohnung einrichten können?«

Annemie sah von einem zum anderen. Fast hätte sie spontan Nein gesagt, aber sie presste die Lippen zusammen. Was, wenn sie ablehnte? Maike und Farin würden gehen, und sie könnte wieder ihr altes Leben aufnehmen. Der einzige Unterschied wäre, dass sie nun zwei statt nur einen Kater hatte. Nein. Die beiden hatten recht. So konnte es gehen. Zusammen. Wie eine Familie. Annemie nickte.

»In Ordnung«, sagte sie, trank einen Schluck Kaffee und nahm sich eines von Farins frisch gebackenen Plätzchen. Sie biss hinein und ließ es langsam auf der Zunge zergehen. »Wunderbar«, murmelte sie. »Wirklich wunderbar.«

Danksagung

Wie schon bei meinen vorherigen Büchern ist auch dieses Mal der fertige Krimi nicht nur das Ergebnis vieler einsamer Stunden am Laptop, sondern auch das Resultat von gutem Zuspruch, Motivation, Kritik und Unterstützung, die ich durch andere erfahren habe.

Deswegen ein herzliches Danke an

… meinen Agenten Peter Molden für steten Rat und Tat.

… das Team des Emons Verlages für das mir jetzt bereits zum achten Mal entgegengebrachte Vertrauen – es macht immer wieder Spaß, mit euch zusammenzuarbeiten.

… meine Lektorin Marit Obsen, die auch beim sechsten Mal den Überblick bewahrt, den Plot durchleuchtet und den Text mit mir feingeschliffen hat. Es war mir wieder einmal ein sehr großes Vergnügen!

… meine Kolleginnen Christiane Dieckerhoff und Judith Merchant für kriminelle Ratschläge, offene Ohren und knallharte Motivationsversuche. Go! – SdS – und ja, wir sind zehn Meter groß.

… Elena Piras (Grafik) und Yannick Quack von Spacebird Studios (Bild und Ton) dafür, dass sie Annemie zeichnerisch zum Leben erweckt haben: https://youtu.be/Jx6kZvQk7Gc

… meine Leserin Gabriele Gramüller und meinen Kollegen Thommie Bayer, die im Rahmen einer Facebook-Aktion kreative Namensgeber und Paten für Engelbert von Adel wurden.

… meine Töchter, meinen Mann und die ganze Familie, die mich auch in der härtesten Schreibphase ertragen und erduldet und trotzdem unterstützt haben. Da ich sie diesmal immer wieder mit zu Testzwecken gebackenen Weihnachtsplätzchen bestechen konnte, haben sie mich zum Glück nicht vor die Tür gesetzt. Und Eva – deine Küchenmaschine kriegen wir auch wieder hin. Versprochen.

Ein besonderer Dank geht an die Wohnungsbaugesellschaft Reichenbach mbH (WOBA) und die KrimiLiteraturTage Vogtland, in deren Besucherappartement ich während einer mehrtägigen Schreibklausur im April 2017 die letzten Kapitel dieses Buches schreiben konnte. Der Blick aus dem Fenster auf ein zu diesem Zeitpunkt verschneites Vogtland war äußerst inspirierend für meinen Weihnachtskrimi.

Köln, im September 2017

Ein Adventskalender voller Rezepte

Butter-Marzipan-Spekulatius

100 g Marzipanrohmasse zerpflücken und mit
250 g kalten Butterflocken und
300 g Zucker mit der Hand oder dem Knethaken des Rührgerätes verkneten.
1 Ei,
1 TL Zimt,
½ TL Kardamom,
1 Msp. Muskat,
3 Prisen Salz und
1 Msp. gemahlene Nelken daruntermischen. Danach
500 g Mehl unterkneten.
Anschließend den Teig zu einem flachen Klumpen formen, in Frischhaltefolie oder Pergamentpapier wickeln und für 1,5 bis 2 Stunden kühl stellen.
Den gekühlten Teig auf einer bemehlten Arbeitsfläche ca. 3 mm dick ausrollen und entweder in bemehlte Model drücken, die Ränder abschneiden und die Figuren durch kräftige Schläge wieder auslösen oder den Teig mit Keksformen ausstechen.
Ein Blech mit Backpapier auslegen und
100 g Mandelblättchen gleichmäßig darüberstreuen. Die Kekse drauflegen, leicht andrücken. Dünn mit
1 Eigelb bepinseln.
Bei 180 °C ca. 10–12 Minuten backen.

Das Rezept ergibt je nach Größe der Kekse zwischen 90 und 120 Stück. In einer fest verschlossenen Dose halten sich die Kekse sehr lange.

Vanillekipferl – klassisch

250 g Mehl und
1 Msp. Backpulver vermischen.
200 g kalte Butter würfeln und mit
125 g fein gemahlenen Mandeln,
125 g Zucker, dem Mark von
1 Vanilleschote und
2 Eigelb zum Mehl geben.
Mit dem Knethaken des Rührgerätes oder mit den Händen gut verkneten, bis ein gleichmäßiger Teig entstanden ist.
Den Teig halbieren und bis auf Bleistiftdicke ausrollen. Die Teigrollen für ca. 30 Minuten in den Kühlschrank stellen.
Im Anschluss die Rolle in 4–5 cm lange Kipferl formen und auf ein mit Backpapier ausgelegtes Blech legen. Die Kipferl noch einmal ca. 15 Minuten kühl stellen (Kühlschrank/Balkon).
Den Backofen auf 180 °C (Umluft 160 °C) vorheizen.
Die Kipferl 10 Minuten backen und, solange sie noch warm sind, mit
50 g Puderzucker bestäuben. Nach dem Abkühlen im Inhalt von
4 Pck. Vanillezucker wälzen.

Diese Menge ergibt ca. 80 Stück. Am besten halten sich die Kipferl in einer Keksdose.

Kipferl – mal anders mit Kokos, Tee & Anis

Für den Teig
280 g Mehl und
1 Msp. Backpulver vermischen.
200 g kalte Butter würfeln und mit
80 g fein gemahlenen Mandeln,
80 g Zucker,
30 g Kokosraspeln,
1 TL gemahlenem Anis,
2 Prisen Salz und
2 Eigelb zum Mehl geben.
Mit dem Knethaken des Rührgerätes oder mit den Händen gut verkneten, bis ein gleichmäßiger Teig entstanden ist.
Den Teig halbieren und bis auf Bleistiftdicke ausrollen. Die Teigrollen für ca. 30 Minuten in den Kühlschrank stellen.
Im Anschluss die Rolle in 4–5 cm lange Kipferl formen und auf ein mit Backpapier ausgelegtes Blech legen. Die Kipferl noch einmal ca. 15 Minuten kühl stellen (Kühlschrank/Balkon).
Den Backofen auf 180 °C (Umluft 160 °C) vorheizen.
Die Kipferl 12 Minuten backen.

Für den Tee-&-Anis-Zucker
2 EL losen schwarzen Tee mit
1 TL gemahlenem Anis mörsern oder im Schnellhacker zerkleinern. Diese Mischung mit
100 g Zucker vermengen und die abgekühlten, aber noch warmen Kipferl darin wälzen.
Etwas Vorsicht ist angesagt, da die Kipferl schnell zerbrechen.

Diese Menge ergibt ca. 80 Stück. Am besten halten sich die Kipferl in einer Keksdose.

Annemies Zimtsternhimmel

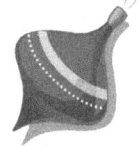

Das Eiweiß von
2 Eiern steif schlagen.
500 g fein gemahlene Mandeln mit
300 g Puderzucker vermischen und unter die Eiweißmasse heben, bis alles gut vermischt ist.
2 TL Zimt und
½ TL Kardamom und
2 EL Zimt- oder Mandellikör hinzufügen. Wer es ohne Alkohol möchte, nimmt Sirup. Alles gut miteinander verkneten und den Teig ca. 20 Minuten ruhen lassen.
In der Zwischenzeit das Eiweiß von
1 Ei steif schlagen,
125 g fein gesiebten Puderzucker einrühren, etwa 2 Minuten weiterschlagen.
Den Teig auf einer glatten Unterlage (Silikonmatte) ausrollen und die Sterne ausstechen. Tipp: Wenn man die Ausstechform immer wieder in den Puderzucker taucht, lösen sich die Teigstücke besser. Die rohen Zimtsterne auf ein mit Backpapier ausgelegtes Blech setzen, mit dem Zuckerguss bestreichen und auf der untersten Schiene bei 170 °C (Umluft 150 °C) ca. 12 Minuten backen. Die Zimtsterne sind fertig, wenn die Unter- und Oberseiten trocken sind.

Die Teigmenge reicht für ca. 80 Sterne, je nach Formgröße. Aufbewahrt werden die Sterne am besten in einer Keksdose.

Zimtlikörchen

Die Schale von
1 Bio-Orange heiß abwaschen, trocken tupfen und dünn schälen. Die Orange in dünne Streifen schneiden und mit dem Mark von
1 Vanilleschote und
3–4 Zimtstangen sowie
100 g braunem Kandis in ein sauberes, fest verschließbares Gefäß geben.
600 ml braunen Rum zugießen, das Gefäß verschließen und für 4–5 Wochen an einem dunklen Ort durchziehen lassen. Ab und an leicht schütteln. Wenn der Kandis sich aufgelöst hat, alles durch einen Filter gießen und in eine saubere Flasche geben.
Das Zimtlikörchen hält sich ca. sechs Monate.

Annemies sommerlicher Wintertraum:
Macaron-Ganache à la Piña Colada
(ergibt ca. 45 Macarons)

Für die Ganache

160 g Fruchtfleisch einer frischen Ananas pürieren und in einem kleinen Topf kurz aufkochen.

200 g weiße Kuvertüre fein hacken und im Wasserbad in einer Schüssel schmelzen.

Das heiße Ananaspüree zur flüssigen Kuvertüre geben und langsam unterrühren.

10 ml weißen Rum und

10 ml Kokosmilch (alternativ Sahne) dazugeben und so lange mit einem Mixstab durcharbeiten, bis sich alle Zutaten miteinander verbunden haben.

30 g Kokosraspeln dazugeben und erneut mit dem Mixstab durcharbeiten, bis eine geschmeidige Masse entsteht.

Die Masse über Nacht im Kühlschrank ruhen lassen.

Für die Macarons

200 g Mandeln blanchieren und im Blitzhacker fein mahlen.

200 g Puderzucker dazugeben und zusammen erneut im Blitzhacker sehr fein mahlen. Diese Mischung durchsieben, um Klümpchenbildung zu verhindern.

130 g Eiweiß (entspricht dem Eiweiß von ca. 3-4 Eiern Größe M) aufschlagen und dabei

55 g Zucker langsam einrieseln lassen.

Die Masse mehrere Minuten aufschlagen, bis sie sehr fest geworden ist. Zum Schluss

2 Pck. gelbe Lebensmittelfarbe (Pulver) dazugeben und erneut durchschlagen, bis die Masse durchgefärbt ist.

Den Eischnee zur Mandel-Puderzucker-Mischung geben und unterheben. Der Teig sollte zäh fließen.

Den Teig in einen Spritzbeutel mit Lochtülle füllen und auf einem mit Backpapier oder einer Macaron-Schablone belegtem Backblech gleichmäßige Tupfen von ca. 3 cm Durchmesser aufspritzen. Aufgespritzten Teig eine Stunde antrocknen lassen, bis sich eine feste Haut gebildet hat.

Backofen auf 160 °C Umluft vorheizen.

Macarons 6 Minuten im Ofen backen, dann das Blech einmal drehen und weitere 6–7 Minuten backen.

Nach dem Backen sofort von der Unterlage lösen und gründlich auskühlen lassen.

Fertigstellung

Zwischen je zwei Macaron-Hälften die Füllung streichen.
Die fertigen Macarons in eine luftdichte Dose geben und für 24 Stunden im Kühlschrank ruhen lassen.

Annemies Backtipp: Trennt man die Eier bereits drei Tage im Voraus, verdunstet die Flüssigkeit, und der Eischnee wird beim Aufschlagen deutlich fester. Dazu das Eiweiß in ein Gefäß geben, mit Frischhaltefolie abdecken und einige kleine Löcher in die Folie stechen.

Printen

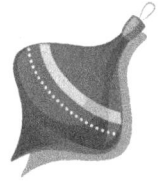

500 g Rübensirup mit
3 EL Wasser erhitzen.
5 g Pottasche in etwas Wasser auflösen und zum Rübensirup geben.
160 g Kandiszucker klein schlagen und mit
100 g Zucker,
600 g Mehl,
25 g klein gewürfeltem Zitronat,
25 g klein gewürfeltem Orangeat,
3 TL gemahlenem Anis,
2 TL Koriander,
2 TL Zimt und je
1 Msp gemahlene Nelken, Kardamom, Muskat, Natron, Piment zu dem erhitzen Rübensirup geben.
Den Teig gut kneten. Mit einem Tuch abdecken und 12–24 Stunden kühl ruhen lassen.
Im Anschluss den Teig ca. 3 mm dick ausrollen.
Den Backofen auf 210 °C vorheizen.
In ca. 10 cm x 2 cm große Rechtecke schneiden.

Backblech mit Backpapier auslegen und das Papier mit Wasser bestreichen. (Achtung: nur bepinseln, nicht fluten!)
Die Teigstücke auslegen und etwa 15 Minuten backen.
Wer mag, kann die Printen vor dem Backen mit Eiweiß bestreichen.

Schoko-Marzipan-Taler

Für den Teig
200 g Mehl mit
75 g Speisestärke mischen und mit
1 Ei,
100 g Zucker,
180 g gewürfelter Butter oder Margarine und
80 g fein gemahlenen Mandeln zu einem Knetteig verarbeiten.
Arbeitsfläche mit Mehl bestäuben und den Teig ca. ½ cm dick ausrollen. Mit einer Form oder einem Glas Taler von ca. 4 cm Durchmesser ausstechen. Backblech mit Backpapier auslegen, die Taler daraufsetzen und 10 Minuten bei etwa 200 °C backen. Anschließend auf einem Rost auskühlen lassen.

Für die Füllung
100 g Zartbitterschokolade schmelzen.
100 g Marzipanrohmasse sehr klein würfeln oder auf einer Küchenreibe raspeln und mit
120 g weicher Butter und der geschmolzenen Kuvertüre cremig rühren. Auf die Hälfte der Plätzchen jeweils 1 TL der Masse geben und ein weiteres Plätzchen aufsetzen. Etwas aushärten lassen.

Für die Verzierung
150 g Zartbitterkuvertüre und
80 g weiße Kuvertüre getrennt schmelzen. Die Plätzchen zur Hälfte in die dunkle Kuvertüre tauchen, auf Backpapier legen und mit der hellen Kuvertüre verzieren.

Adventskranz-Plätzchen

80 g Butter bei kleiner Hitze schmelzen.

175 g Marshmallows in kleine Würfel schneiden, zur geschmolzenen Butter geben und unter Rühren ebenfalls schmelzen, bis eine zähflüssige Masse entsteht.

2 Pck. grüne Lebensmittelfarbe (flüssig oder Pulver) unter die Masse rühren, bis alles gut durchgefärbt ist.

150 g Cornflakes oder Frosties (süßer) klein hacken und mit der grünen Marshmallow-Masse gründlich vermengen.

Jeweils 1 EL der Masse auf ein vorbereitetes Blech mit Backpapier setzen und mit Teelöffeln oder den Händen flache Kränze daraus formen.

Die Kränze mit jeweils vier

Zuckerperlen in Rot, Gold oder Silber dekorieren. Alternativ dazu aus rotem Fondant kleine Kerzen formen. Die Plätzchen drei Stunden trocknen lassen.

Annemies Backtipp: Die Perlen und Kerzen halten am besten mit Fondantkleber.

Annemies Makronen-Geheimnis

(ergibt ca. 30 Stück)

220 g Kokosraspeln,
4 Eiweiß (Eier Größe L),
220 g Puderzucker und
1 Prise Zimt bei niedriger Hitze (nicht über 50 °C) auf dem Herd eindicken lassen. Dabei ständig rühren, bis sich der Zucker aufgelöst und mit dem Eiweiß verbunden hat. Die Temperatur prüft man mit einem Thermometer oder mit der Hand. Solange sich der Teig noch gut anfassen lässt, ist es nicht zu heiß. Bei mehr als 50 °C würde das Eiweiß stocken und sofort ausflocken. Anschließend portionsweise mit Teelöffeln oder einem Spritzbeutel auf
Backoblaten oder direkt auf ein mit Backpapier ausgelegtes Backblech geben.
Bei 150 °C ca. 20 Minuten backen. Danach auskühlen lassen.

Für den, der es mag:
150 g Schokoladenkuvertüre (Vollmilch oder Zartbitter nach Wahl) in der Mikrowelle oder im Wasserbad schmelzen. Die Makronen zur Hälfte eintauchen und anschließend auf einem Gitterrost auskühlen lassen.

Wenn die Makronen zu hart werden, Backtemperatur etwas senken oder die Backzeit verkürzen. Sind sie direkt nach dem Backen zu weich, sollten sie erst komplett auskühlen, bis das Kokosfett und das Eiweiß ausgehärtet sind.

Makronen bewahrt man am besten in Blechdosen auf. Sie sind ungefähr drei Wochen haltbar.

Orangen-Zimt-Kügelchen

(ergibt ca. 40 Stück)

Die Haut von
3 Bio-Orangen raspeln. Den Saft auspressen.
250 g weiche Butter schaumig schlagen,
80 g Puderzucker und
1 Pck. Vanillezucker hinzugeben.
⅔ der Orangenschalen und
2 EL Orangensaft unterrühren.
350 g Mehl und
2 TL Zimt dazugeben. Alles zu einem Teig verkneten.
Den Backofen auf 175 °C (Ober-/Unterhitze) vorheizen.
Kleine Kügelchen von ca. 2 cm Durchmesser aus dem Teig
formen, auf ein mit Backpapier ausgeschlagenes Backblech legen
und ca. 15–17 Minuten backen. Anschließend auskühlen lassen.

In der Zwischenzeit
60 g Zucker,
2 TL Zimt und die restlichen Orangenschalen im Mixer mischen, fein zerkleinern und in einen Suppenteller geben. Aus
120 g Puderzucker und
2 EL Orangensaft einen Guss anrühren. Die abgekühlten
Kekse zuerst in den Guss und anschließend in den Orangen-
Zucker-Mix tunken. Gut trocknen lassen.

Die Kekse in Blechdosen aufbewahren.

Belmondos Pfoten-Plätzchen Schoko-Minze
(ergibt ca. 36 Plätzchen)

225 g weiche Butter mit
120 g fein gesiebtem Puderzucker in
der Küchenmaschine zu einer luftigen
Masse schlagen.
1 ½ TL Pfefferminzaroma,
2 Eigelbe und
2 Pck. grüne Lebensmittelfarbe unter
Rühren dazugeben.
270 g Mehl fein sieben und mit
½ TL Backpulver und
¼ TL Salz portionsweise zur Masse geben und den Teig so
lange bearbeiten, bis eine geschmeidige Masse entstanden ist.
Den Backofen auf 175 °C vorheizen.
Masse aus der Schüssel geben, teilen und zu zwei Rollen formen. Die Rollen in je ca. 18–20 gleich große Stücke aufteilen.
Aus den Stücken Kugeln formen. Die Kugeln auf ein mit
Backpapier ausgeschlagenes Backblech setzen und mit dem
Daumen flach drücken, sodass eine Kuhle in der Mitte entsteht.
Die Plätzchen 10–12 Minuten backen, im Anschluss vollständig
auskühlen lassen.

In der Zwischenzeit
100 g dunkle Kuvertüre/Bitterschokolade klein hacken
und im Wasserbad schmelzen.
   3 TL Sahne und
   3 TL Butter dazugeben, unterrühren, bis eine homo-
      gene, geschmeidige Masse entstanden ist. Mit einem
      Teelöffel die Schokoladenmasse in die Kuhlen der
      Plätzchen geben.
  18 Mintschokolade-Blättchen (After Eight o. Ä.) diagonal
  mit einem scharfen Messer halbieren. (Wer es kleiner möchte,

kann auch vierteln). Je eine Hälfte/ein Viertel der Mintschokolade senkrecht in die leicht abgekühlte Schokoladenmasse drücken. Plätzchen auskühlen lassen.

Farins Gewürz-Spiralen

(Teigmenge reicht für 1 Blech Plätzchen)

60 g Butter schmelzen, etwas abkühlen lassen und mit
60 g Frischkäse verrühren.
60 g Zucker,
1 Eigelb und
1 Pck. Vanillezucker dazugeben.
180 g Mehl mit
½ Pck. Backpulver vermischen und mit der
Butter-Frischkäse-Masse verarbeiten. Den
Teig zu einer Rolle formen und zu einem
Rechteck (ca. 30 x 20 cm) ausrollen.

Für die Füllung
20 g Butter schmelzen. Dann
50 g Zucker,
2 ½ EL Zimt,
¼ TL Kardamom,
¼ TL Piment vermischen.
Die Gewürz-Zucker-Mischung mit der geschmolzenen Butter
verrühren und die Masse auf dem ausgerollten Teig gleichmäßig
bis zum Rand verstreichen.
Anschließend den Teig von der schmalen Seite her aufrollen.
Die fertige Teigrolle für 2 Stunden in die Kühlung legen, bis
sie schneidfest ist.
Den Ofen auf 180 °C (Ober-/Unterhitze) vorheizen.
Währenddessen erst die Rolle halbieren, dann die ent-
standenen Teilstücke immer wieder halbieren, bis der
gesamte Teig in Scheiben geschnitten ist.
Kekse auf einem mit Backpapier ausgelegten Backblech
gleichmäßig verteilen und ca. 12 Minuten backen, bis sie
goldfarben werden. Nach dem Backen die Plätzchen gut
auskühlen lassen, damit sie aushärten können.

Farins Backtipp: Die fertigen Teigrollen kann man prima auf Vorrat einfrieren und bei akutem Plätzchenmangel schnell schneiden und backen.

 ***Maikes Marzipanträumchen***
(ergibt ca. 70–80 Plätzchen)

250 g weiche Butter würfeln und mit
150 g Zucker und
2 Eiern mit dem Knethaken verkneten.
200 g Marzipanrohmasse klein würfeln und zur Masse geben, ebenfalls verkneten.
500 g feines Weizenmehl und
½ Pck. Backpulver dazugeben; weiterkneten, bis ein geschmeidiger Teig entstanden ist.
Den Teig 2 Stunden im Kühlschrank ruhen lassen.
Dann den Backofen auf 175 °C Umluft vorheizen.
Den Teig ca. 5 mm dick ausrollen und in Herzform ausstechen. Mit dem Eigelb von
1 Ei bestreichen und mit
Hagelzucker bestreuen.
Die Rohlinge auf ein mit Backpapier ausgeschlagenes Backblech legen und ca. 6–8 Minuten backen. Darauf achten, dass die Plätzchen nicht zu braun werden.

Salzige Erdnuss-Schoko-Pfötchen

(ergibt ca. 50–60 Stück)

100 g Butter,
100 g cremige Erdnussbutter und
140 g Zucker zu einer Masse verarbeiten.
1 Ei,
½ TL Honig, das Mark von
1 Vanilleschote und
1 EL Sauerrahm unter Rühren hinzufügen.
440 g Mehl,
1 TL Backpulver,
½ TL Natron,
¼ TL Meersalz,
1 Prise Chilipulver und
4 EL Schokostreusel langsam hinzugeben, bis eine glatte Masse entstanden ist.
Den Teig für 2 Stunden im Kühlschrank ruhen lassen.
Dann den Backofen auf 170 °C Umluft vorheizen.
Den Teig zu kleinen Kugeln formen und leicht auf ein mit Backpapier ausgelegtes Blech drücken. Ca. 7–10 Minuten backen, bis sie goldgelb geworden sind.
Erdnuss-Schoko-Pfötchen mit Meersalz bestreuen, solange sie noch warm sind.

Lebkuchenherzen

200 g Butter,
550 g Honig,
1 Prise Lebkuchengewürz und
30 g Kakaopulver in einem Topf mischen und langsam erhitzen. Dabei ständig rühren, bis sich eine glatte Masse gebildet hat. Die Masse abkühlen lassen.
1200 g Mehl mit
1 Prise Backpulver sieben und in eine Schüssel geben. In der Mitte eine Mulde formen. Die Honigmasse und
2 Eier mit
1 Prise Salz hineingeben. Die Mulde zunächst verschließen, dann alle Zutaten zu einem festen Teig verkneten.
Den Teig abgedeckt 24 Stunden ruhen lassen.

Herzschablone(n) aus Papier in der gewünschten Größe ausschneiden. Die hier angegebene Teigmenge reicht für ein sehr großes Herz (ca. 30 x 30 cm) oder mehrere kleinere Herzen.

Die Arbeitsfläche mit Mehl bestäuben und den Teig darauf ca. 7–8 mm dick ausrollen, Schablonen darauf verteilen und die Teigrohlinge mit einem scharfen Messer ausschneiden.

Ein Backblech mit Backpapier auslegen. Die Herzen darauflegen und bei etwa 200 °C ca. 13–15 Minuten backen. Der Teig darf nicht zu dunkel werden. Nach dem Backen abkühlen lassen.

Für die Dekoration
2 Eiweiß sehr steif schlagen.
300 g gesiebten Puderzucker langsam einrieseln lassen, bis eine feste Masse entsteht. Masse nach Bedarf teilen und mit Lebensmittelfarbe einfärben.

Mit dem Spritzbeutel nach Wunsch und Phantasie
verzieren.
Die Eiweißdekoration muss mindestens einen
Tag trocknen.

Braune Kuchen mit kandiertem Ingwer

120 g Butter mit
110 g Zucker und
70 g Rübensirup aufkochen. Die Mischung in einer Schüssel abkühlen lassen, bis sie lauwarm ist. Währenddessen
80 g kandierten Ingwer★ in sehr feine Würfel schneiden.
80 g gehackte Mandeln,
250 g Mehl,
1 TL Backpulver,
1 TL Zimtpulver und
½ TL gemahlene Nelken zur abgekühlten Sirup-Mischung geben. Alles mit dem Knethaken des Rührgerätes zu einem glatten Teig verarbeiten.
Den Teig in drei Stücke teilen. Die Stücke zu rechteckigen Stangen (2 x 4 cm Kantenlänge) formen, fest in Alufolie wickeln und gut in Form drücken. Die Teigstangen 24 Stunden im Kühlschrank ruhen lassen.

Den Backofen auf 200 °C vorheizen. Backbleche mit Backpapier auslegen. Die
Teigstangen mit einem Sägemesser in ca.
5 mm dicke Scheiben schneiden und für
etwa 8–10 Minuten backen. Auf einem
Gitter abkühlen lassen.

In Blechdosen halten sich die Braunen Kuchen ca. 6 Wochen. Die Menge reicht für ca. 50 Stück.

★Wer den Ingwer selbst kandieren möchte, findet das Rezept dazu im Anschluss.

Kandierter Ingwer

Kandierter Ingwer ist eine Zutat für viele Rezepte, schmeckt aber auch pur ganz hervorragend.
Die Zubereitung nimmt mehrere Tage in Anspruch. Deswegen ist es ratsam, eine größere Portion auf Vorrat herzustellen.

Tag 1
500 g frischen Ingwer schälen und in feine Würfel schneiden. Würfel in einen Kochtopf geben und mit
Wasser gut bedecken. Langsam aufkochen lassen, dann die Hitze reduzieren. Mit Deckel ca. 20 Minuten köcheln lassen, bis der Ingwer gar ist.
1 Tasse Zucker dazugeben, verrühren und aufkochen. Den Topf vom Herd nehmen. Über Nacht bei Zimmertemperatur ruhen lassen.

Tag 2
Den Ingwer im Topf ohne Deckel langsam aufkochen, 15 Minuten köcheln lassen.
1 ungespritzte Zitrone waschen und in Scheiben schneiden. Zitrone und
1 Tasse Zucker zum Ingwer geben, weitere 15 Minuten köcheln lassen, dabei gelegentlich umrühren. Vom Herd nehmen, Deckel wieder auf den Topf legen und über Nacht ruhen lassen.

Tag 3
Deckel abnehmen, die Masse aufkochen, dabei häufig rühren.
1 Tasse Zucker beigeben, 30 Minuten unter häufigem Rühren köcheln lassen. Danach wieder
1 Tasse Zucker beigeben und die Masse unter häufigem Rühren aufkochen lassen. Topf vom Herd nehmen, Deckel schließen und über Nacht bei Zimmertemperatur ruhen lassen.

Tag 4
Die Zitronenscheiben entfernen.
1 Tasse Zucker hinzufügen und sehr langsam aufkochen.
Die Hitze reduzieren und unter Rühren köcheln lassen, bis der Sirup nach ca. 45 Minuten eingedickt ist.
In Marmeladengläser füllen.

Farins Früchte-Fils

50 g getrocknete Datteln,
50 g getrocknete Kirschen,
50 g getrocknete Cranberrys und
50 g getrocknete Ananas hacken. Die Früchte mit
50 ml Rum oder wahlweise Apfelsaft und
100 g braunem Rohrzucker mischen und eine Stunde ruhen lassen. Danach
280 g Dinkelmehl (Type 630),
1 EL Lebkuchengewürz,
1 TL (Weinstein-)Backpulver und
1 TL Salz mischen.
165 ml Kokosöl leicht erwärmen und mit den eingeweichten Früchten zur Mehlmischung geben. Alles zu einem geschmeidigen Teig verkneten.
Den Teig teilen und die Hälften zu zwei Rollen (je 4 cm Durchmesser) formen.
80 g geschälte Pistazien sehr fein zerkleinern und auf die Arbeitsfläche streuen. Die Teigrollen im Pistazienmehl wälzen. Anschließend in Frischhaltefolie wickeln und 2 Stunden im Kühlschrank ruhen lassen.

Backofen auf 180 °C vorheizen. Backblech mit Backpapier auslegen. Die Teigrollen mit einem Sägemesser in ca. 6 mm dicke Scheiben schneiden und auf dem Backblech verteilen. Die Früchtetaler etwa 10 Minuten backen. Auf einem Gitter abkühlen lassen.

Kühl und trocken in einer Dose gelagert halten die Früchte-Fils etwa 4 Wochen. Die Teigmenge ergibt ca. 45 Stück.

Je nach Geschmack kann eine der Fruchtsorten auch durch eine Portion kandierten Ingwer ausgetauscht werden.

Rosmarin-Taler

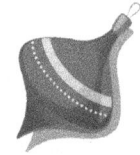

130 g Butter mit
2 EL frisch gehackten Rosmarinnadeln kurz aufwallen
lassen, den Topf vom Herd nehmen und die Masse ca. 20 Minuten ziehen lassen. Danach abseihen, dabei den aufgefangenen
Rosmarin gut ausdrücken. Die Butter wieder erstarren lassen
und mit
85 g Zucker,
220 g Mehl,
30 g Speisestärke,
1 Eigelb und
1 Prise Salz zu einem glatten Teig kneten. Den Teig in Frischhaltefolie wickeln und ca. 2 Stunden kühlen.

Den Backofen auf 160 °C Umluft vorheizen.
Den Teig auf einer leicht mit Mehl bestäubten Arbeitsfläche
ca. 5 mm dick ausrollen und in ca. 4 x 4 cm große Quadrate
schneiden. Mit einer Gabel Zacken in den Rand der Kekse
drücken und in der Mitte Muster einstechen.
Auf der zweiten Schiene von unten im Backofen ca. 9–11 Minuten backen, anschließend gut auskühlen lassen.

Annemies Backtipp: Diese Kekse eignen sich gut, um mit Back-
stempeln verziert zu werden. Je nach Größe des Backstempels
und der Kekse muss die Backzeit angepasst werden.

Glimberger Mini-Stollen

(ergibt ca. 70 Stück)

90 g Korinthen fein hacken.

60 ml braunen Rum (oder Orangensaft) erwärmen und die Korinthen darin für mindestens 2 Stunden einweichen.

120 g gehackte Mandeln in einer Pfanne ohne Fett rösten. Anschließend abkühlen lassen.

Die Schale von

1 ungespritzten Orange abreiben.

1 Vanilleschote halbieren und das Mark herauskratzen.

290 g fein gesiebtes Mehl in eine Schüssel geben. In die Mitte eine Mulde drücken.

70 ml lauwarm erhitzte Milch in die Mulde gießen,

30 g frische Hefe in die Milch geben, leicht mit der abgeriebenen Orangenschale, dem Vanillemark, etwas Mehl vom Rand und

60 g Zucker verrühren. Den Vorteig zugedeckt an einem warmen Ort 20 Minuten gehen lassen. Anschließend mit

130 g Butter und

1 Prise Salz zu einem glatten Teig verkneten.

30 g Orangeat,

30 g Zitronat und

60 g Marzipanrohmasse fein hacken und unter den Teig kneten. Den Teig ca. 30 Minuten gehen lassen.

Ofen auf 190 °C Umluft vorheizen.

50 g Butter schmelzen.

Den Teig in ca. 15 g schwere Portionen teilen, zu kleinen Stollen formen und auf ein mit Backpapier ausgelegtes Backblech legen, noch einmal 15 Minuten gehen lassen. Auf mittlerer Schiene die Bleche nacheinander backen.

Mini-Stollen aus dem Ofen nehmen und direkt mit der flüssigen Butter bepinseln. Nach 15 Minuten erneut bepinseln und sofort in
50 g Puderzucker wälzen.

Die Mini-Stollen halten sich in einer Dose ungefähr 4 Wochen.

Nusseckchen

330 g Mehl,
275 g Zucker,
1 Prise Salz,
2 Eier (Größe M) und
120 g Butter (Flöckchen) zu einem geschmeidigen Teig verkneten. Den Teig in Klarsichtfolie wickeln und für 2 Stunden kalt stellen.
In der Zwischenzeit
180 g Butter schmelzen und
180 g Zucker einrühren, bis der Zucker geschmolzen ist.
250 g gemischte Nüsse (Walnuss, Haselnuss, Macadamia, Paranuss) grob hacken, mit
20 g Kürbiskernen,
20 g Sesamsamen und
20 g Chiasamen in die Butter-Zucker-Masse geben und kurz aufkochen lassen.
Den Ofen auf 180 °C Umluft vorheizen.
Den Teig nach dem Kühlen einmal kurz mit den Händen durchkneten und auf einem mit Backpapier ausgelegten Backblech 3-4 mm dünn ausrollen. Dabei einen kleinen Rand lassen. Den Teig mit
50 g Aprikosen- oder Pfirsichaufstrich bestreichen. Die Nussmasse gleichmäßig darauf verteilen. Sehr dünn mit
Fleur de Sel bestreuen.
Auf mittlerer Schiene 18–20 Minuten goldbraun backen.
Das Blech aus dem Ofen nehmen und ca. eine halbe Stunde abkühlen lassen. Anschließend die Teigplatte in 6 x 6 cm große Quadrate schneiden. Die Quadrate diagonal teilen, sodass Dreiecke entstehen.

 # Schwiegermutter-Plätzchen

200 g gesalzene Butter oder Margarine,
210 g Zucker,
1 Eigelb (Größe L),
1 EL Goldklar-Sirup Karamell,
1 TL Vanillezucker,
2 TL Natron und
300 g fein gesiebtes Weizenmehl zu einem Teig verarbeiten.

Den Teig anschließend in 6 gleich große Teile teilen. Aus den Teigstücken längliche Rollen formen. Die Rollen mit der Hand flach drücken, sodass der Teig ca. 5 mm dick ist.

Die Teigstücke bei 175 °C Umluft ca. 17–20 Minuten goldbraun backen. Aus dem Ofen nehmen und noch heiß vorsichtig diagonal in ca. 2 cm breite Streifen schneiden.

Niedelsinger Schnittchen

Lieblingsplätzchen der Autorin

Den Backofen auf 190 °C Umluft vorheizen.

2 Eier (Größe L) mit

2 EL kaltem Wasser schaumig schlagen. Nach und nach behutsam

200 g braunen Zucker hinzufügen, bis eine cremige Masse entsteht.

65 g Apfelkraut,

1 TL Rum-Aroma,

1 Msp. gemahlene Nelken,

1 EL Zimt und

65 g geriebene dunkle Blockschokolade unterrühren.

250 g Weizenmehl mit

1 TL Backpulver mischen, fein sieben und portionsweise unterrühren.

35 g Zitronat klein würfeln und mit

125 g ganzen Haselnüssen und/oder Mandeln ebenfalls der Masse zugeben. Sollte der Teig zu steif werden, kann vorsichtig Wasser zugegeben werden.

Die Teigmasse gleichmäßig 5 mm dick auf ein mit Backpapier ausgelegtes Backblech streichen und 20 Minuten backen.

Noch heiß mit einer Glasur aus

100 g Puderzucker und

1–2 EL heißem Wasser oder Zitronensaft

bestreichen. Sobald die Glasur etwas ausgehärtet ist, die Teigplatte in ca. 2 x 5 cm große Stücke schneiden.

ELKE PISTOR

111
KATZEN
DIE MAN
KENNEN
MUSS

Elke Pistor
**111 KATZEN, DIE MAN
KENNEN MUSS**
Broschur, 240 Seiten
ISBN 978-3-95451-830-2

Kennen Sie Hodge? Wissen Sie, wessen Katze ihren Besitzer zur
Erfindung der Katzentür inspirierte? Möchten Sie erfahren, wie
Snowball einen Mörder überführte? Welche Katze die Staatsge-
schäfte lenkte, eine Stadt lahmlegte oder ganz allein eine ganze
Vogelart ausrottete? 111 Geschichten um herausragende Katzen-
persönlichkeiten, die Sie unbedingt kennen sollten. Sie werden
staunen, lächeln und vielleicht schmunzelnd den Kopf schütteln.
Ganz genau so, wie Sie es vom Umgang mit den samtpfotigen
Hauptdarstellern gewohnt sind.

*»Wer nach der Lektüre dieses Buches kein Katzenfreund ist, dem
ist nicht zu helfen.«* Schweizer Familie

*»Wirklich interessante Geschichten hier – mit ebenso vielen Kat-
zenbildern – in allen Lebenslagen und Gemütsverfassungen.«*
RadioBERLIN 88,8

*»Kurz: ›111 Katzen, die man kennen muss‹ muss bei jedem Katzen-
fan im Bücherregal stehen.«* Schwäbische Post

www.emons-verlag.de

ERICH WEIDINGER / JEFF MAXIAN (HG.)

Mords-Bescherung 2

WEIHNACHTSKRIMIS AUS DEN ALPEN

emons:

Erich Weidinger,
Jeff Maxian (Hg.)
MORDS-BESCHERUNG 2
Broschur, 192 Seiten
ISBN 978-3-95451-399-4

Von Weihnachtskitsch bis zu Traditionellem, von der Weihnachts-
feier bis zur Weihnachtsmette, von Weihnachtskeksen bis zum
Weihnachtsbraten, vom Weihnachts-Einkaufstress bis zu den
Christkindlmärkten samt Punsch, Glühwein, Alkohol- und anderen
Leichen. Vom Adventskranz bis zu den Christbäumen und was noch
daran hängen kann: Überall kann das Besinnliche vom Verbrechen
überrascht werden.

»Ein herrlich fieses Lesevergnügen für die Feiertage.«
Neue Westfälische

»Eine gelungene Sammlung von Weihnachtskrimis aus den Alpen.«
SR3 Krimitipp

www.emons-verlag.de

Helga Bürster
**DER LETZTE
WEIHNACHTSMANN**
Broschur, 240 Seiten
ISBN 978-3-95451-738-1

Polizist Elmar Windig darf endlich der Gilde der Weihnachtsmänner beitreten und tauscht überglücklich die Polizeiuniform gegen
einen roten Mantel. Doch schon am ersten Abend stirbt ein Gilden-
Mitglied gewaltsam, und jeden Tag folgt ein weiterer Mord. Steckt
der Verein der Christkinder dahinter, mit dem die Gilde seit Langem
verfeindet ist? Elmar Windig muss es herausfinden, bevor die Weihnachtsmänner komplett ausgerottet sind.

»Eine tiefschwarze Weihnachtskomödie.«   Wetzlarer Neue Zeitung

»Mörderischer Krimispaß!«   Genuss.Magazin

*»Mit Spannung und viel Humor gespickt. Ein äußerst humorvoller,
schräger und skurriler Krimi.«*   Nordwest Zeitung

www.emons-verlag.de